KOLLEKTION

NAGEL & KIMCHE

Herausgegeben von
Peter von Matt

Max Frisch

Die Schwierigen
oder
J'adore ce qui me brûle

Roman

Mit einem Nachwort von
Lukas Bärfuss

Nagel & Kimche

Der Roman erschien erstmals 1943 unter dem Titel *J'adore ce qui me brûle oder Die Schwierigen* im Atlantis Verlag, Zürich. Die männliche Hauptfigur Jürg Reinhart war identisch mit der Hauptfigur von Frischs erstem Roman *Jürg Reinhart. Eine sommerliche Schicksalsfahrt* (Deutsche Verlagsanstalt, Stuttgart 1934). Daher stellte der Autor an den Anfang seines zweiten Romans ein Kapitel, das die früheren Erlebnisse Reinharts zusammenfasste unter dem Titel ‹Reinhart oder die Jugend›.

Eine vom Autor überarbeitete Neuausgabe erfolgte 1957 unter dem Titel *Die Schwierigen oder J'adore ce qui me brûle* im Atlantis Verlag, Zürich. Dabei wurde das erste Kapitel der Ausgabe von 1943 gestrichen. Der Autor setzte in diese Ausgabe nur den Vermerk: *Geschrieben 1942 – Neuausgabe 1957*

1 2 3 4 5 14 13 12 11 10

2010 Nagel & Kimche
im Carl Hanser Verlag München
Herstellung: Andrea Mogwitz und Rainald Schwarz
Satz: Gaby Michel, Hamburg
Druck und Bindung: Friedrich Pustet
ISBN 978-3-312-00466-9
Printed in Germany

I

HINKELMANN / ODER EIN ZWISCHENSPIEL

Ihr Name war Yvonne, was in der Gegend ihres Herkommens, einer kleinen Stadt unseres Mittellandes, ein ganz alltäglicher Name ist, alles andere als abenteuerlich oder unerhört, wie man es ihrem Leben vielleicht einmal nachsagen könnte. Sie stammte aus einem bürgerlichen, sogenannt guten oder besseren, jedenfalls wohlhabenden Hause, Tochter eines Kaufmannes von Geblüt, der seine namhaften Betriebe, von wackeren Vorfahren ererbt, durch eine zweckvolle Heirat noch um etliche Schlote vergrößert hatte und in der kleinen Stadt, wo diese Schlote qualmten, nicht anders als ein kleiner König hauste, nicht eigentlich verhaßt, nur auf eine ehrenvolle Weise gefürchtet… Wenigstens in der guten Zeit war es so; später, als die Zeit über seine Erzeugnisse hinwegging, war er durchaus der Mann, sich umzustellen, und endlich, als auch das nichts mehr fruchtete, in andere Länder überzusiedeln – wie eben ein Kaufmann von Geblüt, der nirgends länger bleibt als sein Erfolg.

So war man nach Griechenland gekommen.

Yvonne blieb das einzige Kind. Schon zu einer Zeit, als Yvonne noch an den Storch glaubte, wußte sie, daß sie ein unerwünschtes Kind war, daß es das gab. Sie spürte es, so oft die Mutter sie kämmte. Sie war da: trotz ihrer Eltern. Es war, als bliebe ihr der Trotz auf der Stirne! Yvonne war ein häßliches Kind, mager, was sie auch zeitlebens blieb, und hatte eine hohe, eine ganz übertriebene Stirne. Eben diese Stirne verzieh die Mutter ihr nie. Noch in den behüteten Jahren, wo kein Kind nach sich selber fragt, hörte es Yvonne von ihrer Mutter, wie häßlich sie wäre – ihre Mutter war schön –, sie hörte es nicht eigentlich als Vorwurf, mehr als Klage eines mütterlichen Mitleides. Man kämmte sie stets auf eine Art, daß die Haare ihre scheußliche Stirne möglichst verdeckten, und immer wieder versuchte man das in einer andern Mode, ja, ihre Mama gab sich in dieser Hinsicht eine unglaubliche, eine wahrhaft aufopfernde Mühe, die oft Staunen und Bewunderung (für sie) erweckte. Dabei war auch das Haar, das Yvonne auf die Welt gebracht hatte, alles andere als schön; es ließ sich nur mit Widerwillen kämmen. Bereits in den ersten Mädchenjahren war Yvonne noch immer wie ein Bügelbrett, hinten wie vorne, und ihr Vater, einmal darauf aufmerksam gemacht, konnte es fortan nicht mehr übersehen, mußte es jedesmal aufs neue bemerken, wenn Yvonne im Garten ging oder am Strand stand, dann vor allem. Man sagte es ihr auch. Siehe dir einmal die andern Mädchen an! Beim Tanzen, obschon sich Yvonne wenig daraus machte, hatte sie dennoch einen unleugbaren, schlechterdings unverständlichen Erfolg, auch beim Tee, wenn einmal Gäste zur Mutter kamen, beim Gespräch in jeder Gesellschaft; es zeigte sich, daß sie die Leute fesselte, und wäre es auch nur durch die Art, wie sie zuhörte. Sie wußte das. Aber es blieb, wie immer ihre Haare auch gekämmt waren, ihre hohe und übertriebene Stirne. Es blieb die Angst unter den Haaren, Angst vor eben dieser Stirne, Angst vor ihrem eigenen Dasein, davor etwa, daß sie selber einmal Mutter würde …

Yvonne heiratete mit einundzwanzig Jahren.

Mit fünfundzwanzig Jahren – eben in diesem Sommer, zu einer Zeit, als ihr Mann für eine oder zwei Wochen von Athen verreist war – wußte sie, daß sie selber ein Kind erwartete.

In jene Zeit fiel die erste Begegnung mit Reinhart. Das Landhaus ihres Vaters, wo man sich zu einer sommerlichen Abendgesellschaft versammelt hatte, lag draußen vor Athen; man sah das Meer allerdings nicht, spürte aber den Wind, der vom nächtlichen Meere kam und durch den finsteren Garten ging, durch scherbelnde Palmen. Es war ein Abend unter Landsleuten, ein Abend mit bestrichenen Brötchen, mit Wein und Bier und viel Gelächter, eine Nacht voll mondener Kühle, Labsal nach glühenden Tagen. Manchmal hörte man ein Tuten aus dem Hafen, ein heiseres Dröhnen weit hinter dem Lärm der plaudernden Leute, oder das hölzige Klöppeln einer Zisterne, das Wiehern eines Esels. Wie es schien, lag das Landhaus weithin allein; man sah keine andern Häuser, nur den flachen und öden Horizont, darüber die grünliche Helle des Himmels, die Nähe der Milchstraße über den runden Ziegeln und über den Pinien, über Klumpen von Schwärze.

Yvonne, oder Frau Hinkelmann, trug damals ein beinahe weißes Kleid; um den schmalen Hals war es geschlossen, gab ihr das Aussehen fast einer Ärztin, dann wieder einer Priesterin, einer Tänzerin, je nachdem. Sie war eine junge Frau in den herrlichen Jahren, aber sie wirkte unscheinbar und ziemlich zerbrechlich, dabei hatte sie eine sprühende, rastlose und quälende Helle ihres Gesichtes, als lebte sie, eine ständig Gefährdete, immerfort mit einer äußersten Anspannung. Sie hatte übrigens eine Art, die Leute anzublikken, daß diese nie ganz wußten, was sie gerade sagten, und oft von völlig andern Dingen sprachen, als sie eigentlich vorhatten … Der junge Mensch in den weißen Leinenhosen, dessen Yvonne sich an jenem Abend angenommen hatte, da er in der Gesellschaft ein wenig fremd war und verloren, gehörte zu den wenigen, die sich von ihr nicht verwirren ließen: er erzählte, unbekümmert um ihren Blick und die weitere Gesellschaft, immer wieder von seiner Reise, seinen Wanderungen, vor allem von der griechischen Landschaft, die er sich ganz anders gedacht hätte.

Yvonne blickte ihm lange zu.

«Es ist komisch», sagte sie einmal, «wie sehr man Ihnen den Maler anhört – aus jedem Wort.»

Er war aber gar keiner!

«Dann werden Sie es noch», sagte Yvonne ...

Das glaube er nicht.

«Aber ich. –»

Er lächelte ein wenig spöttisch, man stand neben einem schwarzen Flügel, eine durchschimmernde Tasse in der Hand, in der andern hielt er einen kleinen Teller mit gestrichenen Brötchen; er aß übrigens ziemlich ungeschickt und war, da er sich auf der Durchreise befand und im letzten Augenblick als gänzlich Unbekannter, lediglich in seiner Eigenschaft als junger Landsmann zu diesem Abend geladen worden war, der einzige, der nicht in Schwarz erschien. Alle andern, die meisten mit einer Zigarre im Mund, standen im Smoking umher, saßen mit übergeschlagenen Beinen auf einem tiefen Fenstersims, andere standen schon draußen im nächtlichen Garten, schlenderten zwischen den Agaven, die sich spitzig und mit gläserner Blässe ins Mondlicht spreizten.

Yvonne – als der junge Mensch sie fragte, ob sie denn Malerin wäre – mußte fast ihren Tee heraushusten. Er aber, auf eine jugendliche Weise unsicher und schon darum beharrlich, ließ gerade infolge ihres Lachens nicht locker, riet weiter, riet auf eine Bildhauerin, eine Ärztin –

Yvonne lachte nur.

«Herrgott», fragte er, «was sind Sie denn?»

«Ich?» antwortete Yvonne, lächelte und setzte ihre Tasse ab. «Fünfundzwanzig bin ich… verheiratet…»

Sie zuckte mit den Augenbrauen, während der junge Mensch sie anblickte, als hätte sie etwas Trauriges gesagt, und, da Yvonne ihrerseits aufschaute, ihrem Blick durchaus nicht auszuweichen schien… Es wurde ein komisches Gespräch, das die beiden an dem schwarzen Flügel führten; ab und zu flatterte ein Tänzer herein wie ein Falter ans Licht, verbeugte sich fremdländisch, worauf Yvonne ihm sagte, daß sie leider sehr müde sei, und verbeugte sich wieder. Danke! sagte der Tänzer. Nichts zu danken, mein Herr!

«Man sagt mir immer, ich sei ein Rätsel. Was hat man davon! Nur weil niemand den Mut hat, niemand wirklich verstehen will, und dabei sage ich alles: fünfundzwanzig bin ich, verheiratet. Und sonst? Weit herumgekommen bin ich, schon als Kind. Gelernt habe ich natürlich nichts, jedenfalls nichts ganz. Ich war immer eine Gans – in allem, was ich jemals tat –, und irgendwie werde ich es auch immer bleiben.»

Sie rauchte, alterte in der kleinen Weile, die man zum Abschlagen der Asche braucht, um eine ganze Reihe von Jahren. Sie schwieg in einer Art, daß alles andere – Stimmen der Gesellschaft, Musik und Tanz auf der nächtlichen Terrasse – ins vollkommen Ferne sank, ganz an den Rand des Hörbaren. Es war immerhin der erste Mensch, der sie fragte, was sie eigentlich wäre.

«Sie sind der erste», sagte Yvonne, «der mir nicht widerspricht… Wie eitel die Männer sind! Kaum dünken sie sich von einem Wesen verstanden, vertragen sie es nicht mehr, daß eben dieses Wesen eine Gans sein könnte; sie sind gekränkt, wenn man es ihnen sagt!» meinte sie mit einem spöttischen Lächeln, geistreicher als ihr zumute war. «Alle sagen, man sei klug, man sei begabt – nur weil man ihnen überlegen ist, und im Grunde will man es nicht einmal, glauben Sie. Immer so lächerlich, wenn die Frau überlegen ist, so aufreibend auch, wissen Sie. Was kommt dabei heraus? Und dann, mein Gott, immer das gleiche Lied, man sei keine Frau – weil sie nicht aufkommen, weil es einfach keine Männer mehr gibt ...»

Dann zerbrach sie es wieder mit Lachen:

«Seien Sie froh, daß Sie keine Frau sind!»

Wie sein Schweigen zugab, hatte der junge Mensch noch niemals über diese Dinge nachgedacht, erwog aber, wie es schien, allen Ernstes, ob er froh sein sollte, keine Frau zu sein.

«Bleiben Sie ein Junge!» sagte Yvonne. «Oder nehmen Sie Gift, bevor es zu spät ist ... das heißt, Sie haben Talent. Lachen Sie jetzt nicht, zieren Sie sich nicht! Mag sein, Sie haben noch nichts zustande gebracht, ich weiß. Vielleicht bringen Sie es auch niemals zustande. So vieles ist da, so vieles ist möglich, du lieber Gott, und so wenig wird! ...»

Dann sagte sie:

«Kommen Sie! Man erwartet uns.»

Leicht wie das munterste Geschöpf in der Welt, sobald nämlich die Leute sie sahen, bot Yvonne ihren weißen Arm, damit der junge Herr sie in den Garten begleitete; sie stellte ihn vor, wo es sich gab, als jungen Landsmann und Griechenlandpilger, Reinhart mit Namen – es verdutzte ihn völlig, daß Yvonne ihn schlankweg als Maler vorstellte; es ärgerte ihn ihr Getue, als sehe sie die Schicksale voraus! – freundliche Herren saßen draußen an kleinen Tischen, rauchend und lachend, in ihre behagliche Laune wie in die weißen Korbsessel zurückgelehnt, während die jüngeren Paare zwischen den spitzen Agaven hin und her tanzten, langsam, halb wie in einem Traumwandel. Um die bunten Lämpchen auf den Tischen wimmelte es wieder von Mükken und Faltern. Ein Diener brachte Eis, Zigaretten oder Wein, sogar Bier. Zwischen den scherbligen Schlagern, die unermüdlich gespielt wurden, hörte man das helle, hohle, spröde Zirpen in den fremden Feldern draußen, ab und zu das Gebell eines Hundes, das Wichern eines Esels, der um die Zisterne ging, oder auch, was Reinhart besonders hörte, das dumpfe Tuten eines Dampfers, der in den Hafen einlief. Jenseits aller Gespräche und Gelächter, ja, noch jenseits aller Stille des nächtlichen Landes, die hinter diesen Gesprächen und Gelächtern stand, war es eine seltsam weite und tönende Nacht ...

Andern Tages reiste Reinhart weiter.

Hinkelmann, ihr Gatte, war an jenem Abend nicht dabei gewesen; er war ein junger Gelehrter und arbeitete bei den staatlichen Ausgrabungen draußen auf den Inseln, wo er oft die ganze Woche verbrachte. Von seiner wissenschaftlichen Begabung war schon zur Zeit, als Yvonne ihn kennengelernt hatte, viel die Rede. Überall wurde er mit großer Achtung umgeben, wenn schon ja die meisten, die eben nicht im Altertum lebten, sondern biedere Kaufleute in der griechischen Hauptstadt waren und von der entscheidenden Bedeutung der klassischen Stufenverhältnisse im fünften und vierten Jahrhundert wenig begriffen, ihre ganze Verehrung aus zweiter, dritter bis siebenter Hand hatten. Immerhin anerkannten sie jene entscheidende Bedeutung auch so, und der junge Hinkelmann, wohin er kam, war eigentlich stets die Hauptperson, ohne sein besonderes Zutun; freilich tat er auch nichts dagegen, war es gewohnt, wie er überhaupt ein Mensch war, dem schon in den Schulen alles sehr leicht gefallen, der in allem, was er anfing, offensichtliches Glück hatte, und wenn er auch durchaus keinen Dünkel zeigte, schon aus Erziehung nicht, so besaß er doch, gleichsam als wissenschaftliches Ergebnis seiner vorliegenden Erfahrungen, eine Art von harmlos-unerschütterlichem Selbstvertrauen, eine angstlose Zuversicht, daß ihm, Hinkelmann, nichts in der Welt wirklich mißlingen könnte.

Hinkelmann war damals vierunddreißig.

Beim Tee hinter Storen oder um Mitternacht, wenn man im kühleren Garten saß, wie es in Griechenland die sommerliche Gewohnheit ist, erzählte er gern von seiner Arbeit auf den Inseln draußen, nicht von sich, überhaupt nicht von Menschen, auch von seinen Mitarbeitern nicht oder von den Einwohnern, die ihm doch zweifellos begegnen mußten. Yvonne achtete einmal darauf, einen ganzen Abend lang: nach all seinen gewandten Worten, wenn er so von der Arbeit erzählte, war es eine Landschaft wie auf dem Monde, so ohne Luft, ohne Fisch und Vogel, ohne Hirt, ohne eine einzige lebende Ziege. Möglicherweise blieb Yvonne die einzige, der es auffiel. Mit einer Füllfeder zeichnete er die geheimnisvollen Verhältnisse auf ein kleines Papier, auf die Rückseite einer Zigarettenschachtel, langsam, sorgsam, ohne jede Hast, im Grunde vollkommen gewiß, daß man darauf wartete – wie ein alter Herr mit seinem Anspruch auf Geduld – und niemand ein anderes Gespräch anfing, solange er so zeichnete. Natürlich gab er stets nur die eigentlichen Rosinen, Leckerbissen der Forschung, diese aber in einer bescheiden zufriedenen Weise, daß die Gesellschaft gerne zuhörte, vor allem die Damen, die sich an seinem eigenen Interesse entzückten, im stillen auch ordentlich stolz waren, den jungen Hinkelmann, dessen Name in den besten deutschen Zeitschriften immer wieder auftauchte, im eigenen Hause anzuhören. Es waren, wie gesagt, vor allem

Kaufleute, Männer des Geschäftes, ältere Herren meistens, die ihre Zigarre aus dem Mund nehmen mußten, wenn sie den Kopf anstrengten, und schließlich, wenn sie mit einigermaßen gutem Gewissen nicken konnten, seiner Wissenschaft schon aus dem einzigen Grunde, weil er sie damit anstrengte, eine bedingungslose Achtung zollten. Hin und wieder, allerdings nur selten, platzte ein Durchreisender in diesen Kreis, ein Landsmann, den man aus Grundsatz einlud, und der nun plötzlich, zum gelinden Entsetzen aller, diesen Zauber nicht mitmachte, ein Künstler etwa, der sich eidgenössisch bewirten ließ, wie ein Drescher futterte und trank, sich im übrigen einen Teufel um den jungen deutschen Gelehrten und den Goldenen Schnitt kümmerte und gegenüber Yvonne, die man solchen Gästen gerne als gesellschaftlichen Puffer an die Seite setzte, in einer Art und Weise von den Dingen sprach, von Menschen auch, von Hirten, von Fischern draußen auf den Inseln, von Mädchen und Bauern, von Landstreichern aller Gattungen, daß die Gesellschaft, wie von einem Banne befreit, nachgerade neugierig wurde, wo man denn all diese drolligen Wunder sehen könnte... Hinkelmann, Sohn aus besserem Hause, verstand es wohl, auch diese andern Tonarten anzuhören, er drängte sich nicht vor, wenn das Gespräch, das eben noch in seinem Zügel war, plötzlich wie ein zügelloser Gaul seine eigenen Sprünge machte und immer weiter von der Wissenschaft abkam. Meistens verstummte er sogar ganz, wenn nicht er den Ton angab, hörte dann zu, wie es sich schickte, lachte wohl auch, wenn jemand einen Witz machte, nicht laut, aber sichtbar und höflich, und wenn er einmal eine Frage stellte, damit sein Schweigen nicht auffallend und verletzend würde, so nur in Dingen, wo er Bescheid wußte, wo sogar anzunehmen war, daß Hinkelmann besser Bescheid wußte als alle Anwesenden … Er war, wenn er so dasaß, eine tadellose Erscheinung, breit, blond, von einem frischen und gesunden Aussehen und immer wieder, wenn er aufstand, von überraschender Größe. Seine Haut schien ohne Wechsel, immer als hätte er sich eben mit kaltem Wasser gewaschen. Sein Gesicht mit den hellen Augen, deren Blick auf eine sichere und geheimnislose Weise gescheit war, wirkte viel jünger, als er nach seinen Jahren und seinem fachlichen Wissen war, peinlich gepflegt, wie der Garten eines schmucken Eigenheimes, das irgendwo in deutschem Wiesland steht mit einem behaglichen und stolzen Giebel, ordentlich, von einem grünen Lattenzaun umgeben – sogar seine Mutter, die Hinkelmann noch mit keinem Wörtchen erwähnt hatte, konnte man von seinem Gesicht ablesen; wenigstens Yvonne konnte es. Es war der Abend ihrer ersten Begegnung gewesen, eine Art von geschlossenem Ball.

«Sie gleichen ihr eigentlich gar nicht», sagte Yvonne, «sie ist eine mittelgroße, ziemlich schmale Frau, Ihre Mutter, hat eine scharfe Nase und ist immer sehr liebenswürdig, wenn ihr Sohn dabei ist – übrigens hat sie ständig das Gefühl, daß ihr Haar herunterfalle, greift immer wieder an ihren Kopf.»

Hinkelmann schien ziemlich baff.

Woher sie das wüßte?

Yvonne wußte damals einfach nicht, was sie diesem Menschen gegenüber sagen sollte, der so viel größer, so viel gesunder, so viel stärker neben ihr saß, ein blonder Fels, dessen zweifellose und unschuldige Sicherheit sie fast erdrückte; so redete sie schließlich, was ihr gerade einfiel oder was sie, auf ihre kleinen Ballschuhe blickend, gerade sah … eben: das Haus mit einem grünen Lattenzaun, mit einem steilen Giebeldach, und der Vater ist vielleicht Pfarrer oder Lehrer, Oberlehrer. Geschwister sind keine im Haus. Wenn man eintritt, schon im Treppenhaus, hat es alte Stiche, Dürer zum Beispiel, Grünewald, auch italienische Landschaften, Goethezeit, Tischbein. Und dann die Blumen im Garten, die mit einer weltanschaulichen Nächstenliebe gehegt und gepflegt sind, mehr Sorgen bringen als Spaß, eine Wohlfahrtseinrichtung zugunsten der Natur, ordentlich, gewissenhaft, schön, sehr schön, sehr sauber. Und dann das Zimmer des einzigen Sohnes oben im Dachgeschoß, Blick in einen Nußbaum oder eine Linde, und an den Wänden, die teilweise geschrägt sind und noch immer mit einer ziemlich kindlichen Tapete versehen, hangen seine eigenen Handzeichnungen, von den Eltern heimlich bewundert, Landschaften aus einer Sommerfrische, alte Winkel aus der eigenen Stadt, alle mit einem ziemlich harten Bleistift gezeichnet und, was ihr besonders auffällt, alle sind mit dem Datum versehen …

«Jetzt müssen Sie nur noch sagen, wie der Lampenschirm aussieht!» lachte Hinkelmann.

«Grün.»

Er lachte wieder, besann sich heimlich, ob es eigentlich stimmte. Yvonne dagegen, die Wahrsagerin, verweilte damals nicht länger darauf, trank ihren Wein, fächelte sich Luft, plauderte bereits mit andern Leuten, die gerade hinzukamen, mit Damen und Herren ohne Unterschied des Tones, während es Hinkelmann, wenn er allein und ehrlich war, doch mehr und mehr beschäftigte, vor allem das Komische an der Sache, daß es ihm im Augenblick ihrer Aussage jedesmal ganz falsch geraten schien; dann aber, wenn er fast wider Willen nachdachte, stimmte es doch: das mit dem Datum auf seinen Zeichnungen, so winzig geschrieben, daß es bisher noch kaum jemand bemerkte; das mit der Tapete, die eigentlich längst nicht mehr paßte; auch die Sache mit den

Blumen, die immer ein Hund zertrat, ein Wind knickte, ein Platzregen zerblätterte; sogar die Gebärde der Mutter, die immer wieder an ihre Haare greift, ja, Hinkelmann sah seine Mutter so leibhaftig vor sich! ...

Woher aber wußte das Mädchen darum?

Vollauf bewußt, daß man sich sozusagen etwas vergab, indem man näher und ernsthaft darauf einging, und obgleich er gerade davor eine große Scheu hatte, überkam es Hinkelmann, an jenem Abend noch einmal auf die Sache hinzulenken, sobald er wieder mit Yvonne allein war. Tanzend, über seine breite Schulter blickend, kehrte das Mädchen mit keinem Wort, mit keiner Miene mehr darauf zurück, und Hinkelmann schämte sich heftig, tanzte schwitzend zu Ende, verbeugte sich linkischer als je, setzte sich wie ein Schuljunge neben sie, die Hände um sein Knie gefaltet ... Es kümmerte Yvonne nicht einmal, daß alles stimmte, fast alles ... Vor sich selber rettete Hinkelmann die Vernunft, die Ordnung dieser Welt, indem er mehr und mehr zur Annahme neigte, das seltsame Mädchen habe es ganz einfach von einer dritten Person erfahren; wer das allerdings sein konnte, der in seinem fernen Zimmer jenseits der Alpen so genauen Bescheid wußte, konnte er sich nicht vorstellen. Eine Drittperson, wie er sich selber wiederum zugeben mußte, war platterdings unmöglich.

Für Hinkelmann war es ein unvergeßlicher Abend.

Sie, wie sich später herausstellte, fand es damals nur langweilig. Als Hinkelmann sie einmal vertraulich daran erinnerte und ihr die entscheidende Wirkung jenes Abends gestand, wußte Yvonne nicht einmal mehr, was sie damals gesagt hätte.

«Ach!» meinte sie, «man sagt so viel ...»

Hinkelmann war damals erst nach Griechenland gekommen; im Grunde war er sehr einsam: weg von den Eltern, vor allem von der Mutter, kannte er außer Yvonne überhaupt keinen Menschen, sondern nur Leute vom Fach und eben jene andern, die seine Gelehrtheit bewunderten. Hinkelmann hatte gerade damals von sich reden gemacht; Yvonne wußte freilich nichts davon. Es handelte sich um einen Vergleich der persischen und griechischen Säulen, eine äußerst gründliche und vollständige Schrift, von seinem Vater angeregt, der wirklich Pfarrer war, sich heimlich aber mit Vorliebe den eigentlicheren Wissenschaften und vor allem dem heidnischen Altertum hingab. Diese Schrift war es auch gewesen, die den jungen Hinkelmann zu den staatlichen Ausgrabungen brachte, zu einer Stellung also, die vollauf dem Ehrgeiz des Vaters entsprach, der nach außen hin ein bescheidener und pflichttreuer Pfarrer war, und die sich überhaupt auf das beste mit dem guten Ruf der Familie vertrug; zu gediegen für einen äußerlich glanzvollen Reichtum, zu christlich auch, um sich über die andern herauszuheben, denen man den Segen der Armut predigte, war man doch reich genug, um sich diesen einen Luxus, eben die Laufbahn eines jungen Gelehrten, leisten zu können. Das ganze Städtlein wußte mit Ehrfurcht darum.

Überhaupt ging alles nach Wunsch... Nach einem Jahr schon meldete der Sohn, zusammen mit wissenschaftlichen Erfolgen, seine Verlobung mit Yvonne, dem seltsamen Fräulein, das er in Briefen schon einmal erwähnt hatte und dessen Bildnis er nun beilegte, übrigens nicht ohne ein gelindes Zögern, wie es jenseits der Alpen aufgenommen würde. Das Bild machte den Eltern auch wirklich Mühe. Sie war, wie man sich nach längerem Schweigen zugeben mußte, wirklich nicht schön. Nun kommt es ja darauf nicht an! Schließlich hatte man auch so viel Vertrauen in den klugen Sohn, daß man sich sagte, es müßte, wenn auch auf dem Bildchen kaum sichtbar, zweifellos viel Nettes und Gutes an dem Mädchen sein; vielleicht waren es mehr seelische Vorzüge, die man in einer Pfarrerfamilie ja durchaus einzuschätzen sich verpflichtet fühlte. Dennoch wurde das Bildchen immer wieder zur Hand genommen: man sah das hagere Mädchen, wie es im Garten halb kniete, halb kauerte, lachte und offenbar mit einem großen Hund spielte, den man selber nicht sah; man erkannte nur seinen Schatten an der blendenden Hauswand –.

Natürlich schrieb man dem Sohne nichts davon.

Auf jeden Fall, sagte man sich nach und nach, war sie aus sehr gutem Hause, wie Hinkelmann versicherte, Tochter eines vermögenden Schweizers, der unter seinen Landsleuten, aber auch unter den dortigen Deutschen und Franzosen, die als eigentlicher Sauerteig beigezogen wurden, ein offenes Haus führte, das gesellschaftlichen Ruf hatte und dem Sohne, wiewohl man natürlich nie und nimmer auf diese Dinge ausging, nur nützlich und förderlich sein konnte.

Ob Yvonne ihn wirklich liebte?

Hinkelmann war überzeugt davon ...

(Noch hatte ihn niemand gehaßt.)

Seine Eltern, die Griechenland bisher nur aus den Büchern kannten und es anläßlich ihrer eigenen Hochzeitsreise nicht über Rom hinausgebracht hatten, waren später zur Hochzeit des Sohnes erschienen, ließen sich Yvonne und die Reste der großen Antike zeigen, die Welt ihres Sohnes, und vertrugen sich mit der jungen Schwiegertochter, die durchaus nicht immer mit dem Schattenhund spielte, ganz ordentlich. Eleusis und Korinth, es war natürlich wunderbar. Yvonne stapfte zwischen den Disteln und Marmorklötzen, meist mit der herzkranken Mutter zusammen, während die beiden Männer, Vater und Sohn, sich an den eigentlich spärlichen Steinresten begeisterten, oder vor allem daran, daß alles so war, wie sie es erwartet hatten und Schritt für Schritt mit ihrem reichen, gründlichen Wissen übereinstimmte. Yvonne langweilte sich auf dieser Hochzeitsreise durchaus nicht, stundenlang konnte sie unter den Oliven sitzen, wartend, oder besser gesagt, durchaus nicht wartend, da ihr der silberne Wind in den Oliven vollauf genügte, das seltsame Geschlängel der Stämme, die fleischrote Erde, die Bläue des Meeres...

Anfänglich, als Hinkelmann ihr den zögernden Vorschlag gemacht hatte, wie es wäre, wenn die Eltern, da sie noch nie in Griechenland gewesen und wahrscheinlich auch nie wiederkämen, sie auf der Hochzeitsreise begleiteten, hatte Yvonne nur gelächelt, verträglicher als man es von einer jungen Schwiegertochter füglich erwarten durfte; mit keiner Miene hatte sie widersprochen, sagte überhaupt nichts (was Hinkelmann ein wenig ärgerte, da er gerne ein entschiedenes und befreiendes Ja gehört hätte). Sie lächelte nur, wenn er sie wieder fragte, überließ es ganz ihm, zu entscheiden, da er doch der Mann war. Es ging ja dann, wie Hinkelmann fand, ganz gut... In Patras, draußen am Hafen, trennten sich die Eltern von ihrem Sohn, der mit Yvonne auf griechischem Boden zurückblieb. Die Mutter weinte von dem Schiff herab, als stünde sie an der Bahre ihres Sohnes, und Yvonne, die ebenfalls winkte, widersprach nicht, als ihr von dieser Stunde an gleichsam die Rolle einer fehlenden Mutter zufiel. Drei ganze Jahre lang widersprach sie nicht, und es klappte eigentlich alles aufs beste. Sie hatten sich ein Haus gemietet, an erlesener Gesellschaft fehlte es nicht. Hinkelmann arbeitete draußen auf den Inseln und kam oft, wie schon gesagt, die ganze Woche nicht nach

Hause; auch darin widersprach ihm Yvonne nicht. Er hatte seine Wissenschaft, und wo immer es die Wissenschaft verlangte, fügte sie sich wie eine Mutter, deren Ziel es ist, daß ihr Sohn ein möglichst großer Mann würde, und die im übrigen keine Rechte auf ihn hat. Sie spielte die Mutter drei Jahre lang, bis sie in jenen Sommertagen merkte, daß sie ein Kind bekommen würde, – drei Jahre lang hatte sie ihm jeden Entscheid überlassen, da er doch, wie Yvonne immer sagte, der Mann war.

– – –

Eines Tages, es war kaum eine Woche nach jener Abendgesellschaft, kam Hinkelmann wie üblich von den Inseln zurück, bereits unterrichtet, daß ein Kind in Aussicht stand, im Grunde wenig entzückt, aber ritterlich genug, seine männliche Eigensucht zurückzustellen und ihre weibliche Freude nach bestem männlichem Vermögen mitzumachen – für ihn, der eben noch die teuersten Blumen besorgt hatte, war es natürlich ein Blitz aus heiterem Himmel, als er Yvonne vor offenen Koffern fand, vollkommen entschlossen, ihn und das Haus ihrer eigenen Eltern, alles, was es überhaupt gab, zurückzulassen …

Erklärungen, sagte sie, änderten nichts.

Sie faßte seine hangende Hand, als er noch immer dastand wie von einer Axt geschlagen, sprach ihm Mut zu in mütterlicher Weise, fragte ihn, ob sein neuer Aufsatz in Deutschland schon erschienen sei, beglückwünschte ihn, da dies der Fall war. Nimm es nicht schwer! sagte sie, packte in aller Ruhe ihr Zeug, in einer vollkommen blödsinnigen und gespensterhaften Ruhe, gegen die es keinen Widerstand gab, keinen Begriff, was denn eigentlich geschehen war. Hinkelmann spürte alles wie ein Brett vor der Stirne. Zweifellos und ohne seine Meinung abzuwarten, ohne Hast, fast heiteren Mutes schied sie aus, was mitkam und was zurückblieb, schob einzelne Bücher unter die Wäsche, ging zum Fenster hinüber, hielt einen seidenen Strumpf gegen das Licht, zu sehen, ob er noch taugte ...

«Siehst du», sagte sie beiläufig, «man bekommt kein Kind von seinem Sohn.»

Es folgte eine Woche voll Scheußlichkeit, aufreibend für beide. Im Hafen drunten, inmitten von Koffern und Hutschachteln und brüllendem Volk, das zwischen Bergen von goldenen Melonen feilschte, stand Hinkelmann vor seiner hageren, jungen, unscheinbaren Frau, die ein Kind erwartet. Augenblicklang, zum erstenmal in seinem Leben, durchblitzte es ihn, daß es auch für ihn, Hinkelmann, ein Mißlingen geben könnte, und starrte sie an, fassungslos, daß man ihm das antat. Ohne Schutzengel, ein gänzlich Verlassener, der nicht steht, sobald man ihn einmal fallen läßt, das war es ja gerade, was ihren weiblichen Entschluß nur bestärken konnte, ins Unbedingte verklärte! Er könne nicht leben ohne sie. Oh, sie weiß es, man kann so viel, mehr, als man immer meint. Und wenn es wahr wäre? Um so notwendiger, daß man sich trennt. Es ist ja alles so klar. Was soll sie erklären, wozu das Gefeilsch? Hinkelmann konnte es noch immer nicht glauben. Was doch die Männer, die so groß und so breit, für eine Angst vor dem Schmerz haben! dachte sie ...

Zum zweiten Mal schon tutete das Schiff.

«Yvonne», sagte er, «du wirst nicht reisen.»

Wie wollte Hinkelmann es hindern?

«Du wirst nicht reisen!»

Daß sie über allen Ekel hinaus nicht lachen mußte! Wie ein Schlangenbeschwörer stand er vor ihr.

«Ich sage dir, du wirst nicht reisen.»

– – –

Yvonne reiste, und Hinkelmann unternahm in der Folge natürlich alles, was ein Mann, der einmal merkt, daß er eine Frau verliert, und es allen Ernstes glauben muß, irgendwie noch unternehmen kann, um sie ganz und restlos zu verlieren. Entgegen ihrer dringenden Warnung, die deutlich genug war, hatte er im letzten Augenblick – ohne Koffer und alles – ebenfalls das Schiff bestiegen, da er ihre Abreise nicht hatte verhindern, nicht einmal verzögern können. Alles nahm seinen Gang, lächerlich und widerlich genug. Sie dampften schon an Patras vorbei, Yvonne wußte noch nichts von seiner Anwesenheit, saß draußen auf Deck, rauchte und las in einem Buch; Hinkelmann sah es aus seiner Kabine heraus, wie sie den Abend genoß, allein, während er mit einem brennenden Unverständnis umherging und überall, wo er nachdachte, vor einer undurchdringlichen Wand stand, nichts von den Nächten sah, von den Morgen und Tagen, die neben dem Schiff vorbeizogen, nichts von der silbernen Rüsche der Brandung, die sie am Ufer begleitete. Yvonne sah das alles, den Keil der glitzernden Wellen, die sich ins Unabsehbare verloren. Was habe ich denn getan? fragte sich Hinkelmann; Yvonne hatte es ihm gesagt, o gewiß, all die Tage hatte sie ihn angebrüllt wie einen Tauben, es waren Gespräche gewesen –

Dann, wie Nebel, war alles wieder weg.

Wir wollen doch wieder vernünftig sein! dachte Hinkelmann, wollte es auch wirklich sagen. Yvonne war zum Frühstück erschienen, wich ihm nicht aus, sie saß und trank Tee, blickte zum Fenster hinaus. Ihre zarte Gegenwart, die ihm wieder wie eine Überraschung war, rührte ihn zur kühnsten Hoffnung. Ein Wort, ein Blick, eine Gebärde, es müßte einfach möglich sein, dünkte ihn, nichts leichter und natürlicher als dies, und er würde ihre schmale Hand fassen wie früher, sie würde aus ihren glänzenden Augen lachen, an seine Schulter fallen, sobald man allein wäre, man würde weinen oder sich auslachen, sich gegenseitig verzeihen...

Oh, es wäre rührend.

Hinkelmann ließ sie, ihrem Wunsch gehorchend, ganze Morgen allein. Nach dem Essen ging sie wieder in ihre Kabine, sie schob den Riegel. So ging das, bald war er dankbar darum, daß er überhaupt auf dem gleichen Schiff stehen durfte, bald dünkte es ihn blödsinnig, vollkommen unannehmbar, was sie da für ein Leben spielten, zwei Leute, die zusammen ein Kind hatten, und es war ihm, er müßte durch alle Türen hindurch, rücksichtslos, sinnlos, zwecklos, männlich, einfach um sie zu fassen, ein totes Bündel in den Armen, das sich küssen ließ, wehrlos, aber mit dem Gesicht des Ekels – und nachher weiß man, jetzt ist es Schluß, endgültig.

Hinkelmann verstand es einfach nicht.

«Du hättest dir diese Reise ersparen können», sagte ihm Yvonne. «Übrigens bildest du es dir ein, ich hasse dich nicht – so wenig ich dich jemals liebte, ich hatte nur Mitleid mit dir, ich war deine Mutter. Das ist es ja eben! Seit damals in Patras, als wir im Hafen standen und winkten – diese Idee, eine Hochzeitsreise mit den Eltern zu machen!»

«Damals hattest du nichts dagegen!»

«Ich mache dir keinen Vorwurf», sagte sie müde, voll Widerwillen gegen das Sprechen, «ich selber bin ja die Gans! Schon ganz am Anfang, als du zum erstenmal in unser Haus kamst und dich als Forscher vorstelltest, dachte ich mir, du müßtest klüger sein als ich. Ich wollte es mir niemals zugeben, niemals, und ich wußte es doch schon so lange, vielleicht schon seit jenem ersten Tee. Ich wollte es nicht wahrhaben, daß ich dir überlegen sei, ich schämte mich, verstehst du, als Frau! Bis das Kind kam –.»

Sie lächelte:

«Ein Kind? sagtest du ganz erschrocken, als wäre ich unter einen Wagen gekommen. Du warst so rührend, gewiß. Was werden wir nun machen? sagtest du: Was werden wir nun machen?...»

«Und das durfte man nicht fragen!?»

«Ich sehe dich zeitlebens, wie du dasitzest: Was werden wir nun machen?... Du tatest mir in diesem Augenblick so leid, sage ich dir. Wie damals beim ersten Tee in unserem Haus, als du erzähltest, wie die alten Asiaten sich den Tod dächten, und dabei ließest du unsere schönste Tasse fallen, gossest dir den ganzen Tee über die neuen Hosen... Er ist doch schließlich unser Gast! dachte ich damals. Ich bin einundzwanzig, ein nichtsnutziges Dasein, ein Mißgeschick von Tochter, überflüssig von Geburt an, eine rettungslose Gans. In dieser Nacht werde ich in sein Zimmer gehen –»

«Yvonne!»

«Ja, so sagtest du damals... Yvonne, wie schön du bist, wie schön ist das Leben! sagtest du immer. Wenn es ihm wirklich Freude macht! dachte ich, sicher ist er klüger als ich, ich hatte immer solches Mitleid mit dir, so groß wie du warst.»

Darüber konnte Hinkelmann nur den Kopf schütteln, wortlos in würgender Bitterkeit, zugleich nicht ohne kühle Linderung eines grimmigen Hohnes, wenn er an den vergossenen Tee dachte, daran, was für Nebensachen in einem Weiberhirn hangen bleiben! Das andere, wie er vor der Nachricht ihrer Mutterschaft gesessen hätte –

«In diesem Augenblick», sagte er, «ich weiß es wirklich nicht, was du eigentlich in diesem Augenblick von mir erwartet hast, was in aller Welt!...»

«Ich weiß es auch nicht.»

«Etwas hast du erwartet –.»

«Kann sein. Jedenfalls wußte ich in diesem Augenblick, daß ich umsonst gewartet hatte. Daß ich die ganze Zeit geschwindelt hatte. Wußte, daß es nicht sein durfte – man bekommt kein Kind von seinem Sohn.»

Es lachte wie ein tonloser Hohn in ihm, da war man also wieder! Immer im Kreise herum! Was er nur vorbrachte, immer dieser krampfhafte Wille zum Verletzenden, der sich, je weniger Hinkelmann sich verletzen ließ und je mehr er all das Harte, Kalte, Schroffe als Notwehr einer armen Verwirrten verzieh, nur weiter und weiter steigerte ... Alle Tonarten waren damals schon versucht, hinauf, hinunter, ja, auch alle möglichen Schweigen schon einmal geschwiegen, es war ihm, als gäbe es nichts mehr außer Wiederholung, diesem Fluch der Wiederholung, der ganze Gespräche, schon einmal gesagt, Wort für Wort zum gleichen Ende führte. Hinkelmann blickte auf die Uhr, es war spät, Mitternacht vorbei, und natürlich war Yvonne, wie sie es nannte, wieder völlig kaputt. Er begriff es, weiß Gott, dennoch konnte er ohne ein Wort nicht hinübergehen. Sie schlief ja nicht, lag nur da, ihren Kopf gegen die Wand, Haare im Kissen, den Rücken gegen ihn. Ob sie wieder Schmerzen hatte, war nicht zu erraten. Nicht einmal die Tabletten, die er in Athen noch besorgt, die er wortlos geholt und ihr in Wasser gelöst hatte, ärztlich empfohlene Tabletten, hatte Yvonne von ihm angenommen. Er stand, das Glas noch immer in der Hand –.

«Yvonne», sagte er nach einem endlosen Schweigen, «ich weiß nicht, was ich machen werde. Ich kann nicht leben ohne dich. Verstehst du? So oder so – es ist mir ernst, Yvonne, ob du es glaubst oder nicht.»

Er heulte fast.

«Schau», sagte Yvonne, noch einmal zu einer Antwort bereit, fast mit einer kameradschaftlichen Ruhe und einem letzten Gelingen von Herzlichkeit: «was du da meinst, das ist nun wirklich deine eigene Sache, ganz und gar. Wenn wir keinen besseren Weg finden, so ist es vielleicht auch nicht schade um uns, vom Leben aus gesehen. Und wo man gerade selber gestorben ist, weißt du, Heinrich, es würde mir wenig Eindruck machen. Du würdest mir leid tun – im übrigen, wenn du meinst, daß du mit dieser Drohung eine Frau zurückgewinnest, ach Hinkelmann!»

Was in aller Welt sollte er denn tun?

«Nichts», sagte Yvonne.

Nichts –

«Niemand kann aus seiner Haut heraus.»

– – –

Es war an der dalmatinischen Küste, ein brütender Mittag, eine mörderische Glut, man wartete eine Viertelstunde schon auf die Einfahrt, eine halbe, eine ganze. Über dem Hafen, über einem blendenden Steinplatz, den die Häuser wie weißer Würfelzucker umstanden, zitterte die südliche Bläue. Senkrecht stieg ein Rauch aus den Schloten, wie eine braune Säule der Windstille. Heißes Abwasser sprudelte aus der Schiffwand, dampfend, und aus einem Fensterloch lehnte der Koch, glänzend vor Schweiß, eine weiße Mütze auf dem Kopf, zwei nackte Schultern und Brusthaar. Es war, sobald der Fahrtwind aufgehört hatte, eine höllische Hitze, es roch geradezu nach Hitze, nach Küche, nach Dampf und Hafen, nach faulem Meer, nach Tang, der an der Sonne verweste, nach toten Fischen, deren silberne Bäuche aus der lautlos wiegenden Dünung blitzten. Von Zeit zu Zeit, wenn der wartende Dampfer wie aus Ungeduld tutete, zitterte ein Dröhnen durch die lastende Windstille, verlor sich wie das Zischen des weißen Dampfes in der uferlosen Himmelsbläue, und alles blieb beim gleichen, die schwarzen Schlote von schlafenden Frachtern, wie Scherenschnitte vor der weißen Häuserflucht, das krause Gewirr von leeren Segelrahen, da und dort ein Segel, braun oder beinahe rot, lahm aber und schlaff, ohne eine Ahnung von Wind! Wie dickes Glas stand die Stille, nur immer wieder das Rasseln einer Kette im Hafen, ein kreischendes Rasseln, nichts weiter. Das Sprudeln des dampfenden Abwassers war auch noch verstummt; jetzt hörte man das zage Geplatsch an der langen Schiffswand, die in einer fast unsichtbaren Dünung auf und nieder ging wie ein zu langsames Atmen, ein Auf und Nieder, das beklemmend und erstickend war, ein unablässiges, aber völlig kantenloses Wiegen und Schaukeln –.

Reinhart, fast als einziger auf Deck, lehnte ans Geländer, die Ellbogen gestützt, und war eben, indem er durch das Dreieck zwischen seinen Armen hinabschaute, voll Andacht dabei, seiner eigenen Spucke nachzublicken, die neben der hohen Schiffswand hinunterfiel, in der Verkürzung natürlich sehr langsam, und die jedesmal, wenn sie unten auf dem grünen Wasser aufschlug, eine winzige Perle hinterließ, mindestens für eine Weile. So machte er Perle um Perle, – als er plötzlich, vielleicht durch einen leichten Schrei oder sonst ein Gefühl veranlaßt, sich umdrehte:

Als wüßte der junge Mensch um alles Bescheid, hatte er Yvonne sofort gefaßt, zu einem nächsten Sessel gebracht. Sie kam ihm, da er sie trug, unglaublich klein und zerbrechlich vor, dennoch sehr schwer in ihrer Ohnmacht, unsinnig schwer. Als er soweit war, schob er den Sessel unter den Schatten eines hangenden Rettungsbootes wie unter einen Baldachin, stand eine Weile daneben, unschlüssig nach getaner Arbeit. Er glaubte ihre Ohnmacht durchaus, dennoch flogen ihm sonderliche Gedanken durch den Kopf, ein wenig spöttische, fast boshafte Gedanken. Ihre Augen waren geschlossen, sie atmete mit offenem Mund. Ihre Arme, von der Lehne gefallen, hingen fast auf den Boden, Hände wie Fledermäuse, hilflos, alles ein wenig lächerlich wie ein Hampelmann, dem man die Fäden durchgeschnitten hat. Reinhart nahm ihre Arme, aus Mitleid für das Lächerliche, legte sie der jungen Frau in den Schoß … Dann war auch das getan … Auch das sah komisch aus; nun war es, als deckte sie ihren Schoß vor dem blauen Himmel, schützte ihn, suchte ihn, es war anzusehen, als hätte sie Schmerzen. Indessen wagte er nicht mehr, ihre Hände anders hinzulegen. Drüben rasselten wieder die Ketten in die drückende Stille hinein …

Es mußte immerhin eine Zeit vergangen sein; denn als Yvonne zu sich kam, ihre Lage begriff, war das Schiff bereits wieder in voller Fahrt, knochenbleiche Felsen glitten vorüber, Wind war wieder da, Rauschen des Wassers, das ferne Verhallen der klatschenden Brandung, das Kreisen der Möwen – Reinhart hockte auf dem Geländer, die Hände in den Hosentaschen, rauchte eine Pfeife, und der Wind flockte ihm jedesmal den Rauch weg, Wölklein um Wölklein wirbelte hinter ihn.

«Wissen Sie», lachte er, «wie Sie vorhin ausgesehen haben?»

«Wie ein altes Weib!»

Das hatte er jetzt nicht gemeint.

«Turandot», sagte er, nahm die Pfeife aus dem Mund. «Sie kennen Turandot? Einmal habe ich ein Bildnis gesehen, Zeichnung in Tusch, nur ein paar Züge mit dem Pinsel waren es und fast wie eine Schrift, aber fabelhaft. – So sahen Sie aus!»

«Ach!»

«Es spielt in China, glaube ich, und natürlich ist es ein

Märchen, eine junge Prinzessin, die allen Männern drei Rätsel vorlegt; wer sie nicht löst: Kopf ab, Kopf ab –.»

Dann, indem er die Pfeife an seinem Absatz ausklopfte und nach und nach gänzlich auseinandernahm, erzählte er weiter, wo er inzwischen gewesen war, erzählte von Nächten im Freien, von griechischen Hirtenhunden und serbischen Klöstern, von Zöllnern, denen er ein Schnippchen geschlagen hatte. Es ging gegen Abend. Yvonne fühlte sich wohler, wenigstens zeitweise. Das Meer, die Fahrt an den gleitenden Küsten und Inseln vorbei waren köstlich, der leichte Wind, die Vögel über dem rauschenden Kielwasser, immer wieder die abendliche Sonne auf Riffen... Lieber Gott, dachte Yvonne aus allem heraus, führe diesen Menschen nicht zu mir! Auch dieses Gesicht war ihr Durchsicht. Was war dieser Mensch noch jung! Wie Regenduft aus sommerlichem Blattgrün kam es über sie, während sie doch zwischen dem Geländer hindurch nichts anderes als Wasser sah, und der junge Mensch erzählte, wenn ihr recht war, von den Tücken des Segelns. Daß es das gibt! einmal in jedem Leben; wie Gärten, die schweben, grünte es unter dem Dunkel der glitzernden Wellen, ein starkes und jähes Gefühl von der Jugend kam über sie, Gefühl eines namenlos Hellen, so plötzlich wie ein Morgen im März: Alles ist möglich, nichts ist geschehen, Ängste der Kindheit wie Schalen gefallen, in einem weißen Kleidchen steht man da in der Wiese, Mensch ohne Verstrickung, und hoch in der Bläue des Morgens, hoch segeln die Wolken hinter laublosen Zweigen...

Hinkelmann hatte sich später tatsächlich das Leben genommen, fünfunddreißig Jahre alt, ohne daß er mit seinem beträchtlichen, aber anders geschulten Scharfsinn je begriffen hatte, was eigentlich um ihn geschehen war.

Zuerst, als Yvonne ihn nicht mehr empfing, war er nach Deutschland gereist, wo er es im elterlichen Pfarrhaus allerdings nicht aushielt; er sah nun die kindliche Tapete in seinem Zimmer, die Daten auf seinen eigenen Zeichnungen, bescheiden klein, wie ihn dünkte, aber peinlich und gewissenhaft, und obgleich Hinkelmann nicht wußte, was denn so Schlimmes dabei sein sollte, wurde ihm alles unerträglich, wenn er bloß daran dachte, niederschmetternd. Auch die Mutter war da, die immerzu an den Kopf griff, als fiele ihr das Haar herunter, vor allem die Mutter. Natürlich hatte Hinkelmann schon geschrieben, daß ein Nachkomme unterwegs wäre, konnte es nicht mehr verheimlichen, noch weniger konnte er sagen, daß Yvonne, seine Frau, in einem Krankenhaus lag, um sich das Kind wegnehmen zu lassen, überhaupt, was alles gekommen war. Der Vater, der zuversichtlich auf einen Stammhalter hoffte, redete im übrigen mehr von den Grabungen und so weiter. Unter dem plötzlichen Vorwand, daß er einen Fachgenossen treffen müßte, und solche waren in seiner Wissenschaft ja allerdings sehr spärlich und weithin verstreut, reiste Hinkelmann schon andern Tages wieder in die Schweiz zurück, wo Yvonne sein mußte.

Gesehen hatte er sie nie mehr.

Mehr als einmal hatte er Blumen überreichen lassen, die er, verzweifelt über sein zielloses Dasein, selber in den Feldern gepflückt hatte – wahrscheinlich, wie Yvonne beim Anblick des Straußes dachte, nicht ohne Rührung über sein eigenes ritterliches, großzügig verzeihendes Wesen; Yvonne konnte es anders nicht mehr sehen, übrigens rochen ihr die Blumen zu stark, und die Schwester, die sie gebracht, mußte sie wieder hinausnehmen, bevor sie noch eine Vase dafür gefunden hatte. Natürlich blieb es nicht dabei. Rings um das Krankenhaus hatte Hinkelmann in allen Wiesen gepflückt, wie ein Schulbub um seine eigene Gattin geworben, ohne daß er irgendein Zeichen von ihr erhielt. Nach einer Unsumme von Entschlüssen und Bedenken ließ er sich eines Morgens selber anmelden, wartete unten in einer gläsernen Halle, den Hut auf dem Rücken, wartete vor einem sonnigen Blumenfenster – am Ende hätte es durchaus sein können, daß Yvonne überhaupt nicht in diesem Krankenhaus lag, wo er die ganze Zeit schon Blumen abgab; daß auch die harmlosen Schwestern ihn platterdings zum Narren hielten!

Wer? fragte Yvonne.

Ein großer Herr –

Das war höflich von ihm, sich nicht als Gatte anzumelden! Wenn er wirklich begriffe, daß es Schluß war? dachte Yvonne, und das christlich arglose Gesicht der Schwester, die ohne jede mimische Glosse seine geheuchelte Ruhe weiterspiegelte, verleitete sie fast, oder auch nur der Reiz, ihren eigenen Entschlüssen davonzurennen, der bloße Unmut, daß man alles, was Hinkelmann machte, im voraus erriet...

Am Abend jenes Tages, im Besitz ihres Nein, fand Hinkelmann sich zielloser als je; sechs Stockwerke über dem Gewimmel einer vollkommen fremden Stadt, seine Hände in den Hosentaschen, stand er unter der Türe eines lächerlichen Balkönleins wie all die Abende zuvor, glühende Abende eines frühen Herbstes voll goldener Stille über dem See. Zum erstenmal in seinem Leben, das ein Leben aus Arbeit und Erfolg war, dämmerte ihm ein Abgrund, Grauen eines anderen und traumdunklen Daseins mit verschwimmenden Fratzen, mit tosender Brandung, mit Gewittern aus dem Unberechenbaren... Hinkelmann nannte es Stimmung, nichts weiter. Er sah die lautlosen Segler auf dem herbstlich blinkenden See, wie große Schmetterlinge in der schrägen Abendsonne, und unter den gelben Alleen gingen die fremden Leute mit maßlos verlängerten Schatten, dazu das verlorene Hupen der Wagen, wenn man im Zimmer saß, noch immer die Hände in den Hosentaschen, Geläute der Kirchen, draußen verblauten die Ufer wie silberner Rauch... Tage gab es, Abende, wo Hinkelmann nicht mehr zum Essen hinunterging, nicht unter die Blicke der Kellner konnte, so unmöglich und minderwertig kam er sich vor, so unwissend, so hinter dem Monde geboren. Er saß dann stundenlang, die Hände in den Hosentaschen, fröstelnd bei offenem Fenster und einbrechender Dämmerung mit steigenden Nebeln, in einer Weise heimatlos, die nicht auszudenken war, und was das Denken überhaupt betraf, war es ja nichts anderes mehr, als daß er schweigend mit Yvonne redete. Ihr zuliebe, um ihrer Achtung willen hatte er sich vorgenommen, seinen Willen anzustrengen; noch war kein Tag vergangen, ohne daß er bald aus offener Absicht, bald mit schleicherischen Vorwänden zum Krankenhaus gegangen war, sich in den nahen Wäldern umhergetrieben hatte. Was sollte daraus werden? Eine Ahnung davon, daß er die Einsamkeit lernen müßte, einen Grad von Einsamkeit, den er sich vorzustellen bisher noch niemals Anlaß hatte; daß er das lernen müßte, bevor man zu irgendeiner Gemeinschaft taugte, eine Ahnung davon hatte er schon; nur dachte er auch dabei, wie das Kind an seine Mutter, stets an Yvonne, deren Achtung oder Verachtung ja sein letzter Maßstab blieb in all dieser Wirrnis, in einer gänzlich verwandelten Welt, in jenen Gewittern des Unberechenbaren, die er Stimmungen nannte, Launen... Es war die Laune, zum Beispiel, in einem Hotelzimmer hinzuknien, hinzubrechen, den Kopf auf dem Boden und aufzuheulen, all dies, ohne daß man wußte, warum und wozu, vor allem wozu. Hinkelmann tat es natürlich nicht. Er dachte es nur. Zu vieles gab es, was ihm derlei Getue verbot, einem Pfarrsohn, einem gebildeten Menschen, der auf Haltung erzogen war, ohne daß er wußte, was jenseits der Haltung begann und aufbrach und die Haltung erst schaffte, die Haltung jeder wahrhaften Art erst dringend machte. Es waren immerhin, da wir uns eine größere Verzweiflung nicht denken können als jene, deren wir fähig sind, die verzweifeltsten Abende seines Lebens, und Hinkelmann wußte immer weniger, um was es eigentlich ging oder gegangen war … Wenigstens für Yvonne war es ja vergangen; sie hatte ihr Kind ins Unvorstellbare verworfen; unsäglich viel Schwereres, was aus jenem Unvorstellbaren kommen mußte und wovon sie nicht wußte, was es war, begann, das, was nichts mehr mit Hinkelmann gemeinsam hatte. –

Auch seine Briefe öffnete sie nicht mehr.

Einmal traf Hinkelmann seinen Fachfreund, Homberger mit Namen, sie saßen in einem reizvollen Garten am See, wo man die Berge sah, Kellner umhergingen, eine Welt von fröhlichen Leuten, die sich teilnahmslos um den jungen Gelehrten tummelte, Vogelsang über seinem innersten Begräbnis, Bienengesumm über den Kränzen seiner Ehe.

«Du kennst sie nicht!» sagte Hinkelmann. «Im Grunde ist sie ein wunderbarer Mensch, ein ganz einmaliger Mensch, ein Engel von Geduld, schon fast kein Mensch mehr –.»

(Zuvor hatte er sie eine hysterische Dirne genannt.)

«Was waren wir glücklich!» sagte Hinkelmann. «Wir haben einander verstanden, wie mich noch nie ein Mensch verstanden hat –.»

Er redete in einem fort.

«Was heißt das? Verbrechen gegen das keimende Leben!

Was für eine jämmerliche Halbheit des Urteils, wo man weiß, wie weit wir uns in allem von der Natur entfernt haben, und stolz darauf sind, wir verhindern die Seuchen, die Sterblichkeit der Kinder. Ist das Natur? Man müßte den Mut haben, auch die Folgen unsrer Unnatur zu ziehen, alle. Yvonne hat sie gezogen, Yvonne hatte den Mut, den alle, die Yvonne verurteilen, nicht einmal ahnen... Bei Gott!» sagte Hinkelmann. «Oder ist es nicht so? Ist es nicht so, in Tat und Wahrheit?»

Ohne ein Ziel in der Welt, voll Angst vor der Leere des nachfolgenden Alleinseins hatte der Unglückliche, der in seinem eigenen Reden wenigstens einen Zustand des Erträglichen fand, keine Zeit beachtet, da es für ihn ja keine Zeit mehr gab, keine zeitlichen Ziele; Homberger hatte offenbar einen Wink gegeben, bezahlte den Kellner und machte den Vorschlag, dem See entlangzugehen...

«Oder ist es nicht so?» fragte Hinkelmann.

Homberger widersprach nicht.

Als Sohn eines christlichen Pfarrers war Hinkelmann seinerseits um Einwände und Widersprüche nicht verlegen; durch seinen eigenen Mund ließ er sie sprechen, keine Lappalien, und doch, auch vor sich selber behielt er recht! Das gab ihm – während sie dem tatsächlich sehr reizvollen See unter den abendlichen Alleen entlanggingen – ein Gefühl wie einst in seinen guten Tagen. Und plötzlich, als hätte er einen Spuk in die Hölle zurückbeschworen, freute sich Hinkelmann wieder auf Griechenland, erinnerte sich an Griechenland, das Leben in Griechenland, erzählte von Griechenland, von den Grabungen und einer Reihe akademischer Vorträge, die er zu halten hatte. Das waren nun allerdings Sachen, die auch Homberger, den Fachfreund, zu einer möglicheren und lebhafteren Teilnahme befreiten, so daß sie dennoch miteinander zum Nachtessen gingen, nachdem sie schon zwei Male um das abendliche Seebekken geschlendert waren. Homberger hatte zwar versichert, er müsse zu Hause essen. Sie gingen zusammen in eine kleine, aber erlesene Wirtschaft, wo Hinkelmann zum erstenmal in seinem Leben eine Fondue aß; sie tranken auch Wein, nicht viel. Als wären sie mit einem einzigen Spatenstich zu einer verschütteten Schatzkammer durchgestoßen, gab es auf einmal eine ganze Fülle des Beredenswerten: Erinnerungen aus Heidelberg, Schulscherze, ein ganzes Puppenspiel von gemeinsam genossenen Professoren, die, zum großen Teil schon tot, wie Hampelmännchen an den Drähten ihrer Spottlust erscheinen und nochmals alle ihre Schrullen vorführen mußten, zogen sich bis Mitternacht hin…

Die Nacht, draußen, war ernüchternd kalt.

Weiße Schwäne schwammen schlafend auf dem schwarzen See, und das Wasser rauchte von Nebeln, der Himmel funkelte von herbstlichen Sternen… Auch wie er nun wieder allein, vollkommen allein war, fühlte sich Hinkelmann in einer glücklichen Weise wach, wie wiedergefunden; seit Wochen war es der erste Abend, wo er wieder las – eine Zeitschrift, die er als einziges in seinem Hotelzimmer hatte, es ging nicht ganz in sein Fach, aber er las es unter der Stehlampe seines Fremdenzimmers, sitzend und angezogen, las es mit einer Art von sachlicher Ruhe und einer bescheidenen Zuversicht in seine Person, sein Urteil, sein Wissen und Denken, mit einer stillen Wiederkehr in die männerhafte Heimatlichkeit, die ihn aus dem Gedruckten dieses Aufsatzes umfing.

Das war an einem Freitag gewesen.

Am Sonntag darauf nahm er sich das Leben –.

Yvonne mußte noch eine Woche im Krankenhaus bleiben; sie hatte es später von seinen Eltern erfahren, da der Brief vorher noch eine Griechenlandreise unternommen hatte. Obschon es eigentlich nur hieß, er wäre seit dem und dem Tag verschollen, wußte sie sofort, was geschehen war. Wie sie den beiden Eltern, als sie herkamen in einer stieren Verzweiflung, ihre Teilnahme aussprach, sie in ihren schlimmsten Befürchtungen unterstützte, sie geradezu darin versicherte, ohne daß sie ihre Gewißheit erklären konnte, all das wunderte Yvonne immerhin selber. Sie machte damals einen sehr elenden Eindruck auf die Eltern, die übrigens, als ihnen das Amt der Tröstung genommen war, vor dem eigentlichen Unglück wie entwaffnet standen. Offenbar hatte Hinkelmann alle Briefe verschwinden lassen, ritterlich wie er war. In seinem Zimmer, sechs Stockwerke über dem Gewimmel einer fremden Stadt, fanden sie nichts von Belang oder Hinweis. Eine Zeitschrift, da und dort mit Randstrichen versehen, stürzte die Mutter in lautes Weinen; der Vater versank in ein tiefes betrachtendes Schweigen und Blättern, nicht ohne nachzusehen, was im besondern er angestrichen hatte.

Natürlich konnte es sein, daß Hinkelmann gerade draußen im See lag, seine Taschen voller Steine, oder er war nur verreist, wollte die Eltern mit einem neuen Erfolg überraschen; vielleicht auch war er verunglückt, oder er hatte sich erschossen, lag in einer Kiesgrube droben im Wald, bis ihn einmal die spielenden Pfadfinder entdeckten; alles konnte sein, nichts war gewiß, alles war denkbar, aber alles Gedachte löste sich immer wieder auf, oft in Wolken einer leichten Zuversicht, oft in eine ungläubige und brütende Empörung, daß die Welt eine solche Unordnung sein sollte, worin ein Mensch einfach verloren gehen könnte. Wahrscheinlich, da Hinkelmann nicht ein Mensch war, der an die Einsamkeit dieses Lebens und auch nicht an die Einsamkeit des Todes glauben mochte, stand es in seinem letzten Brief an Yvonne, der ebenfalls, nie eröffnet, nie gelesen, wie alle andern zerrissen worden war… und nie erwähnt auch –.

Sein Tod blieb also ungewiß, er glich dem Sensenmann auf alten Stichen so wenig, daß ihn die Eltern kaum glauben konnten; er kam nur und ging wie ein Nebel, ein wechselndes Rätsel, ein Wind aus der Leere, ungreifbar, eine ganz unglaubbare Gewißheit, die aus Angstgründen aufstieg und aus rauchenden Träumen, je länger und länger man den Sohn nicht wiedersah, ja, es war, als versinke er selbst hinter den Bildnissen, die man hervornahm und vor sich aufstellte. Auch darin war er schon nicht mehr. Für die Eltern kam eine Zeit, wo ihnen jede greifbare Erfahrung, auch die bitterste, eine Erleichterung hätte bedeuten müssen, und daß er einfach verschollen blieb, war ihnen schwerer als sein Tod oder das, was sie beharrlich für den Tod hielten. Denn das konnte der Tod nicht sein, daß ein Mensch einfach aufhörte, grablos, wie ein Niegewesener, auf eine gespensterhafte Weise einfach verschwand, ein Spuk, ein Nichts, eine bloße Einbildung, die nicht mehr gelang, eine Spiegelung der Luft – einer Luft, die doch immer noch voll mütterlicher Hoffnung irrlichterte, mehr und mehr, trotz Yvonnes zweifellosem Kopfschütteln; es war eine Hoffnung, welche die Mutter oft an den Rand des Wahnsinns lockte, eines Wahnsinns in gediegener Form freilich, nicht Aufschrei und Sintflut des Herzens, nur fixe Idee einer alternden Dame, einer blumengießenden und fürsorglich-unersättlichen Pfarrfrau, die insgeheim anfing, ihre Träume aufzuschreiben und seiner märchenhaften Wiederkehr – als himmlischer Sohn einer neuen Offenbarung – zusehends gewisser wurde.

Sie selber starb nach wenigen Jahren.

– – –

Das war die Geschichte mit Hinkelmann, dem jungen Gelehrten, der sich, als seine Frau ihn verließ, das Leben genommen hatte, weil er plötzlich nichts mehr begriff; Hinkelmann oder Ein Zwischenspiel: von Yvonne aus gesehen, vom Leben aus gesehen.

II

TURANDOT
oder
DAS HEIMWEH NACH DER GEWALT

Jahre waren vergangen.

Yvonne hatte ihre eigene Wohnung. Droben in einem alten Haus. Man kam durch einen Schattenhof mit Geländern aus Schmiedeisen, mit vermoostem Kugelpflaster – Erinnerung an trampelnde Hufe, an zierliche Droschken –, überhaupt war es eine dornröschenhafte Art der Verwahrlosung, die manchen Besucher, der Yvonne als eine elegante Dame kannte, in seiner Erwartung vollkommen unsicher machte, seine heimliche Vorstellung enttäuschte oder auf eine unklare, beinah verwegene Weise beflügelte. Jedenfalls geschah es in diesem Höflein nicht selten, daß die Leute nochmals zurücktraten, die Hausnummer prüften, ehe sie es mit einer äußeren Entschiedenheit wagten, die sie sich selber oder einem allfälligen Zuschauer schuldig dünkten, im Grunde des Herzens aber gefaßt, daß man zum Narren gehalten wurde, daß überhaupt niemand in diesem alten Hause mehr wohnte und jemals aufmachte. Keiner, der hier zum erstenmal den schweren Glockengriff gezogen hatte, vom eigenen Geklingel erschreckt, erwartete die Aufgeräumtheit, die lichte Wachheit, die ihn oben empfing; auf die verworrenen Vorstellungen, die das schwarze Moos auf der Sandsteintreppe, das spröde Geraschel von verjährtem Herbstlaub erweckt hatten, war es die zweite Überraschung, wie ein Spott auf die erste. Ihr Empfang, stets in vollendeter Höflichkeit und stets in vollendeter Kleidung, so, als ginge sie eben in Gesellschaft, war überhaupt nichts anderes als eine Entwaffnung, oft mit dem komischen Erfolg, daß die Leute, wenn sie den Mantel los waren, kaum über die Schwelle konnten, taten, als hätten sie endlosen Schmutz an den Schuhen, die Hände in Verlegenheit rieben, und dabei waren die Herren, die hier kamen, weiß Gott keine Schuljungen mehr, wennschon die meisten, wie sich herausstellte, noch einiger Belehrung bedurften.

Hier also hauste Yvonne, bewundert als Frau, die ihr eigenes Geld verdiente, ihre eigenen Wege ging, ihre eigene kleine Wohnung hatte, womit sie die Besucher verblüffte, eine Wohnung mit Kühlschrank und Lift, mit Dienstmädchen, mit Büchern und Blumen, mit der heiligen Vorherrschaft einer schwarzen Katze, die alle Gäste verkratzen durfte, mit Vogelzwitschern in der Dachrinne und Ausblick über die Dächer und Türme der Stadt. Merkwürdig schön war es hier, hoch über dem Gewimmel der Straßen, über Wipfeln des Parkes. Es glühen die Sommer mit weißem Gewölk über dem See, Herbste silbern in versponnenem Hauch, und über den Parken schwimmt das Geläute der Münster, Morgen um Morgen, wie ein Gesumm …

Einmal, es war nach Jahr und Tag, nach einem zufälligen Treffen auf offener Straße, wo sie ihn ohne weiteres zum Tee geladen hatte, stand auch der junge, aber nicht mehr jugendliche Reinhart in diesem männerlosen Heim … Er spielte mit dem schwarzen Kater, bis draußen der Tee bereitet war, und schien überhaupt in keiner Weise verlegen. Seinen leichten Kittel hatte er ausgezogen; die Tasse in der Hand, saß er auf dem besonnten Fenstergesims. Eine zerstreute Verträumtheit, die keinen Zwang zum steten Sprechen kannte, gab ihm den heiteren Schein eines Unverletzbaren. Er saß vor der flimmernden Bläue über den Dächern, voll kindlicher Freude, hinabzusehen auf den munteren

Verkehr in den Schluchten der Straßen. Es war ein später Nachmittag. Es war im Frühling –

Für Yvonne, deren Urteil so gerne zum Maßlosen neigte, erschien er als der erste Mensch, der nichts wissen wollte, der sich nicht den Hals ausrenkte und ihre Wohnung lobte, ihre Lebensart bewunderte mit einem Kropf voll verschwiegener Fragen! Er trank den Tee, er aß auf eine ganz nebensächliche Weise, aber mit sichtlichem Hunger, ohne verlegenes Erwachen vor der drohenden Leere des Tellers; sein Schweigen, das ihm sehr selbstverständlich sein mochte, hatte für Yvonne eine ungewöhnliche Gegenwart, auch den Zauber einer unverschämten Vertrautheit, und manchmal, ohne begreiflichen Anlaß, hätte sie über ihren Gast herauslachen können wie über einen großen Jungen. Dann erschien er ihr wieder wie ein jüngerer Bruder, der bei der Schwester auf Besuch ist, und alles in allem geschah ihr, was selten vorkam: daß sie einmal nicht die Entwaffnende war, sondern ihrerseits nicht mehr ganz wußte, wovon sie sprechen sollte mit diesem Menschen, der, ihren Kuchen kauend, auf dem besonnten Fenstersims saß und nebenbei fand, allein schon die Jahreszeiten lohnten unser Dasein!

«Erinnern Sie sich noch», sagte Yvonne, «damals in Griechenland, als Sie mich fragten, was ich denn eigentlich sei? … Sie waren der erste Mensch auf der Erde, der mir mit dieser Frage über den Weg lief.»

Er erinnerte sich nicht mehr.

Es war überhaupt ein komischer Besuch, wie Yvonne fand, oder vielleicht überhaupt keiner, dieses zerstreute Dasitzen mit einer Teetasse in der Hand; nur seinen Weggang empfand sie, der eine unerwartete Leere zurückließ, einen Abend mit offenen Fenstern und verschlossener Türe, mit versäumten Versprechen, mit einem beharrlichen und vergeblichen Schellen am Telefon – mit einem Schweigen voll wunder Bedrückung, das wie die Dämmerung wuchs, das Zimmer erfüllte, auflöste, in eine umrißlose Finsternis wegnahm. Yvonne lag in den Kleidern. Oh, es war ein Abend wie hunderte; Fledermäuse schwirrten vor dem lichtlosen Fenster, und an der Decke schaukelte der Schein einer frühen Bogenlampe. Aus der geräumigen Helle des verblassenden Himmels stieg ein Erinnern wie lange nicht mehr… Auferstehungen drohen… Aus vertrauten Geräuschen kommt die Ahnung des Parkes; Menschen bummeln auf geschlungenen Weglein, erschreckend nahe und unendlich fern, man hört ihre Stimmen, das Hupen von Wagen, es schillert der See unter dem gläsernen Nachglanz des versunkenen Tages, und alles hat wieder die wehe, hellhörige Weite eines Abends im Frühjahr, der in hundert silberne Geräusche zerfällt. Züge rollen über dem See, – heiß fühlte sie auf den Wangen ihr sinnloses Weinen.

Später wusch sie es ab.

Reinhart hatte es wie alle andern geglaubt, das Wunder ihrer tapferen Selbsterhaltung. Hatte niemand den Mut, sie zu fragen, ihre Antwort zu hören und sie als die zitternde Hochstaplerin zu sehen, die sie mehr und mehr war? Sie tranken Tee, bewunderten und gingen… Yvonne räumte ab, damit das Mädchen es am Morgen spülen konnte… Ob die zweihundert Franken, die Yvonne verdiente, gemessen an ihrer Leistung viel oder wenig waren, konnte sie nicht entscheiden. Jedenfalls reichte es nicht. Das Verhältnis zum Geld, schien ihr, war im Grunde eine Sache der Begabung, nicht lernbar. Geld hatte ihre beiden Eltern verheiratet; sie haßte es, es ging bis zum Ekel, überhaupt ein Metall anzufühlen. Eine traumhafte Art des Rechnens, die tiefer überzeugte, zwingender als alle Ergebnisse auf Zetteln, ließ sie in hellem Entsetzen erwachen, sie müßte verhungern. Einmal mußte es an den Tag kommen, vor dem sie gelegentlich wie vor einem öffentlichen Pranger eine tödliche Angst hatte. Yvonne konnte sich nichts vormachen, es reichte nicht einmal jetzt, wo sie noch Kleider und Schuhe von früher hatte. Das war der Schwindel. Noch immer war es der schwindende Rest ihres Erbteiles, der aushelfen, überall einspringen und stopfen mußte, Kleinigkeiten, sei es für eine Lampe, ein Buch, ein Konzert, für Arzt, für Wäsche und Hüte, für Dauerwellen oder Blumen, für all diese Besuche, die kamen –

Ihr Leben war gesellig... Lange kam ein junger Arzt, ein Freund der Kunst, Kenner und Sammler aus ehrlicher Leidenschaft, wie man es gerade unter Ärzten trotz der Anspannung ihres hohen Berufes nicht selten findet, ein kluger und angenehmer Mensch aus gutem, gewissermaßen aristokratischem Hause, nicht aufregend, aber ein Umgang, den Yvonne nicht missen mochte und der ihr gesund schien wie tägliches Brot. Schon erstreckte sich ihre Freundschaft über zwei, drei volle Winter, schön, reich, quälend – jedenfalls für ihn, der sich oft fragen mußte, ob er denn überhaupt kein Mann war. Eine Beziehung, die nicht weiterging, sich jahrelang gleich blieb, dünkte ihn einfach verrückt und unnatürlich, und dazu kam das blöde Gerede in seiner Familie, das ihn mehr und mehr, obschon er das einer Yvonne niemals gestanden hätte, belastete. Schon seit dem ersten Winter sagten sie sich du, man sah sie zusammen im Konzert. Sie kochte ihm oft noch am späten Abend, wenn ihr Mädchen nicht mehr zugegen war. Er kam, wenn sie es erlaubte, nach seinen letzten Krankenbesuchen noch vorbei; sein Wagen stand drunten im Hof. Oh, das waren Gespräche, wie sie nur über die Spannung der Geschlechter möglich sind! Und manches

Mal, wenn er wieder seinen Wagen bestieg, lag der Schnee schon in hohen Kissen auf den Kotflügeln, auf den steinernen Pfosten des Hofes. Wie ein mitternächtliches Märchen schneite es lautlos vor ihrem erleuchteten Fenster. Gelassen zog er dann seine Handschuhe an; er saß noch eine ganze wohlige Weile in seinem Wagen, bevor er ihn anließ, bevor er rückwärts zum Tore hinaussteuerte. Auf langsamer Heimfahrt durch die verschneiten Straßen, die gegen sein inneres Gefälle anstieg, erfüllte ihn oft ein Schauer von unglaublichem Glück, Gefühl von Bereicherung, das er stets und beharrlich mit Hoffnung verwechselte. Immer weniger konnte er es leisten, was ihre Freundschaft von ihm verlangte, Gegenwärtigkeit ohne Zukunft. Sie nahm ihm den Mantel, wenn er kam, sie hielt ihm den Mantel, wenn er ging; von ihrem Leben aber, innerlich wie äußerlich, wußte er soviel wie vor drei Jahren, da er zum erstenmal gekommen war, damals als Arzt zu einer Erschöpften. Einmal, als sie wie ein Mädchen vor dem Bücherschaft kniete, nach einer Sache kramte in einer Stunde gemeinsamer Fröhlichkeit, drehte sie plötzlich den Kopf, erschrocken im Gefühl seiner Absicht, bevor er noch selber darum wußte.

Er begriff nicht, er stand.

Bitte! sagte sie –

«Ich bin eine Frau», meinte sie, «ich kann es kaum hindern, wenn du mich küssest – aber du weißt, wir sähen uns das letzte Mal.»

Auf den Knien sagte sie das … Er verstand es nicht, aber er nahm es ernst, und er wollte nicht, daß es aus sei!

Er heiratete eine Tochter aus bekanntem Hause, hübsch, reich, gebildet, und Yvonne fand es vollkommen in Ordnung, wennschon es ihr leid tat; aber es war nicht einzusehen, warum er jedesmal, wenn man ihn Arm in Arm traf, wie ein Junge verlegen wurde, von Grund auf erschrocken, als verheimlichte er dem Mädchen das größte Abenteuer oder aber, was ebenso läppisch war, als schäme er sich seiner lieben, braven, treuen Frau, die übrigens unter dem wohligen Schutz ihres Pelzmantels auch schon ein Kind von ihm trug. Zum Tee war er nie wieder erschienen, was Yvonne nicht verstand, und einmal, auf der Straße, stellte sie ihn einfach, als er allein war. Er hätte noch immer Gedichte von ihr, das war ungefähr das einzige, was er vorzubringen hatte. Er kam nicht darüber hinweg, obschon es ihm tadellos ging, und auch im Beruf hatte er guten Erfolg; man las es sogar in der Zeitung, und es wurde auch von Yvonne nicht übersehen – nur wenn er Yvonne erblickte, war ihm, als wäre all das nicht wahr.

Ein anderer, der es ohne viel Zutun und eigentlich ohne Absicht zum Teegast gebracht hatte, war ein Rechtsanwalt, glücklicherweise auch schon verheiratet und Vater von zwei starken Buben, ein scheuer, ebenso häßlicher wie unbefriedigter Mensch, der alles, was er sagte, zweimal sagen mußte, damit er auch selber daran glaubte. Als Briefe von ihm kamen, wunderte es Yvonne jedenfalls nicht, daß er seinen Namenszug, als genügte er nicht, jedesmal noch unterstrich. Dabei war er klüger, feiner, reicher in seiner ganzen Anlage, als er selber und sein ganzer Anhang wußten, hielt aber seine eigenen Worte, die Yvonne ihm durch ihre bloße Gegenwart entlockte, beharrlich für ihre von ihm so bewunderte Weisheit und kam sich infolgedessen, je klüger er wurde, nur noch unterlegener vor. Sie lachte ihn wöchentlich einmal aus, herzhaft, wie sie das konnte. Dennoch kam er immer wieder, allein, wenn es sein Glück wollte, oder in Gesellschaft mit jüngeren Leuten, dann aber als trostloser Schweiger. Es war nicht zum Ansehen! Er saß, je froher und leichter die Gesellschaft wurde, in einem Panzer von Eifersucht. Um so offener gerieten seine Briefe, die er schrieb, wenn er auf beruflichen Reisen war oder in den Ferien mit seiner Familie. Meine Teure! schrieb er. Liebste Freundin! Was er weiterhin mitzuteilen wußte, hätte füglich auf einer offenen Karte stehen können. Yvonne war für ihn, ob er es wußte oder nicht, eine Art von stetem, wenn auch nur gedanklichem Ehebruch, das eigentliche Abenteuer seines gepflegten Lebens, sein Wagnis, sein Ausbruch von Männlichkeit, sein Geheimnis und sein Verbrechen, das er hinwiederum mit einem vollendeten Lebenswandel, mit einer geradezu beispielhaften Ehe abbüßte ... Im übrigen, gleichsam zur Verharmlosung seines unerhörten Falles, stützte er sich insgeheim auf die Überzeugung, daß Yvonne nicht natürlich war, unter uns gesagt, daß sie lesbisch war; schon darum, weil er die bloße Vorstellung, daß ein Mann ihr näher kam, als es ihm gelang, schlechterdings nicht ertragen hätte.

«Wenn Sie wüßten», sagte auch er eines schönen Abends, «wieviel an unserer Freundschaft liegt, unendlich viel – für mich!»

Und für Yvonne?

Nicht immer konnte sie darüber lachen; manchmal ekelte es sie ... Alle, die sie näher kannten, bewunderten sie, lagen auf dem Bauch vor ihren Talenten, ohne daß einer hätte sagen können, worin diese bestanden, und sie am allerwenigsten. Leistung war ihr wundes Wort; sie gestand es allerdings nur jenen, die den inneren Ring ihrer Freundschaft betraten. Hier aber, als hätten sie ganz anderes erwartet, standen sie mit taubem Verständnis vor der Verrücktheit, daß eine Frau, die auf eine nicht alltägliche Weise schön und anziehend war, nach ihrer eigenen Leistung fragte. Von den Freundinnen erhoffte sie, nach Abzug aller lieben Heuchelei, kaum einen Schimmer von Ahnung; den faulen Hochmut der behüteten Frau kannte sie bereits zur Genüge, und gerade das, um dessentwillen sie jene von Herzen beneiden mochte, jene blühende Dumpfheit weiblicher Berufung, trennte sie brückenlos voneinander. Von den Männern aber, auch von den starken und wertvollen, denen die Leistung ein Inbegriff war, ließ sich überhaupt nichts erhoffen; hielten sie es doch für eine ausreichende Leistung, daß man sie unterhielt oder sogar anregte, daß man von ihnen bewundert wurde.

Von den vielen und allzuvielen Menschen, die Yvonne in jenen Jahren begegneten, spielte Merline, ein junges Mädchen, als einzige eine längere Rolle.

Merline, ein blutjunger Fratz, war die erste Schülerin, als Yvonne ihren Geigenunterricht eröffnet hatte, ein Versuch übrigens, der fürs erste alle Erwartungen übertraf. Merline, die öfter und öfter zum Tee kam, auch als sie längst keine Stunden mehr nahm, war ein gesundes, eher festes und pralles Geschöpf, kleiner als Yvonne, die ihr schon bald das Du angetragen hatte, und überhaupt entwickelte Yvonne, sonst nach allen Seiten sehr spröde und spöttisch, ihrer Härte wegen gefürchtet, ein zärtliches Wesen gegenüber diesem Fratz, zuerst sehr mütterlicher Art. Möglicherweise kam es daher, daß Merline zwar eine Mama, aber keine Mutter hatte, und Yvonne, die das scharfe Gehör der eigenen Erfahrung besaß, wußte natürlich seit dem ersten Geigenstrich darum. Daß es einmal mit jener Mama zu einem höchst förmlichen Krach kommen würde, lag eigentlich auf der Hand. Es war denn auch wirklich der Fall, bald genug, förmlich war es allerdings nicht; es war ein Sturzbach der seltsamsten Vorwürfe gegen die Geigenlehrerin, Anklagen, ein Weinkrampf, ein Anfall ohne jede innere Richtung, so, wie Frauen nur unter sich sein können. Nach drei Tagen kam der Anruf ihres Mannes, der sich gewissermaßen entschuldigte, sich auf kameradschaftliche Weise bedankte, daß Yvonne seiner Frau, wie er erfahren habe, einmal die ganze Wahrheit gesagt hätte, wenn auch etwas stark, wie er fände. Dabei hatte Yvonne überhaupt nichts gesagt.

In der Folge kam Merline, die Tochter, auch verbotenerweise immer wieder mit ihren Sachen, ihren Geheimnissen, deren Lösung sie wollte ohne deren Preisgabe; sie nahm Yvonne, ohne Befragung ihres Willens, fortan zur eigentlichen Mutter, um so mehr, als sie mit der Zärtlichkeit der Älteren auch wirklich nichts anderes anzufangen wußte. Yvonne, hellhörig genug und auf der Hut gegenüber dem eigenen Herzen, überlegte sich mehr und mehr, ob sie nicht Schluß machen sollte, wenn es nicht gelänge, mit Merline aus dem Mutterspiel herauszukommen; einen Menschen aus einer Bindung erlösen, indem man ihn in eine andere fesselt, das konnte nicht ihre Aufgabe sein. Aber das Mädchen, vielleicht aus purer Angst vor der wirklichen Mama, verharrte mit allen Kräften in diesem Verhältnis, berauschte sich förmlich an ihrer Unselbständigkeit, die für Yvonne zusehends eine Last und ein Schrecken wurde.

«Merline!» sagte sie öfter, «ich bin doch nicht deine Mutter... So ein kräftiger Kerl wie du, und ich, so eine magere Geiß, eine Heuschrecke! Was denkst du nur – ich hätte dich nie zur Welt bringen können!»

Merline saß da, voll, rund, sie aß einen Apfel und verstand nicht, warum Yvonne so absonderlich redete. Es war köstlich in ihrem Zimmer, köstlicher als überall in der Welt draußen, unheimlich auch, und doch hatte man hier keine Angst. Yvonne wußte alles, auch die Träume, sogar die Träume von ihren Freundinnen... Merline dachte an den

Leutnant auf dem Ball, und wie eifersüchtig sie auf die Annemarie war, die auch mit ihm getanzt hatte, auch für ihn schwärmte; Annemarie hatte von ihm geträumt, sie wären zusammen in einem Wagen gefahren, und dann das Komische, daß sie, Annemarie, stets nur im zweiten Gang hätte fahren können –

«Mein Gott!» lachte Yvonne. «Dann kannst du aber wirklich getrost sein, was euren Leutnant betrifft!»

«Wieso?»

«Das Herz ist unser Motor, Merline – ihr Herz ist dürftig, sie wird ihn langweilen und verlieren, im Traume weiß sie es schon heute.»

Merline war baff.

Dann, wie erwachend, biß Merline abermals in den köstlichen Apfel und schaukelte sich wieder in dem großen Sessel, den es hier gab ...

Yvonne war älter und erfahrener, gewiß, aber Merline war jünger und gesunder, kraftvoller, einfacher, begabter zum Leben. Ach freilich! Wenn sie gegessen hatten und Merline aufstand, die Teller hinauszutragen, und dann, wenn Yvonne ihr nachfolgte: sie folgte stets wie ein lautloser Schatten, während Merline viel Lärm machte, die Teller abstellte und allein schon durch ihren Schritt, der stets ein Wanderschritt war, die kleine Wohnung erschütterte. Ein Trampel, mag sein. Und wie sie zum Beispiel die Klinken zudrückte. Zu Hause gab es jedesmal Vorwürfe, seit Jahr und Tag, umsonst natürlich, und auch Yvonne hörte es nicht gerne, aber es war nun einmal ihr Wesen, und gerade das Ungelenke, das Holzige, das Füllenhafte und Stolpernde war es, was Yvonne fast mit heimlicher Verzückung an ihr liebte... Merline begriff nicht: Yvonne, plötzlich ihr Gespräch vergessend, legte den Arm über ihre runden und weichen Schultern und blickte sie an, verwirrend seltsam, oder strich sogar über ihr Haar, lachend:

«Du bist ein lieber Kerl, weißt du das?»

Merline ließ es geschehen, als wäre es ein Mann, der es tut... Keller, ihr Freund... Es war alles so seltsam. Es fehlte wenig, daß sie nicht mehr konnte, den Kopf an die nahe Schulter neigte und heulte, weiß Gott warum. Alles konnte sie der Freundin sagen, der älteren, die nie von sich erzählte, aber sicher schon alles erlebt hatte und in allen Provinzen des menschlichen Herzens wie niemand Bescheid wußte, ohne daß sie sich, in Merlines Augen, mit irgendeiner Schuld befleckt hätte. Und nur das eine, das Natürlichste, das Harmloseste konnte Merline nicht sagen! Sie erzählte höchstens, wenn sie zusammen wanderten, von den verschiedenen Arten, die es bei den Flugzeugen gäbe, und verriet eine ungewöhnliche, wenn auch durchaus nicht sichere Kenntnis in diesen Dingen, die Yvonne ganz gleichgültig schienen. Daß es einfach nicht gesagt werden konnte, es war zu lächerlich! Aber es war so, und sie sagte sich dann jedesmal, Yvonne wüßte es sicherlich schon längst, hielt ihr eigenes Schweigen für entschuldigt oder ärgerte sich höchstens noch, daß auch die Freundin, wenn sie es doch wußte, nie davon redete... Überhaupt redete sie eigentlich kaum von Männern, als gäbe es keine auf der Welt, oder aber, wo es solche gab, spielten sie bei weitem nicht diese führende Rolle, wie sie selber meinten und wie es auch Merline dünkte.

Merline wagte damals nicht zu widersprechen, sie blickte auf ihre Füße wie eine Verräterin, wenn sie an Keller dachte, ihren Freund. Eine Begegnung zwischen Yvonne und ihm, es schien ihr das Schwerste ihres Daseins. Jeden Tag konnte es sein, mitten auf der Straße, und Merline zweifelte nicht, daß eines von beiden, die damals ihr Herz erfüllten, dabei verloren ginge; sie wußte zwar nicht, was geschehen würde, aber es würde entsetzlich sein … Wenn sie neben Keller ging und die warme Klammer seiner Hand spürte, fürchtete sie, es könnte Yvonne sein, die verloren ginge, die Freundin, die Walterin ihrer Träume, die einzige hienieden, die wie eine sichere Achse in dem ganzen Wirbel war! Merline ließ die Hand los, und Keller, wie alle Männer, bezog es sofort auf sich, empfand es als weibische Laune … Vor allem aber, wenn sie bei Yvonne saß, kam ihr die Angst um den Freund; Merline versuchte sich vorzustellen, wie er dasäße, und es ging einfach nicht. Er wurde Luft, er verschwand, je näher sie ihn herandachte. Er ging unter, schien ihr, und Yvonne könnte ihn gar nicht sehen, schon auf der Schwelle würde er Luft. Es war grauenhaft.

Yvonne hatte damals die Geigenstunden, die ihr ein leidliches Einkommen brachten, wieder fallen lassen, eigentlich mitten im besten Erfolg, einfach aus dem Gefühl heraus, sie müßte mehr verdienen; allerdings wußte sie noch nicht, wie das gelingen sollte, und hatte nur den verzweifelten Willen dazu.

«Siehst du», sagte sie, «man muß nur an eine Sache denken, ganz fest, Tag und Nacht, es kommt doch alles nur aus unserem Innern –»

Oft war es allerdings schwer, ganz andere Dinge kamen aus dem Innern, eine Grippe zum Beispiel, die sich über vier Wochen hinschleppte … und Merline merkte es überhaupt erst in der dritten Woche, daß die Freundin krank lag, sich selber pflegte, kochte, sich auf diese Weise am laufenden Band wieder erkältete und nahe an einer Lungenentzündung vorbeiging. Es tat ihr außerordentlich leid, der kleinen Merline; sie hatte sich schon drei Wochen gewundert, warum die Freundin sich nicht blicken ließ. Manchmal, einen Blitz lang, dämmerte ihr, daß sie kein Herz hätte. Aber Yvonne, von ihrem vollen und gesunden Aussehen aufs neue erquickt, lachte sie nur aus, und Merline, die hunderterlei von ihrem Alltag mitzuteilen hatte, schwenkte bald und gerne wieder in die gedankenlose Zuversicht zurück, in die Art eines Menschen, der noch nie sein Brot verdient hatte, allen Ernstes daran glaubt, daß es vom Himmel kommt mitsamt den leckeren Sachen, die jedesmal darauf waren. Mit Lachs zum Beispiel, das hatte Merline so gerne, und auch den Fruchtsalat, den die Freundin ihr jedesmal machte, lobte sie jedesmal über die Maßen, ohne sich auch nur einmal vorzustellen, daß Yvonne dafür arbeiten mußte, mehr als einen guten halben Tag.

«Eigentlich ist es nicht recht», sagte Merline einmal, «ich esse immer bei dir, das kostet doch Geld?»

«O ja», sagte Yvonne, «das tut es.»

«Eigentlich ist das nicht recht ...»

Yvonne lächelte nur über diese Art von Menschenkindern. Sie können es aussprechen, höflich wie ein Spanier, ohne sich das Geringste vorzustellen! Ab und zu spürte sie eine bittere Wut, daß es das gibt, so viel gedankenloses Wohlsein, und daß Menschen so erzogen werden. Wie haßte sie ihre eigene Herkunft! Sie hätte sich selber ohrfeigen können in diesem Gesicht. Sie erzählte von Personen, die ihr neulich über den Weg gegangen seien, und ihre Worte gerieten wirklich nicht sanft; Erziehung zum Geiz, zur Blindnis des Herzens, zu Stumpfsinn und Hochmut nannte sie es.

Merline hörte zu.

«Unsere ganze Erziehung», lachte Yvonne, «ich weiß, es ist schwer, daß man darüber nicht eine lebenslängliche Gans bleibt – wir haben ja nicht einmal eine Ahnung vom

Geld, wofür man uns verheiratet als Töchter aus besserem Hause.»

Ernst und andächtig hörte Merline zu, bis Yvonne ihr nochmals den Fruchtsalat gibt, gleichsam zum Trost, oder ihre Hand faßt, mitten aus allem heraus.

«Siehst du», sagt sie, «ich bin mit meinem Leben zufrieden, auch wenn es gelegentlich schwer ist.»

Auf irgendeine Weise mußte es weitergehen ... Am Abend war Yvonne meistens erledigt, in einem Sessel am offenen Fenster überfiel sie der Schlaf in den Kleidern. Mit Zins und Zinseszinsen vermehrte sich die Ermüdung in ihr. Es war einfach zuviel. An den freien Sonntagen schlief sie bei leuchtender Sonne, und draußen unter dem Laubschirm des öffentlichen Parkes, wie ein Wasserspiel unter grünem Glas, flimmerte und flirrte das besonnte Dasein mit Stimmen, mit Kinderwagen und Vogelgezwitscher, mit schlendernder Langeweile und Einbruch einer Leere, die zum Aufschluchzen war.

Ihr Vater war in Griechenland gestorben, vermutlich Krebs, er hatte lange gelitten. Seiner verlorenen Tochter hatte er nie wieder geschrieben. Ihre Mutter in Schwarz, wieder in der Heimat, versuchte es seit Wochen umsonst, Yvonne zu sprechen; sie wurde nicht einmal empfangen, sie, die Hinkelmann immer wieder ins Haus geladen hatte, weil sie verliebt war in ihn ... O Gott, manchmal ist der Ekel so groß, man meint, man könne nicht aufstehen dagegen; man tut es doch, Morgen um Morgen, geht ins Geschäft, schreibt englische Briefe – und dann dieser Mensch, der hinter ihrem Rücken auf und ab geht, bis er wieder auf ihren Nacken schaut, die Hände in den Hosentaschen.

«Wenn es Ihnen nichts ausmacht», sagt Yvonne einmal, «bleiben Sie doch bitte stehen!»

Hauswirt glotzte sie an.

«Wissen Sie», sagte er, aus Verblüffung beherrscht, «Sie erlauben sich eigentlich sehr viel, mein Fräulein.»

Aber er ging nicht weiter. Er blieb stehen. Er warf sie nicht hinaus... Achthundert Arbeiter fluchen auf ihn, weil sie ihn fürchten; weil er sie hinauswerfen kann, Gewerkschaft hin, Gewerkschaft her. Hauswirt ist ein Mann, der weiß, was er will. Und wie er es will! Breitschultrig, gelassen, lächelnd, unerbittlich. Sie kommen, eine kleine Gruppe im Werkkleid, die es vorbringen muß, sie stehen in der Verlegenheit ihrer Auszeichnung, die sie um ihres Mutes oder ihres Mundwerkes willen von der ganzen Belegschaft erhalten haben, drehen ihre blauen Mützen in der Hand, und Hauswirt hört sie an, rauchend. Am Ende verstummen sie, nicken, gehen hinaus und wissen nicht, wie sie es den andern, den Wartenden, mitteilen sollen, warum sie jedesmal mit ihrem Willen unterliegen. Einige rächen sich dann, indem sie schwatzen, und ihre Weiber, lüstern und zu arm für Bücher, pflanzen es von Küchenbalkon zu Küchenbalkon weiter, daß er eine Geliebte habe, eine mit Pelzmantel. Es ist ein Fressen für ihr armes, ungestilltes, frommes Gemüt.

Eine kleine Packerin, von Eifersucht verwirrt, brachte es eines Tages herauf, bleich vor Erregung, giftig, sich selber verratend: Eine Dame für die Stadt, schreit sie ihm ins Gesicht, eine Packerin fürs Land!...

Hauswirt kündigt ihr auf Monatsende.

Yvonne tippt weiter.

«Mein Gott», sagt sie in die nachfolgende Stille hinein, «was die Männer doch feige sind.»

«Wieso?»

«Ein Mann wie Sie! Und dann fürchten Sie sich vor jedem kreischenden Mädchen –.»

«Wieso?»

Yvonne antwortete nichts mehr. Ekel bleibt stehen auf ihrem Gesicht, sie spürt es. Sie träumt es, was Hauswirt von ihr will, wenn er hinter ihrem Rücken stehen bleibt, und sie erwacht mit dem Ausdruck des Ekels. Manchmal möchte sie ihren Körper unter den Gasherd legen. Im Badezimmer erschrickt sie vor der Spiegelung in den Plättchen, so fremd ist ihr der eigene Leib, als dorre er ab, ohne Lebensfreude mehr, ohne Wurzel in irgendeiner nährenden Hoffnung ... und dann das andere, was niemand weiß, das Kind, das nie geborene, das da ist, das wächst, das immer größer und auf geisterhafte Weise immer gesunder wird, es saugt alles Leben in seinen wachsenden Tod, es schaut aus allen Kindern, die eine Mutter ins Tram trägt, auf dem Schoß hält, an der Hand führt. Ungeboren ist es wirklicher, gegenwärtiger als alles Geborene, hellgrün wie die Sommer in den Anlagen, es frißt alle Welt auf, das kleine Gespenst, alle Gärten und Saaten, Wiesen, Wälder, wie eine Heerschar unsichtbarer Raupen, die in den atmenden Blättern nur noch das Geäder zurücklassen, und ihren eigenen Leib frißt es auf, alles, alles –!

Auch die seltsame Freundschaft mit der kleinen Merline, die Yvonne damals als einziges hatte, nahm unversehens ein jähes Ende. Es war an einem Samstag, als Yvonne frei hatte. In mädchenhaftem Übermut, Arm in Arm, waren sie von einer herbstlichen Wanderung zurückgekommen, Schuhe voll laubiger Walderde, müde, so daß sie sich beide in die Lehnsessel platschen ließen, die Beine von sich streckten und lachten. Wer würde den Tee machen? Draußen über den Dächern nebelte eine bronzene Dämmerung, Sonne ertrank in metallischem Dunst, und die Kirchen läuteten den Sonntag ein. Yvonne und Merline saßen noch immer. Köstlich, nicht abzusehen und wie Unordnung einer Beute lag der gemeinsam verwanderte Nachmittag vor ihren Füßen, voll sommerlicher Sonne und Hitze und sprödem Geraschel gefallenen Laubes, ach, sie waren wie Kinder hindurchgelaufen, daß es wirbelte, und dann das lodernde Geleucht in den Wäldern! über der Blässe von Herbstzeitlosen. Von den Feldern herüber schleierte der Rauch verbrannter Stauden, und immer wieder ein Biß in die süße, die überraschend kühle Saftigkeit eines herbstlichen Apfels, oh, es war herrlich gewesen!... Yvonne machte den Tee, Merline durfte ein Bad nehmen... Nach einer geraumen Weile, als Yvonne schließlich nachschaute, stand Merline da wie eine Braut in den Schleiern des steigenden Dampfes. Da der Tee schon bereitstand, trocknete Yvonne sie ab, ihr jugendlicher Körper war voll, ein leibliches Staunen über sich selbst, schön vor lauter Dasein, vor lauter Gesundsein, weich und straff zugleich. Yvonne trocknete sie ab – da, auf einmal, sagte es Merline, daß sie verlobt war. Dann tranken sie den Tee, nahezu wortlos – und Merline zeigte sich seither nicht wieder.

So war auch das wieder zu Ende! als wäre man ein Brunnen in der Wüste, wo jedermann kommt und sich niederläßt: jeder schöpft mit hohler Hand; nur daß es ihr eigenes Blut ist, womit jene sich die Stirne waschen und die Seele erquicken, – bevor sie weitergehen.

Wo führte das hin?

Was konnte sie denn auf dieser Welt? Was hatte sie denn? Geige spielen konnte sie, gewiß, zuhören konnte sie, wenn andere ihre Sorgen und Verstrickungen erzählten, dasitzen in ihren letzten guten Kleidern und die Menschen zum Weinen bringen, Gott weiß warum, wieso und wozu! Sie tat eigentlich nichts, trank ihren eigenen Tee, und die Menschen dankten ihr, erklärten sie zu ihrem Schutzengel und meinten, man müsse stolz, man müsse glücklich davon sein! Eine Summe von Aufreibung ohne jede Befruchtung ihres eigenen Lebens, das war alles; eine kostenlose Beraterin in allen Lebenslagen, eine Ärztin in den Ehenöten aller Grade, ohne daß sie je nach diesen Dingen fragte, sah sie sich in Einsamkeit umringt von Menschen, deren gute Erziehung sich am laufenden Leben nicht einsetzen ließ und sie noch in einem Alter, wo sie bereits in Amt und Würden standen, wo sie öffentliche Reden hielten und im Staate führten, wie Findelkinder hilflos ließ. Man brachte ihr Handschriften, Träume, Geheimnisse, und Yvonne lachte den Menschen ins Gesicht – und bekam ihre Zimmer voll Blumen und wußte nicht, wovon sie fortan diese Zimmer bezahlen sollte.

– – –

Das ungefähr war damals ihr Dasein.

Kaum eine Woche, nachdem Reinhart auf ihrem Fenstersims gesessen hatte, läutete er nochmals an, forderte Yvonne zu einem Bummel heraus, da es gerade so köstliches Wetter wäre, Föhn über dem See, Sonne und Wind, Felder unter märzlicher Bläue. Draußen auf ländlichen Wegen, wo eben noch der letzte Schattenschnee taute, konnte es allerdings schmutzig sein, wie er sagte; sie sollte nur gute Schuhe und rechte Strümpfe anziehen.

Das, ihre Schuhe und Strümpfe betreffend, hatte ihr freilich noch niemand gesagt; es rührte sie mit dem heimlichen Schauer einer Hoffnung, die Yvonne eigentlich längst begraben glaubte.

Reinhart war Maler geworden, – ohne daß er mit einem Wort oder auch nur mit einer Miene weiter darauf einging, seine Pfeife stopfend, blickte er ins Ungewisse hinaus, als wäre er taub oder träume …

Sie stapften querfeldein, Yvonne hatte ihre festesten Schuhe an, und das war gut, denn die Felder, vom Schmelzwasser gänzlich getränkt, schmatzten unter ihren Schritten, weich, dunkel oft wie ein Schwamm. Föhn ging darüber. Einen Hut hatte er nicht, sein Mantel hing offen, und die Sonne gab warm. Sie plauderten wenig, gingen ganz den verlockenden Zufällen des Geländes entlang und stets in einem gewissermaßen kameradschaftlichen Abstand. Allenthalben roch es nach verzetteltem Mist, es gurgelten die Quellen, sie kämmten das Gras ihrer Böschungen, und die laublosen Wälder standen voll märzlichem Himmel zwischen den Stämmen. Zwei braune Ackergäule, wie ausgeschnitten aus föhniger Bläue der Ferne, zogen den Pflug über gelassene Hügel. In schwarzen Schollen klaffte die Erde nach Licht... Seltsames Wiedersehen nach Jahren! Was verband sie eigentlich anderes als ein jähes Gefühl von der Vergängnis ihres Daseins, obgleich ja beide noch jung waren!

«Jung!» lachte Yvonne. «Sie schon!»

Für jedes Lebensalter, meinte Reinhart, bedeute die Zeit ein gelindes Entsetzen, ausgenommen das kindliche, und doch wäre jedes Lebensalter schön, je weniger wir das, was ihm zukommt, verleugneten oder verträumten oder aufschöben! Auch der Tod, der uns einmal zukommt, läßt sich ja nicht aufschieben.

Mit silbernen Rändern schmolz das Gewölk vor der Sonne. Hinter Obstbäumen mit ihrem laublosen, beinahe schwarzen, kahlen und geisterhaften Gewirr der Äste blinkte der See aus dunstiger Tiefe, Wäldchen hoben sich inselhaft aus einem metallischen Gleißen...

Sein eigenes Leben? Zwei Zustände hatte das Leben damals für ihn, Arbeiten und Büßen, wie er's nannte. Und Arbeiten, das war die Freude, das Fieber, die Erregung, wo einer nicht schlafen konnte, ein Jubel, ein Schrei über Stunden und Tage hinweg, wo er vor sich selber hätte davonlaufen mögen. Das war das Arbeiten, das Glück, das Menschen gewann ohne Wollen. Denn das erst, daß die Seele einsam sein könnte, machte sie offen! Und Übermut auch, der niemand verpflichtet, nicht bindet und fordert, nicht rechnet und geizt, Gebärde des Engels, der zum Nehmen keine Hände hat! Das war das Glück, das Arbeiten mit seinem holden Größenwahn des Herzens, wo alles nur ein Nebenbei ist, alles nämlich, was sich mit Menschen begibt, eine Zugabe, eine heitere Vergeudung im Überschuß der Freuden! Später zeigt es sich ja jedesmal, daß es das Höchste war, was zwischen Menschen möglich ist, unerreichbar, sobald es uns einmal zum Ziel wird, zum Bedürfnis, zur dringenden Hauptsache. Jedesmal dieser plötzliche Einbruch der Schwermut, die nicht kommt, weil Menschen gehen, plötzlich und ohne wißbaren Anlaß; im Gegenteil, sie gehen ja nur, weil die Schwermut kommt, sie wittern es Wochen voraus wie Hunde das Erdbeben, das alles Erbaute wieder verschütten wird, immer wieder, Asche über allem, Schwermut über allem wie schwarze flatternde Vögel über den rauchenden Stätten der Freude, Schatten der Angst... Das war das Büßen, jedesmal, der Nachhall im Zweifel, das Grauen der andern Einsamkeit.

Hinter den Wäldchen gab es Seen von Kühle, fleckenweise lag hier noch Schnee neben den rötlich schimmernden Weiden. Sie kamen über Ried, weglos zwischen Büscheln von laublosen Birken, und beim Sprung über einen murmelnden Graben stak ihr plötzlich der Schuh im zähen Morast, Yvonne seiltänzerte mit bloßem Strumpf, lachend, so daß der junge Mann sie halten mußte. Das verführerisch Unverlierbare, daß Reinhart nun einmal der Jüngere war und blieb, ließ ihn in ihren Augen wohl jünger erscheinen, als er war. Am Ausgang eines Waldes blieben sie stehen: wie eine blinkende Sense lag nun der See in das hügelwogend weite Land hinaus; über den Alpen stand lautlose Brandung des Gewölkes, ein leuchtendes Geschäum.

«Wenn die Welt nichts anderes wäre als schön», sagte der Maler im Weitergehen, «man könnte sich mit dreißig Jahren in den Sarg legen, denke ich oft, am hellichten Tage!»

Yvonne lachte.

Im Ernst, sagte er… Wie ernst es ihm war, wußte sie schon. Was es aber sein konnte, das, was Reinhart offenbar vermißte und suchte, was man zum Weiterleben brauchte, das Umschwärmerische, Eigentliche, Wesentliche, was uns tiefer erhält und die Ernüchterung erst wieder auszufüllen hat, wie hätte Yvonne es ihm sagen können? Man ging, Reinhart klopfte mit einer Haselrute gegen das Schlenkern seines offenen Mantels. Der Weg nahm sie nun mühelos in einem leichten Gefälle hinab.

«Man weiß eigentlich nur, daß es so nicht weitergeht… diese erbärmliche Einsicht, die nichts ändert! Man weiß, daß es noch ganz anderes geben muß auf dieser Erde, ganz anderes als nur das Schöne. Das heißt, man weiß es eben nicht!… Ich meine nicht die Geschmäckler; auch das Grauenvolle, das Fürchterliche, das einen aufschreien läßt, das Erschütternde ist schön in unserem Sinne, alles, alles innerlich Wirkliche, was den Bogen unseres Lebens spannt!»

Und auch das genügte nicht?

Reinhart erzählte von der Entdeckung, auf die er vor Jahren so stolz war. Ein Einsturz war es, ein Krachen allerenden, und die Welt wurde reicher, reicher um die unabsehbaren Weiten des Entsetzens, um die Räume des Traumes. Alles Dasein mündete ins Grenzenlose. Es war die Befreiung zur ganzen Verzweiflung! Ein Rausch war es, ein Hauch von himmlischer Leere und Wachsein. Man weiß nicht, was unser Leben ist, aber man weiß, daß es nicht all das ist, was man sich vorzumachen müht; eines Tages weiß man es einfach. Es gibt kein Zurück! kein Vergessen hinter erlogenen Tröstungen!

Alles, was man so Erziehung nennt, ist eine Schule der Verheimlichung, Angst ist unser Erbe, Angst, geboren aus der Verheimlichung alles Wirklichen, alles Ungemütlichen, alles Ungeheuren, das da ist! Und ob es da ist; man wage einen Blick in die Zeit. Wir müssen leben und zeigen, was ist, gerade als Maler, die uferlose Wirklichkeit der menschlichen Seele. Und es kümmert ihn nicht, was alles sein sollte! sowenig es den lieben Gott kümmert, der alles so läßt, wie es ist. Wie sollten wir danken, daß wir leben! daß wir Wesen sind, die vergehen, die all das Zeitlose schauen und mit Schauer begreifen, daß sie sterben müssen, immerzu, damit sie die Schönheit begreifen und alles, was mehr ist als Schönheit, die auch nur ein Name ist, einer von vielen... man müßte auch danken können für den Schmerz, für die Angst, für den Ekel, für die Öde, für die stiere Verzweiflung, für alles, was unser Herz erlebt, alles innerlich Wirkliche, was den Bogen unseres Lebens spannt, auch für das Ewig-Unsichere, das unser Leben in der Schwebe hält wie eine glühende Kugel!

Reinhart hatte sich ereifert.

Jetzt schwieg er –.

Wo wollte er eigentlich hinaus?

Verlegen griff er nach seiner Pfeife, die er stopfte und dann, in einem kurzen Stehen, sorgsam anzündete, so daß ihm der Rauch über die Schultern flockte, als man weiterging, hinab über die sonnigen Hänge des Abends.

«Und jetzt», fragte Yvonne, «glauben Sie all das nicht mehr?»

Reinhart zuckte die Achsel.

«Aber auch das genügt nicht ... Man weiß es in jeder ehrlichen Stunde, und doch malt man all die Jahre weiter! mit Talent, mit Erfolg, mit immer weniger Glauben. Man weiß, daß es noch ganz anderes geben muß auf Erden.»

In einer Bauernwirtschaft machten sie Rast. Als Yvonne mit einem Stecklein die weiche Erde von ihren Schuhen gebrockt hatte, fand sie sich, aufstehend, wie meuchlings von der Ermüdung überfallen, während Reinhart, rufend, klopfend, einen Menschen in dem werktäglich-verlassenen Hause suchte.

Ein Kind mit Zöpfen erschien.

Hinter einer niederen Fensterreihe voll Pflanzengeschlingel und Sprossen und Sonne, die schräg in die Stille der hölzernen Stube fiel, ihre wartenden Teller beglänzend, nahmen sie einen verdienten Imbiß, Speck mit Brot, das sich in feuchte und köstliche Schollen brach. Reinhart nahm Most, den Yvonne nicht mochte, sie bekam Milch und tat, als wäre sie solch ländlichen Imbiß gewohnt wie er, der inzwischen die beiden Messer wetzte, daß die Sonne nur so daran herumblitzte. Der gewöhnliche Werktag, nur vom Gesumm einer Fliege erfüllt und vom Gackern der Hühner draußen, umfing sie mit dem festlichen Gefühl von jugendlichen Schwänzern, und alle Fragen, die antwortlosen, traten gleichsam hinter einen Vorhang tröstlichen Glückes zurück, wo sie höflich verblaßten, nicht mehr ganz ernst zu nehmen waren ... Yvonne und Jürg blickten einander an, wie zum erstenmal ... Das Kind mit den Zöpfen brachte nochmals Brot, bäurisch verlegen und neugierig. Die andern waren alle auf dem Feld. Abendliche Sonne stand in lichten

Garben, die durch Wolkenlöcher brach, wie Bündel silberner Speere.

Sie aßen fast wortlos.

An den Scheiben summte die Fliege.

Wolken von Glück, der Traurigkeit nahe, umfingen und trugen die abendliche Stunde, das seltsame Dasein und Wachsein, das unerwartet Gemeinsame, das in dieser Bauernstube wie ein Schicksal gelauert hatte, das Wissen, man hat sich getroffen. Noch erhebt sich keine Frage, was wird, und es herrscht nur das volle Gefühl, wieviel in einem Leben möglich wäre, immer wieder! Yvonne war es, sie hätte schon vieles erlebt; aus Schauern des Sterbens, das sich vollzog, kam es wie Dank, ohne Reue und Anklage, und was sie bisher nicht wußte noch glaubte, lag da wie ein Ziel, aus der Fülle des Erlebten gefallen wie eine Frucht, Sehnsucht nach einem Menschen, der bleibt, als letzte und einzige Hoffnung, die noch in Frage kam: – daß man dem andern mehr als ein Abenteuer, mehr als ein Erlebnis, mehr als eine große Erinnerung wäre.

Vielleicht war Reinhart unendlich viel jünger.

In Arbeit vergingen die Wochen.

Wie ein Traum stand jene märzliche Wanderung zurück, ein silbernes Gewölk über dem Lande der Erinnerung – und wahrscheinlich war es klüger, wenn man sich nicht wiedersah.

Reinhart hauste damals in einem kleinen Atelier, das er zusammen mit einem älteren Freund gezimmert hatte, einem namhafteren Bildhauer, der sich später ins Ausland verzogen hatte, verärgert über die Enge der Heimat. Vor Zeiten war es übrigens der Schopf einer Handelsgärtnerei gewesen, die nach und nach eingegangen war, und zwischen den neuen Häusern grünte nur noch ein kleiner Zwickel mit gläsernem Blinken auf den Treibhäusern und blühender Wildnis zwischen wuchernden Hecken. Auch sein Schopf war über und über bewachsen. Es war ein hölzernes, ein lichtes Gehäuse, wo man früher die Blumen topfte, die Kränze flocht, die frischen Gemüse wusch und verkaufte. Ein morsches Faß war auch noch da, halb in die Erde gelassen, und darüber die krumme Gebärde einer Dachrinne, die in die einsame Stille verlorener Regentage tropfte, gluckste, klöppelte, eine ferne Erinnerung an die Flöten der griechischen Hirten.

Einmal, mitten im Morgen, läutete er an und wollte wissen, ob es für sie nicht zuviel gewesen wäre, damals? Natürlich, lachte sie, wäre es zuviel gewesen!

Daß das Wiedersehen, das beide so lebensweise hinausgeschoben hatten, die vermutete Enttäuschung vollauf erbrachte, lag nicht daran, daß ihr Gesicht, das wirkliche, seine Erinnerung und Einbildung widerlegte. Im Gegenteil, es widerlegte nicht einmal. Es bestand außerhalb seiner Eindrücke und Deutungen, und auch die Einsicht, daß es unfaßlich sei, machte es nicht faßlicher. Er sah ihre Stirne, ihre Nase, ihren Mund und die Augen; alles war da, und gleichwohl konnte man nicht sagen, wie sie aussah. Ab und zu hatte sie überhaupt kein Gesicht, dünkte ihm, und das war eigentlich das Verwirrendste. Mehr als einmal nahm er sich vor, sie anzusehen, ganz nüchtern und sachlich und genau, wenn sie das nächste Mal hereinkam. Sie kam denn auch wirklich, doch nicht als Gegenstand, und jedesmal war es wieder, als sehe man gleichsam durch sie hindurch in ein Gefilde mit Meer und zischendem Gewölk...

Reinhart war zum Nachtessen gekommen.

Kerzen brannten auf dem Tisch, nahezu weihnachtlich.

Überrascht saß er vor dem Gefunkel des silbernen Bestekkes. Es roch nach geschmolzenem Wachs, und draußen hörte man den Regen. Was hier gefeiert wurde, lag jenseits jeder Erwähnung. Und was sie erzählte, versank hinter einem tiefen Staunen, hinter einem Schleier trunkenen Hierseins, das ihn heimlich bewegte und verlegen machte, linkisch. Seine Antworten aber, während er zugleich mit der schwarzen Katze sich einließ, bezog er wie aus einer verständnislosen Ferne.

«Passen Sie mit der Katze nur auf!» meinte Yvonne. «Sie hält die Eifersucht für ihr eigentliches Amt.»

Mitten im Schweigen, als hätte es draußen geklingelt, konnte er aufschauen und sich umblicken... ohne daß er eigentlich viel sah: er sah eine Zimmerdecke im Kerzendämmer, die Bücher, die Blumen in einer Glaskugel, die Stengel im Wasser mit kleinen silbernen Bläschen daran; er sah auch Yvonne, aufrecht, Kerzenglanz in den Augen. Als Yvonne die alte Zimmerdecke erwähnte, hatte er noch nicht einmal bemerkt, daß sie hölzern war.

Draußen rauschte der Regen.

«Reinhart», sagte Yvonne, «warum haben wir uns nicht früher getroffen?»

Es ging gegen Mitternacht... draußen rauschte es noch immer in Strömen der Stille; alles Erzählte und Gedachte hing wie der Rauch über ihnen, und Yvonne, blinzelnd, blies ihn von ihrem Gesicht... Sie hatte die mitternächtliche Laune, nachzurechnen, wann man sich auf diesem Gestirn zum erstenmal hätte sehen können. Oh, sie machten es peinlich genau, ordneten die Städte, wo sie in ihrem Leben schon einmal gewesen waren, und siehe, man hätte sich schon mit achtzehn Jahren sehen können. Wie sah sie damals wohl aus? Sie holte ihre Bilder heraus, eine ganze Schatulle, und Reinhart saß wie ein Türke auf dem Teppich, die erloschene Pfeife im Mund; sie saß auf der Truhe.

Nicht immer ist sie allein auf den Bildern, Männer sind da, lachende, als hätten sie die Ewigkeit an der Hand. Nicht immer die gleichen. Einer hält sie im Arm, drückt sie an sich und zeigt mit der Hand in die Ferne, während ihr Haar in die Stirne weht … Das war auf dem Eiffelturm, ein Herbstmorgen mit versponnener Bläue über den endlosen Dächern.

Paris, sagt Reinhart und holt die Pfeife aus dem Mund, legt seine Hand in das offene Album. Reinhart war auch in Paris – eine Woche zu spät!

«Damals», sagte Yvonne, «war ich vierundzwanzig.»

Dann kramt sie weiter:

«Warum sind Sie damals nicht gekommen?»

Als habe eines von beiden vergessen, daß alles nur Scherz war, was sie da trieben, Zuflucht in kindliche Vergnügtheit, während es draußen regnete und der Schein von Bogenlampen an den schlafenden Hauswänden lehnte und über den Dächern die Stunden schlugen, – auf einmal lag die ganze Schatulle auf dem Teppich, und ihr Kopf fällt an seine Schulter hinüber, gräbt sich mit Schluchzen hinein. Mit aller Kraft läßt ihr Kopf sich nicht heben; er hält ihn, klein, nahe, sonderbar klein und warm durch das Haar, durch den trocken bitteren Geruch ihres Haares.

«Lieber!» sagt sie, «Guter!»

Er hielt sie fest, wie eingemauert. Aber er küßte sie damals nicht. Und als er gegangen war, als er im Regen die nächtlichen Randsteine entlang ging und Yvonne in der Küche zusammenstellte, wußte man nicht, ob man sich du sagte und wie das nun eigentlich war.

Wochen vergingen.

Alles Leben hing in der Schwebe, in Ahnung eines Glükkes, das einzulösen war, täglich und stündlich …

In den Anlagen grünte der Frühling. Es kamen die hohen und hellen, unsäglich heiteren Abende, wenn man sich traf nach der Arbeit; die Luft ist noch frisch, voll Kühle vergangenen Regens, aber weich, voll Geruch der Knospen, voll Frühling, voll Erregung, daß es ist, als gehe man ohne Haut, so spürt man die Luft, die Ferne, die Weite über den abendlichen Feldern.

Eigentlich dauerte es lange, bis Reinhart ihrem verhaltenen Wunsche entsprach und einmal sein Atelier zeigte, nicht ohne daß er vorher ordentlich geräumt hatte; Yvonne merkte es gleich und lachte darüber. Es war ein wolkenloser Nachmittag, eigentlich seltsam in diesem Schattengehäuse, wo man die Sonne nur in der Luft spürte, hinter einem Schleier von rieselndem Grün; dort war die Tageszeit, ein ganz genaues Gefühl von der Tageszeit, anhand von nichts, und hier war man wie unter einem Wasserspiegel, in der lichten und schillernden Schattentiefe eines Tauchers … Yvonne saß noch immer im Hut.

«Hier», sagte sie umschauend, «sind Sie nun also zu Hause –.»

«Sozusagen.»

Man konnte hier schlafen zur Not. Nach jener ersten Wanderung hatte er es getan, ausnahmsweise. Auch kochen konnte man natürlich, soweit die Talente reichten; doch ging Reinhart damals noch meistens zur Mutter, wo es besser, bequemer und kostenlos war. Seine Mutter, die ihren einzigen Sohn natürlich über alles liebte, von seiner Künstlerschaft in einer Weise überzeugt war, die alles andere als aufmunternd auf ihn wirkte, lebte von einer nicht übertriebenen Rente; Reinharts verstorbener Vater, den er kaum je erwähnte, war Lehrer an einer staatlichen Mittelschule gewesen. Sicher hätte ihn der Beruf seines einzigen Sohnes, wenn er es noch erlebt hätte, nicht eben erbaut, obschon man auf achtbare Ausstellungen hätte verweisen können. Sogar auf Verkäufe und Preise. Neuerdings sogar auf Aufträge aus Kreisen der guten Gesellschaft. Und allein der Fleiß, den der junge Mensch in seinem Gärtnerschopf entwickelte, hätte seine übernommenen Ansichten von der Künstlerei füglich erschüttern dürfen und es wahrscheinlich doch nicht vermocht. Überhaupt hatte der Vater, wie ihn dünkte, ein reichlich sonderbares Verhältnis zu ihm, fast wie zu einem Kuckucksei, dessen Entwicklung man mit steter Bekümmernis und mit Befremden entgegensah, ohne daß ihn das Ergebnis eigentlich, wie er oft tat, allzuviel anging. Er hatte seine Schüler. Und dem Sohn war es nicht selten vergönnt, den Ruhm seiner beispiellosen Väterlichkeit in genauen Schilderungen anzuhören, wie ein Märchen, das er wohl glauben mußte, im Herzen betroffen, weil es offenbar nur an ihm selber liegen konnte, daß er, der Sohn, von dieser Väterlichkeit nichts erfuhr.

«Vielleicht war er gar nicht Ihr wirklicher Vater...»

Wie meinte sie das?

«Ich weiß es ja nicht», sagte Yvonne. «Eigentlich dachte ich stets, Sie wären vaterlos gewesen – Sie reden oft mit einer so unabsehbaren Erwartung von alldem, was ein Vater uns bieten kann, oder bieten könnte!»

Ihren offenen Mantel auf den Rücken gebüschelt, meistens mit einem dämmernden Lächeln und wortlos, soweit es das Geschaute betraf, stand sie nun also vor seinen Arbeiten. Warum zeigte er bloß das Frühere, das Überholte? Es schien ihr feige oder eitel... Reinhart machte, um nicht vor seinen eigenen Erzeugnissen herumzustehen, einen Tee. Es kam der Augenblick, wo er keine Äußerung mehr erwartete oder befürchtete. Sie schlenderte wie in einem Garten herum, und da beide spürten, daß Yvonne kein Urteil haben konnte, soweit es seine Sachen betraf, war es selbstverständlich, daß auch später, als Yvonne sich zum Tee setzte, kein Wort darüber fiel, kein Wort vermißt wurde, so ganz und gar nicht, daß das Schweigen nicht einmal durch Vergnügtheiten vertuscht werden mußte. Nur eine herzliche Freude, immer wieder aus dem überraschenden Gefühl ihres Vertrautseins, überflutete ihr Gesicht, ihre Augen glänzten – und sie lobte den Tee.

«Wissen Sie übrigens, Reinhart – ich werde Ihnen fortan Jürg sagen. Nur damit Sie es wissen!»

Draußen lärmten die Kinder.

Pflanzen sollte er noch haben, meinte Yvonne. Eine Zimmerlinde, so ein Gewächs mit steigenden Stengeln und schwebenden Blättern, mit Oasen von grünem Licht... An der Wand, die als einzige gemauert und verputzt war, hing eine schwarze Maske, Südsee, sie gehörte dem Freund, dem Bildhauer im Ausland... Endlich kam der Bub zurück, den Reinhart vorher zum Bäcker geschickt hatte mit einem Zweifränkler; Torten gäbe es keine, berichtete er, dafür brachte er einen ganzen Sack voll Zerbrochenes! Aber es gab ja damals nichts, was den beiden nicht einen Spaß bereitete, und so machten sie sich denn mit Lachen dahinter, nicht anders als Schulkinder... Yvonne kam es an, als wäre sie in dieser Welt noch niemals jung gewesen; geisterhaft stand ein verpfuschtes, ein gleichgültig verpaßtes und auf die Straße geworfenes Dasein hinter ihr, und für Augenblicke kam ihr fast unter Tränen der jähe Wunsch, man hätte sich niemals getroffen!

Jürg machte sich Vorwürfe, daß er sie an ihrem einzigen freien Nachmittag nicht an die Sonne führte, an die Luft –.

«Luft gibt es noch lange!»

Mit Bissen, die von Brosamen regneten, futterten sie weiter… Sachlicher als es seinen Arbeiten gegenüber möglich war, konnte sie übrigens die verschiedenen Köpfe und Figuren genießen, die sein Freund, der Bildhauer, hierzulande im Stich gelassen hatte, lauter Mädchen aus englischem Zement, ganze Rudel lungerten hier in diesem Gärtnerschopf umher, träumten zwischen Balken und Tüchern ihr tönernes Leben.

«Die haben Zeit!» meinte Jürg. «Nicht wie unsereiner… Drum machen sie auch keine gekränkten Gesichter, wenn sie einmal ein Jahr oder zwei in eine leere Ecke blicken! Übrigens mag ich sie gerne.»

Sonst sieht man solche Dinge vor den stillen und glatten Wänden einer Kunsthalle; hier umfing sie ein Dämmer von Unordnung, das Kunterbunte, das Gerüsthafte eines Raumes, der sich wie die bescheidene Andeutung eines Chaos ausnahm, das in Wirklichkeit grenzenlos ist, und davor steht das Geschaffene, das Geformte, das Ereignis. Es steht in räumlicher Enge, die es ohne Radau und zauberisch lautlos sprengt, kraft eines ganz andern Lebens, das mitten aus dem Wirrsal der äußeren Dinge aufsteht, ausschreitet… Jürg hatte eine größere Figur von den Tüchern befreit, ein stehendes Mädchen mit kreisenden Armen, mit einem knospenhaft geknickten, im Taumel sinkenden Kopf. Noch sind die Arme mit Stecken und Drähten in der zerbrechlichen Schwebe gesichert, Notbehelfe, die das Ganze vielleicht lächerlich machen möchten; aber es gelingt ihnen nicht. Eher ist es ein Spott auf die Tücke des Stoffes, dem sie entwächst, entschwebt, entklingt. Stärker als in einem öffentlichen

Raum, wo alles Schaffen nur als Geschaffenes auftritt und nur als Verzierung des wirklichen Lebens genommen wird, tönt hier die Geburt, das Wunder, die Erweckung des Menschen, die Michelangelo einmal malte: wie Gott ihn mit dem Finger berührt – Jürg hatte es auf einer Postkarte, die er von der Wand nahm, um Yvonne den ersten Menschen zu zeigen, jenen liegenden Adam, der gerade den Kopf nach seinem Schöpfer dreht, nicht bittend eigentlich, nicht dankend für das empfangene Leben, nur staunend. Und wie schwer lastet der Körper noch auf dem Vordergrund aus grüner Erde, dumpf und plump, als habe der Strom des tragenden Lebens noch nicht den ganzen Leib erfaßt. Nur im Blicke glänzt Erwachen! Um das menschliche Haupt aber schwimmt ein Fetzen von Bläue, die Farbe des Geistes, der Sehnsucht, der Himmel, der Weite und alles Unerreichbaren, das ihn aufstehen läßt zum Gang über die Erde, zum Gang seiner Nachkommen, zum Gang der ganzen Menschheitsgeschichte, die blutig sein würde, ein Wirrsal ohne Ende … mit einem Fetzen von Bläue um die Stirne!

Reinhart glühte in Begeisterungen.

– – –

Unklare Unrast, noch vor dem Aufgang des vollen Mondes über dem See und den Hügeln, trieb sie hinaus in die Weite des Abends. Sie gingen Arm in Arm, Felder um sich, Erde unter den Sohlen –.

Ein Ziel hatten sie eigentlich nicht.

Es war ein Abend wie Porzellan. Man hörte das Rollen der Züge über den See. Leider hatte Yvonne ihre städtischen Schuhe an, was Reinhart allerdings nicht bemerkte, und mußte in den Flurwegen, die er sie führte, ziemlich auf die Zähne beißen, um den hellen Abend so herrlich zu finden, wie er wirklich war. Holpernde Karren, die Mist auf die Felder gebracht hatten, kamen des Weges, Leute mit geschulterten Gabeln; das waren die letzten, die ihnen begegnet waren, und auf einmal gab es nur noch die dämmernde Leere der Felder. In den Gehöften kläffte ein Hund; sie gingen weiter durch Wald, durch Ruten und streifende Zweige, wo Yvonne ihren Strumpf verschränzte; lange hörten sie noch den kläffenden Hund, der gegen sein eigenes Echo tobte.

Einmal – er hatte offensichtlich versäumt, auf den Weg zu achten – fanden sie sich unversehens in einem weiten Ried, sie standen zwischen Weiden und dünnen Birken, der Boden war weich, torfig, Lachen einer gläsernen Helle blinkten da und dort, wässerne Spiegel eines verblassenden Himmels. Eigentlich war es schon Nacht. Plötzlich hing er über dem Wald, groß, unwahrscheinlich, eine Kugel voll Blut; sie hatten den Mond noch nie so beklemmend gesehen, knapp über den Tannen. Später wurde er kleiner, auch blasser; wie eine Scheibe von kühlem Messing stieg er in die violette Finsternis der Nacht, und die Erde zu ihren Füßen, das Ried mit seinen Gräsern und schwimmenden Büschen lag auf einmal ganz grell – deutlich, stofflos – die Schatten aber klafften wie Löcher darin.

Sie gingen Arm in Arm.

Es war, als würden sie ruhiger, je höher der Mond über die Erde stieg; die Nacht war lau; sie gingen, wie von einem seligen und unaufhaltsamen Gefälle genommen, immerzu …

«Kindsköpfe sind wir!» sagte Yvonne.

Von den Dörfern schlug es drei Uhr; sie schlotterten in ihren dünnen, nachgerade feuchten Mänteln – zur Stadt waren es mehr als zwei Stunden –, sie kehrten zurück in die zärtliche Entdeckung ihres Du. Leicht wie ein warmes Gewölk trug er sie durch den Taumel eines besinnungslosen Daseins.

In den Dörfern schlugen die Stunden.

In den Gehöften krähten die Hähne.

So war der Sommer gekommen, Höhe des steigenden Jahres, Mitte, Stillstand in grünen Erfüllungen. Bläue zitterte über den hohen Wiesen, und die Pfade waren wie kleine grüne Schluchten darin; ein Paar, das sich ins Gras setzte, sah nichts als einen Himmel voll wippender Halme, mitunter das bunte Zucken eines Schmetterlings. Sie aber sah niemand. Sie hörten das sausende Schwingen der Sense, die näher kam, unsichtbar hinter einer grünen Wand voll Gezirpe.

Reinhart wohnte damals nicht mehr bei seiner Mutter. Es war, wie er sagte, einfach nicht mehr gegangen. Nicht zu erfahren, wo er diese oder jene Nacht geblieben war, überstieg ihr mütterliches Vermögen. Fortan hauste er also in seinem Atelier. In seinem Atelier stand eine Pflanze, ein Gewächs mit steigenden Stengeln und schwebenden Blättern daran, mit Oasen von grünem Licht.

Reinhart hatte damals einen Auftrag.

Er pfiff den lieben langen Tag …

Yvonne war stellenlos. Hauswirt nämlich, der Mann mit den achthundert Arbeitern, hatte ihr einen Antrag gemacht, und Yvonne fand, es ging nicht weiter. Sauberkeit muß sein. In den Anzeigen der Zeitung sah sie sich um, saß in den morgendlichen Parken unter dem schattigen Laubdach und las, daß Merline inzwischen geheiratet hatte; eine Hochzeit mit Schleier und Blumen, mit Droschken, mit glitzernden Speichen in der Morgensonne und Kirchengeläute, mit Glück und Geld und vier sicheren Wänden … Hätte sie es nicht ebenfalls haben können? ... Hauswirt gab es nicht auf; er sah sich vor einem Bollwerk höflich lächelnder Absagen und Zurechtweisungen, aber er lud sie wieder zum Abendessen auf die Terrasse mit Ausblick auf den See und mit schwarzen Kellnern unter den Palmen. Er wollte sie kaufen, warum nicht? Man aß hier wirklich fabelhaft, wie früher einmal, und es waren trotz allem ganz vergnügliche Abende, Gespräche voll lachender Wahrheiten. Dann schrieb er wieder Briefe, als hätte er nichts verstanden, bärenhaft, Werbungen mit der zärtlich verhaltenen Drohung männlicher Kraft und Rücksichtslosigkeit.

Reinhart wußte übrigens Bescheid.

«Man sollte nie über einen Menschen spotten», meinte er, «man weiß nicht, ob man ihn nicht eines Tages heiratet.»

Yvonne begleitete den jungen Maler gelegentlich in den Laden, wo er die Leinwand kaufte, Rötel, Kreide, Tuben aller Art und Größe. Es lief sich ins Geld! Als wollte er das Kaufen genießen, wurde stets eine ordentliche halbe Stunde daraus, wenn nicht mehr, er lehnte mit offenem Mantel über den Ladentisch, das eine Bein zurückgestemmt, und umgab die Tuben, die sein Vermögen überstiegen, gleichsam mit einer zärtlichen Hochachtung und wog sie wenigstens in der Hand, während sie überhaupt nicht in Frage kamen und er nach ganz andern Dingen sich umsah. Frei vom Verdacht, daß er es am Ende darauf anlegte, konnte Yvonne nicht anders, zwinkerte ihm zu und kaufte die Tube für ihn. Seine verlegenen Vorwürfe, durch das Wiederkommen der Verkäuferin gestoppt, vergnügten sie herzlich. So saß Yvonne auf einem Sessel, lächelnd wie eine Mutter über ihren Jungen, nicht ohne weibliches Einverständnis mit der weißen Verkäuferin, die alles Mögliche zeigte, wovon er im vorherein sagte, daß er es nicht kaufen würde. Wie Kinder spielten sie Käuferladen. Holzpuppen standen herum, stapelweise lagen die Blöcke von schönem Papier, und am frühen Morgen war man hier meistens allein, er verspielte sich ganz in seine Liebe zu den greifbaren und riechbaren Dingen, die ihn selber liebenswert machte … Leider, hellen Gehöres wie er war, fühlte er das für Augenblicke, spielte mit Absicht ein wenig den großen Jungen, von dem er glaubte, daß sie ihn liebe …

Einmal waren sie nicht allein. Ein junges Fräulein in einem grauen Pelzmantel blätterte in einem Block, die Handschuhe auf dem Tisch. Daß sie nicht allzuviel verstand, war der Art ihres scheuen Fragens und raschen Nickens anzumerken und als die halblaute Rede darauf kam, ob die Verkäuferin immer noch keinen Bescheid wüßte wegen Unterricht im Zeichnen, drehte Reinhart den Kopf, ohne seine gespreizte Stellung aufzugeben:

«Kommen Sie zu mir», sagte er, Farbtuben in der Hand. «Ich kann mich wirklich empfehlen!»

Diese unbekümmerte Art, nicht ganz seine wirkliche Art, war für das junge Mädchen sehr fremd und überraschend, wenn nicht abstoßend; eine Röte von Wohlerzogenheit schoß ihr ins Gesicht. Die geheimnisvolle Gegenwart jener andern, älteren und reiferen Frau, die zu dem jungen Maler gehörte, kam hinzu wie eine Attacke aus der Flanke, Verwirrung stiftend in ihren eigenen Gedanken. Alles ging sehr flink. Und doch dünkte sie, der Maler blickte sie schon eine halbe Ewigkeit an. Was sollte sie sagen?

«Sie geben wirklich Unterricht?»

Nach der halben Zusage, die er aus dieser Frage entnahm, gab es für sie kein Zurück mehr; alles Sachliche entschied sich gleichsam auf der Bühne eines vorderen Wachseins, während sie aus den Vorhängen zusah, versteckt, aus dem

Hintergrund dämmernder Verwirrung … Schließlich war alles abgemacht, Ort und Datum … Hortense, so hieß das junge Mädchen, mußte sich in einen Teeraum setzen und einen Kaffee trinken, um in Ruhe nachzudenken, ob es wohl gut und richtig war, was sie unternommen hatte, oder nicht. Jedenfalls war es geschehen. Reinhart zog noch einmal ihr Kärtlein aus der Manteltasche, mitten auf der Straße, die gerade voll Marktgewimmel war, las ihren Namen und steckte es mit der Grimasse einer spöttischen Hochachtung wieder ein, im Grunde doch reichlich stolz auf den Erfolg, den er vor Yvonne so spielerisch errungen hatte und gerne als Beweis, als beiläufigen Beweis seiner weltmännischen Tüchtigkeit und seines Willens zum Verdienen bemerkt wissen wollte.

Yvonne sagte kein Wort.

Am Ende gleichen wir alle den Kindern, denen man nicht zeigen darf, wo man sie liebt und bewundert; schon machen sie, uns zuliebe, einen Affen aus sich!

Man lernte sich eben kennen, sagte sich Yvonne, und es schien ihr so natürlich, daß auch Störungen kamen, Nebengeräusche, die sie nicht fürchten wollte, nicht allzu wichtig nehmen. Wäre das eine Liebe, die sich nicht kennenlernen darf! Schließlich waren sie beide erwachsen.

Seit Wochen war es, als stünde der Sommer sozusagen still wie das weiße Gewölk über dem See, das täglich ein Gewitter versprach; Schwärme von Mücken standen in der Luft. Alles stand. Die Bäume standen, als grünten sie ewig. Überall hatte die Zeit ihr Gefälle verloren.

Der deutliche Drang, daß etwas geschehen mußte, erzeugte einen ganzen Rudel von munteren Plänen, die, kaum geboren, sie gleichsam wie junge Hunde umhüpften, wenn sie nebeneinander durch die Straßen gingen oder dem feierabendlichen Ufer entlang… Yvonne wurde übrigens öfter gegrüßt, nickte, wogegen Reinhart sich eines friedlichen Unbekanntseins erfreute. Kam es schon einmal vor, daß jemand auch ihm nickte, sah er es meistens nicht, ungewohnt, darauf zu achten, und wenn Yvonne ihn leise aufmerksam machte, war es für den jungen Maler ein solches Ereignis, daß er stehen blieb, daß er sich umschaute, sich kaum erholen konnte, bauernhaft…

Was übrigens die Pläne anging, so gab es keinen Zweifel, daß eigentlich nur das Meer in Frage kam. Wie weit wurde die Welt unter diesem Wort! Alles öffnete sich in Bläue, und zumal für Jürg, der eigentlich kein Zuhause hatte, war es die eigentliche Heimatlichkeit der Ferne, war es die Erinnerung an einen Sommer, von dem es sich später herausgestellt hatte, daß es die Jugend war.

«Wir gehen ans Meer! Top?»

Yvonne, eben noch begeistert, zögerte auf einmal. Ihr Lächeln machte sie alt, wie auch schön. War es wegen des Geldes?

«Da müssen wir halt sehen!» machte er großartig. «Übrigens sagte ich dir schon, daß ich einen Auftrag habe?»

Yvonne hörte nicht.

Jürg erzählte von seinem Auftrag –

Einmal mußte sie es ihm erzählen, er sollte ihr zuhören, nichts weiter, und eigentlich wollte sie es schon lange. Ach, daß man so entsetzlich feige ist! Dann hatte sie jedesmal die Angst, sie würden sich zum letzten Mal sehen. Auch jetzt war sie nahe am Weinen.

«Wenn ich dir einmal alles erzählt habe, wollen wir sehen, was wird. Nicht wahr? Ob du dann noch immer mit mir ans Meer fahren willst.»

Was es denn sei? fragte er ruhig. Sie waren in der Wohnung, und er fand, jetzt könnte sie es sagen, hier, während dem schwarzen Kaffee … Nein, jetzt nicht, heute nicht, ein andermal! Es war wie jeden Abend, da sie es sich vorgenommen hatte; jedesmal überkam es sie: Laß uns diesen Abend noch haben! Und jeder Abend, fand sie, war ein Unrecht, das sie beging. Denn es mußte gesagt sein. Kein einziges Mal hatte er danach gefragt, was vor ihm gewesen war. Er wußte, daß sie einmal verheiratet war, ihr Mann war gestorben, und im übrigen, wennschon er jung war, jünger als seine Jahre, so war er darum nicht dumm. Ans Meer reisen, ohne daß er es wußte oder sich ausrechnen konnte … nein –

Jürg hielt ihre Hand.

Was es denn sei? fragte er nochmals.

Yvonne lachte nur:

«Jetzt muß ich mich umziehen. Verstehst du? Wenn wir ins Konzert wollen –.»

Im Zimmer drüben zog sie sich um. Reinhart blieb allein und wartete. Auf dem Fenstersims saß die schwarze Katze. Ob sie das lange Blaue anziehen sollte, fragte sie herüber. Reinhart saß, nickte, dann hatte er sich erhoben und stand im Zimmer, die linke Hand in der Rocktasche. Er hatte seinen einzigen dunklen Anzug an. Langsam und vielleicht ohne sein Wissen stellte seine rechte Hand die kleinen Kaffeetassen zusammen, was bald getan war, die Viertelstunde jedenfalls nicht ausfüllte. Als Yvonne fertig war – sie war noch nicht gekämmt, als sie die Türe aufmachte und in ihrem langen blauen Kleid dastand, ein weißes Tuch um die Schultern gelegt und offenbar in der muntersten Stimmung –, fand sie Jürg noch immer in der gleichen Stellung, aufrecht, die linke Hand in der Rocktasche, den Blick auf die zusammengestellten Täßchen.

Ammann, der Auftrag, verlangte sein Konterfei natürlich auf eine unmögliche Zeit. Als Sohn reicher Leute kam er sowieso mit dem Gefühl, der Künstler müßte ja dankbar sein, das vor allem, und alles weitere ergäbe sich daraus. Es ergab sich auch wirklich; Reinhart konnte ihn anfänglich nicht ausstehen.

«Mitte September?»

Er mochte im übrigen seine wirklichen Gründe haben, warum er den Helgen auf einen bestimmten Tag haben mußte, sei es ein Geburtstag oder eine Verlobung. Er machte ein grenzenloses Geheimnis daraus. Auch das reizte den Maler.

«Schade», sagte er. «Im September bin ich am Meer – aber im Oktober komme ich wieder.»

Dabei malte er mit einer Gelassenheit, die herausfordernder nicht sein konnte. Ammann war jünger, und daß er sich als Leutnant malen ließ, wäre für jedermann nebensächlich und selbstverständlich gewesen, hätte er nicht mit sieben Gründen darzulegen versucht, warum und wieso und weswegen, und keiner davon war ein wirklicher Grund.

«Warum nicht?» sagte Reinhart. «Sie wollen ein möglichst gutes Bild. Wahrscheinlich steht Ihnen das Feldgrau am besten. Warum also nicht?»

Vielleicht, auch das –.

Kerl! dachte Reinhart. Es kochte in ihm. Etwas ärgerte ihn maßlos. All das Verlegene und Unfreie, das ihn umstellte, all das, was er den Vorurteilen des andern zuschrieb, vielleicht war es das. Der Maler bildete sich Ansichten ein, die der andere gleichsam auf der Stirne trüge, Ansichten einer Erziehung, die seine Kunst als spielerische Verzierung nahm, nichts weiter, als einen Schnörkel am sogenannt wirklichen Leben, nichts weiter! Man kann es sich leisten, man läßt sich malen, wie früher die Leute vom Hof, man geht in Konzerte. Kenntnis der Künste als Ausweis über etlichen Wohlstand! Man kennt seine Verpflichtung gegenüber der Kultur. Unsereiner! Zu Hause steht die Kultur als alte Pendule auf einem gotischen Schrank. Und der Künstler: wenn er tot ist und im Lexikon, durchaus annehmbar, als Lebender von üblem Geruch, von verdächtigem Lebenswandel, von einem vollendeten Mangel an Erziehung und Form, von gottlosen Anschauungen. Höchster Rang eines Künstlers: wir loben ihn. Wir! Man drückt ein Auge zu, spricht mit ihm, ehrt ihn mit einem Empfang, man ist der König, der die Ehren vergibt, und der Künstler als rührender armer Kerl, der sich irrsinnig wichtig nimmt, eitel, ehrgeizig, stets von seinem Talent überzeugt und verwahrlost, im Umgang schwierig, da er mit Vorliebe liederlich ist, kaum ein Wort hält und keine Ahnung hat von Haltung. Unser Verhältnis zu ihm: Achtung für das Talent, so es wirklich vorhanden ist, Distanz von seiner Person auf jeden Fall, ein bißchen Neid um seine zigeunerhaften Freiheiten, ein bißchen Verachtung, ein bißchen Gönnertum und Herablassung, ein bißchen Unbehagen ringsum, man duldet ihn durchaus als eine Schrulle der Natur, ein großes Kind, eine Art von Hofnarr für den bürgerlichen Feierabend …

All das, der Teufel soll's holen, es stand einfach auf dieser Stirne, die Reinhart ständig anzusehen hatte, – und eine solche Stirne sollte man malen können!

(Warum regte es ihn auf?)

Yvonne … Mitten in der Arbeit dachte er oft an Yvonne. Er hatte sie nie wieder gefragt, was es denn wäre, das sie ihm mitzuteilen hatte. Ab und zu kam Yvonne auch hieher, auf einen Sprung nur. Meistens war es wie eine kleine Feierstunde. Sie hatte ein paar Blumen gebracht, als hätte sie immer noch Geld, und stellte sie ein. Sie stand vor den Bildern, ihre Hände unter dem offenen Mantel an die Hüften gestützt; die Sache mit der neuen Stelle wäre ins Wasser gefallen, sagte sie nebenbei, die Bilder betrachtend, und was sie dann über die Bilder sagte, – es war ihm ordentlich ungeheuer, wie er einmal gestand.

«Wieso?»

«Wie kann man malen, was man nicht gesehen hat? Du erzählst mir immer, was ich gesehen habe. Ich staune! … im Ernst, nachher kann ich eigentlich nie mehr arbeiten.»

Yvonne war bestürzt.

Um fünf Uhr kam übrigens Ammann wieder, der Auftrag, und Yvonne leerte die Tasse, sie wollte dem jungen Herrn nicht begegnen, sagte sie entschieden, ohne einen Grund anzugeben. Er verstand es nicht, so harmlos wie unritterlich. Verstand er es wirklich nicht? Oft schien es ihr unglaublich, wie wenig er sich mit all seiner Phantasie in ihre Lage versetzen konnte … Er mußte es verstehen, ohne daß sie es ihm sagte; nur so konnte er vor ihrem Herzen bestehen. Einflüstern gilt nicht … Rasch, leicht, immer wie in Eile ging sie durch das Gärtlein, dann die Straße hinunter. Warum hetzte sie sich immer so? Das Meer würde ihr guttun, dachte er, vier oder fünf Wochen; er würde arbeiten, sie könnte baden, lungern, lesen, im Sand liegen, nichts als Ruhe und Weite und keine Menschen, die meinen, daß sie uns kennen! …

Ammann war in der Tat ein außerordentlich unfreier, in lauter gutem Benehmen verkrampfter Mensch, ein großer Mutterbub vielleicht, jedenfalls aufreizend wie am ersten Tag. Aber er war ein Auftrag. Ein guter Auftrag sogar, langweilig wie Beton. Indessen war es weder Anstand noch Recht, wenn Reinhart, während jener mit verschränkten Beinen dasaß und das rostfarbene Buch hielt, wie es von seiner Familie gewünscht worden war, einfach stehen blieb und zum großen Fenster hinausschaute. Anfangs, wie als Vorwand, mischte er wenigstens eine Farbe auf der Palette, dann hörte auch das auf... er stand und dachte ausführlich ans Meer –

Einmal beschwerte sich Ammann.

«Entschuldigung!» sagte Reinhart ohne Spott. «Sie haben recht, Sie müssen es nur sagen – übrigens: sehen Sie jetzt, wie natürlich Sie in die Welt blicken können?»

Schon war es wieder vorbei.

Herrgott, dachte Reinhart mit Ansätzen gelinder Verzweiflung, wenn er wenigstens reden würde! Ein Gesicht, das spricht und sich bewegt, kann sich minder verstecken. Und was die Leute für eine Angst haben, ihr Gesicht bekäme einen Ausdruck! Ein Bauernkind, das er neulich gesehen hatte, oder der Gärtnermeister mit der versoffenen Nase, das waren freilich keine Aufträge; die kamen nicht, dachte er, die hätten ein Gesicht. Aber kein Bedürfnis, daß es an der Wand hängt.

Manchmal schüttelte Reinhart den Kopf.

So also, dachte er, will ein Mensch aussehen, wenn er an seine Braut, an seine künftige Frau denkt? Sie heiratet ja nicht dein Bild, Freund, auf die Dauer nicht. Warum willst du dir selber nicht zugeben, daß alles nicht einfach ist, unberechenbar, gewitterhaft, sozusagen unanständig in einem gigantischen Sinne? Wir alle kennen die Angst vor der Welt, je größer unser Mut zum Schauen ist. Einen Menschen heiraten, vor dem man Angst hat, vor dem man sich so verstekken möchte, – faule Sache, mein Freund, faule Sache, auch wenn es eine gute und gefällige Partie ist, und wer zweifelt daran! Man spricht auch nicht vom Geld und möchte tun, als wäre alles so selbstverständlich. Eben drum könnte man davon reden, wenn man nicht auch davor die Angst hätte, denn man möchte ja nur, es wäre selbstverständlich! Angst, überall Angst, die übermalt werden soll… Wer nun darin den Zweck der Kunst sieht, kann man es ihm versagen, daß er für den Künstler, noch wenn er ihn lobt, weil er es gediegen übermalt hat, stets ein leises Gefühl von Verachtung hat? Kann man es verargen? Vielleicht sind wir ein verächtlicher Schlag, dachte Reinhart, aber das sind nun wieder Dinge, wofür eure Verachtung, mit Verlaub gesagt, nicht ausreicht –

Es kam der Tag, wo es einfach nicht mehr ging. Es war die dritte oder vierte Sitzung, als Reinhart wirklich die Pinsel weglegte:

«Sagen Sie einmal, lesen Sie denn wirklich in diesem Buch, das Sie da halten?»

«Ich lese –»

Reinhart war wie erschöpft.

«Wenn Sie wirklich lesen würden und sich vorstellen, was Ihnen der Mann da erzählt, sehen Sie, es ist einfach nicht möglich, Sie halten das Buch, aber Sie lesen nicht, Sie blättern darin und denken daran, wie Sie aussehen. Sie wollen immer Haltung haben!… Man kann das nicht malen, Gott stehe mir bei! Ich bin darauf angewiesen. Wenn Sie wirklich eine Haltung haben, Haltung, innere Haltung, lebendige Haltung – es gibt nichts Schöneres als das! es ist unser aller Ziel, wissen Sie – Aber dann kommt die Haltung doch von selber, oder glauben Sie nicht? Was Sie da machen, – alles, was man macht, ist Pose – und zum Kotzen, gelinde gesagt, zum Kotzen!»

War das gelinde?

«Verstehen Sie mich?»

«Ich habe aber gelesen.»

«Das glaube ich eben nicht», sagte Reinhart und lachte, indem er aus Verlegenheit eine Zigarette ansteckte. Es tat ihm leid, wenn er grob war. Dann legte er die Zigarette weg, er wollte ja eigentlich die Hände waschen. Nichts gibt es, was die Flegelei verherrlicht, nur keine Ausrede mit Leidenschaft! Höchstens und bestenfalls ist es das Hilflose in der Leidenschaft, was dazu führt… und zu nichts führt, zu gar nichts! Es tat ihm aufrichtig leid.

«Sie verstehen doch, was ich möchte?» sagte er aus der Waschecke, die Ärmel krempelnd. «Ich meine, Sie sollten mehr Vertrauen haben, nur das, Vertrauen zu sich, zum lieben Gott, was weiß ich! Vertrauen zu seinem Geschöpf, zu dem, was man so Mensch nennt –»

Ammann blätterte in seinem Buch, während man das helle Gurgeln des Wassers, das Quietschen der seifenden Hände hörte.

«Wir wollen doch einen Menschen malen, das vor allem, das ist doch das Lustige, oder das Schöne.»

«Ja», sagte Ammann. «Ich bin auch sonst nicht anders – nie…»

Traurig, denkt Jürg, aber nicht einmal überraschend – und schüttelt sich die Hände ab. Als sie am Tuch getrocknet sind, geht er, stellt ein Pfännchen mit Wasser auf den kleinen Kocher. Mit Malen scheint es zu Ende, denkt Ammann. Ob er eilig sei? fragt ihn der Maler; er mache nur rasch einen Tee, sagt er und stellt zwei Tassen hin, sogar sehr schöne Tassen.

«Eilig bin ich nicht.»

Draußen über den Dächern blaute der späte Nachmittag. Wieder glühte das Ziegelrot wie von innen heraus, und in den Bäumen rieselte ein Wind… Schwimmen, das müßte jetzt köstlich sein, ringsum die glitzernden Zacken der Wellen! oder auch gehen, nichts als gehen, Wind im Haar, auf einem Hügel stehen, Fülle des Sommers zu Füßen...

Dann siedet das Wasser.

«Wenn Sie Zeit haben», sagt Reinhart, den Zucker suchend, «Sie trinken doch auch einen Tee? Es ist zwar nur noch Knäckebrot da... Und dann, Herr Ammann, fangen wir noch einmal an, nicht wahr? Wir wissen von nichts! Übrigens sollen Sie keine Sorge haben, es kostet nicht mehr.»

Reinhart lachte:

«Das da malen wir nicht zu Ende!»

Es war der Abend nach einem fast tropfenlosen Gewitter, als Yvonne es hatte sagen können, Wort um Wort, was sie all die Jahre wie einen Schrei in sich getragen hatte. Mit langsamen, unglaublich leichten und krampflosen Worten hatte es begonnen; wie das Schicksal eines andern, eines längst Gestorbenen fiel es von ihr. Sie saßen im Finstern, da sie einfach kein Licht gemacht hatten. Nach und nach hatte Yvonne die ganze Geschichte mit Hinkelmann erzählt, alles, auch das mit dem Kind, das sie umgebracht hätte, so wie sie ihn selber, Hinkelmann, umgebracht hätte... Sie saßen noch immer am Tisch, bei Früchten und offenem Fenster, so wie die Stunde der Geständnisse sie überrascht hatte, mitten aus dem Alltag und der freundlichen Gewohnheit ihres Essens heraus; sie sahen sich kaum mehr; von nächtlichen Türmen schlugen die Glocken.

«Ich habe ihn übrigens noch einmal gesehen», sagte Yvonne zum Schluß...

«Hinkelmann?»

«Es war im Konzert. Im letzten Winter. Es war furchtbar überfüllt, auch da, wo sonst das große Orchester spielt, hatten sie Plätze gemacht, es war ein Abend mit Casals –.»

Umständlich, als böte ihr alles Sachliche, was sich anführen ließ, gleichsam eine Linderung durch Aufschub, erzählte Yvonne den merkwürdigen Abend. Sie war mit Merline gewesen, sie saßen im Parkett, unterhielten sich vortrefflich über die Leute, als Yvonne, wie von einer Hand gepackt, plötzlich aufblicken mußte – Hinkelmann, eine Platzkarte in der Hand, stand vorn auf der Bühne, bei den Orchesterstühlen. Offenbar fand er seinen Platz nicht. Schließlich schritt er quer über das Podium, linkisch genug; als hätte ihm jemand gepfiffen, halb erschrocken blickte er plötzlich in den vollen Saal, in das Gewimmel der Köpfe, ohne Suchen und Zögern auf Yvonne – kurz darauf kam Casals, von lautem Klatschen empfangen.

O nein, es war keine bloße Täuschung, kein Spuk der Verwechslung, Yvonne sah ihn während des ganzen Abends, die Beine verschränkt, seine breiten Hände über dem Knie, reglos. Ob er die Augen offen oder geschlossen hatte, war nicht herauszufinden; in dem kalten Leuchterschein, der senkrecht auf ihn niederfiel, waren seine Augen nichts als zwei schwarze Schattenlöcher. Er saß, er hörte. Es war, als hätte man eine Leiche hingesetzt. Yvonne war sehr verwirrt, wußte nicht, was sie glauben sollte. Jedesmal, wenn sie wieder aufblickte, saß er noch dort, reglos, die Beine verschränkt, so, als starrte er immerzu auf sie. In der Pause dann suchte Yvonne umsonst. Das heißt, eigentlich wollte sie ihm durchaus nicht begegnen. Was hätte man sich sagen können nach all den Jahren? Yvonne stand auf der Galerie, plauderte mit Merline, dieweil sie unablässig in das Gewimmel hinabsah, jeden Atemzug bereit, zurückzutreten. Aber Hinkelmann kam nicht. Am Ende, dachte sie, war alles nur Einbildung gewesen! Wenn man Musik hört, scheint uns oft alles möglich. Drinnen im Saal, nach der Pause also, saß er wieder da, die Beine verschränkt, reglos wie eine Leiche, die man drinnen hatte sitzen lassen. Yvonne nickte ihm zu! Er sah es nicht. Yvonne tat, als wäre ihr Kleid nicht in Ordnung, das lange blaue, und erhob sich einen Augenblick mitten aus der Reihe aller Sitzenden. Er mußte es sehen! Aber er rührte sich nicht… Dann spielte wieder Casals. Yvonne hätte heulen können. Hinkelmann! rief es in ihr: Warum bist du so dumm? Es lohnt sich doch nicht, Hinkelmann, es lohnt sich doch nicht. Um eine Frau! Was hast du getan? Er war es: groß, breit und blond, sein Bubenschopf über der Stirne, so linkisch wie aufrecht; er saß wie damals, als er vom Tod bei den Asiaten berichtete, so siebenmal klug, und die schöne Teetasse zerbrach; aber er nickte nicht. Als die Musik zu Ende war, erhob sich Yvonne als erste, bevor noch das allgemeine Klatschen losgebrochen war, drängte hinaus; sie wartete drunten zwischen den Windfängen, entschlossen, nicht zurückzuschrecken, wenn Hinkelmann sie entdeckte. Sie wartete, bis der letzte Mensch hinausgegangen war. Umsonst natürlich. Bereits kamen die Türschließer.

«Ich weiß nicht», sagte Yvonne, «warum das alles hatte kommen müssen, damals, Hinkelmann war ein herzensguter Mensch gewesen. Ich weiß es nicht!»

Das Bewußtsein, seit Stunden kein einziges Wort mehr gesprochen zu haben, erfüllte Reinhart mit einem Gefühl von Schuld. Er wußte nicht, was er hätte sagen sollen. Nicht irgendein Urteil, nicht einmal Mitleid, nur das geisterhafte Ungewisse, wem sie eigentlich all das in das Dunkle hinaus gestand, legte für Augenblicke eine unsägliche Ferne zwischen sie.

«Ein halbes Jahr lang war ich allein», sagte sie, «dann wiederholte sich alles.»

Auch das mit dem Kind.

«Es war ein Student. An einem Pferderennen lernten wir uns kennen. Er spielte Bratsche. Eines Abends kam er mit seiner Bratsche hieher –.»

Wenn Jürg jetzt aufstünde und niemals wiederkäme, sie verstünde es gut und ohne Vorwurf, ohne Entsetzen auch. In Leichte einer angstlosen Leere, wenn man plötzlich nicht mehr weiß, wovor in aller Welt man sich noch fürchten könnte, dachte sie an den kommenden Morgen wie an eine mögliche Hinrichtung, die keine Rolle mehr spielte …

Reinhart saß auf dem Fensterbrett.

Über den Dächern tagte es bereits. Auf der Straße drunten hörte man die ersten Schritte über das Pflaster, das Lärmen der frühen Milchwagen mit ihren scheppernden Kesseln.

– – –

Der Sommer hatte seine Höhe überschritten. Alles drängte seiner Reife zu, das Obst in den Gärten, draußen das Korn auf mannshohen Halmen. Gewitter schoben sich herauf, Gebirge von weißem Gewölk. Es wetterleuchteten die lauen Abende über dem See. Wälder rauschten, und Staub wirbelte in weißen Fahnen die Wege entlang, und plötzlich, mitten im späten Nachmittag, saß man in einem dunklen Zimmer, wo es die Vorhänge blähte. Irgendwo schlugen die Fensterladen, ein Blumentopf klirrt auf der Straße, und eine trockene Viertelstunde lang schüttelte es jedesmal die Büsche, als wollten sie fliehen mit allen Zweigen, Wind peitschte die vergessene Wäsche auf den Dächern, ein klatschendes Weiß vor den blitzenden Finsternissen über der Stadt. Endlich fielen die ersten lauen Tropfen. Wie eine Erlösung folgte plötzlich das strömende Zischen in den Bäumen des Parkes.

Reinhart stand unter der offenen Türe seines Ateliers.

Hortense, die Schülerin, hatte keinen Schirm, mußte warten, bis es nachließ. Sie hatte weiße Schuhe, und auf den Wegen bächelte es braun. Frische hauchte von glänzenden Blättern, Wolken von Kühle und Duft. Wie ein ausgelassener Bub, der gehört sein wollte, gurgelte die Dachrinne über ihnen. Vor grauen Wänden über der Stadt und dem bleiernen See leuchtete der kindliche Zauber eines Regenbogens.

Hortense kam ihm oft wie ein Kind vor!

«Wenn Sie wüßten», sagte sie einmal, «wie entsetzlich ungern ich jedesmal nach Hause gehe! ...»

«Warum denn?»

«Ach!» sagte Hortense und schwieg sich aus, streckte die Hand nach dem Regen. «Jetzt muß ich aber wirklich gehen, – wisssen Sie, sonst gibt es wieder ein Verhör!»

«Ah so! Darum –.»

Er hatte es leicht, darüber zu lachen.

«Gehen Sie nach Paris! Oder nach Griechenland! Oder nach Spanien!» sagte er leichtsinnig, klopfte seine Pfeife am Türpfosten aus. «Nach Spanien komme ich allenfalls mit.»

Hortense sah ihn unsicher an ...

Dann kehrte Reinhart wieder in seine Arbeit zurück. Seine Umsiedlung in den Gärtnerschopf bereute er nicht. Er lebte hier einen langen, vollen, arbeitsamen Sommer trotz einer Reihe verwanderter Tage und jener fast unwiderstehlichen Versuchung zu gemeinsamen Feierabenden, die ihn – Reinhart spürte es oft wie eine Verärgerung über alles Glück hinaus – erschreckend viel Zeit kosteten. Dafür hatte er hinwiederum die frühen, menschenleeren Morgen mit dem ersten Vogelgezwitscher, die Stunde vor Sonnenaufgang, wenn er von Yvonne kam, herrgöttlich nüchtern, wach vor Glück, gierig nach Arbeit, bedürftig nach männlicher Einsamkeit des Schaffens. Mehr als einmal, wenn er seine rote Holztüre aufriegelte und zur Arbeit wollte, fand er in seinem Gärtnerschopf einen Spatz, der sich nächtlicherweile verirrt hatte und jetzt, als der Hausmeister eintrat, wie im Wahnsinn durch das morgendliche Atelier flatterte, gegen das große Nordfenster stieß, daß es knallte. Wie ein Apfel vom Baum fiel er dann herab, blieb auf den Simsen liegen, irgendwo in einer Unordnung zwischen Papier und Blumen, oft mit einem roten Blutstropfen zwischen dem Schnabel und flatternder Todesangst, sobald seine Hand kam. Es war nichts zu helfen, so leid es ihm tat. Eine Weile hielt er die flaumige Wärme des unglücklichen Tieres in der Hand. Sein erstes Morgengeschäft war Töten. Reihenweise begrub er sie vor seiner Türe, drüben im Gärtlein einer Witwe ... dann machte er sich das Frühstück; eine Tasse in der Hand, den Mund noch voll Brot, stand er vor seinen Erzeugnissen, sah Mängel in Scharen, ohne sich viel vorzumachen. Er arbeitete mit frierenden Händen ...

– – –

Was seit Jahren vorauszusehen war – nämlich das Ende jenes elterlichen Vermögens, das Yvonne bisher das Dasein erlaubt hatte –, zeigte sich in Wirklichkeit als ein wechselnd bewölkter Tag ohne besondere Merkmale, ohne Gelächter der Leute auf der Straße, ohne Erdbeben, Windhosen, Feuersbrünste oder sonst eine angemessene Ungeheuerlichkeit. Umsonst waren die Versuche aller Vorstellung gewesen, die grauenvolle Summe jahrelanger Ängste! Und Yvonne nahm es eigentlich in aller Ruhe nur wunder, was jetzt weiter geschehen würde.

Etwas mußte ja geschehen.

«Möglicherweise», sagte Jürg versonnen und nicht ohne einen Anflug von Verpflichtung, «möglicherweise verkauft sich das eine oder andere auf Weihnachten, sicher gibt es wieder so einen Jahrmarkt, Kunst zwischen Strümpfen und Käse!»

Yvonne lehnte zurück, prüfte ihre Nägel. In der Unvernunft ihres weiblichen Wesens fühlte sie sich sogar erleichtert, daß der unsäglich herangefürchtete Augenblick endlich geboren war, eigentlich geradezu erlöst, fast belustigt. Das Leben, das Yvonne und Reinhart zusammen führten, war ja durchaus eine Ehe, wennschon sie das feierliche Wort noch nie in den Mund genommen hatten. Sie war gespannt, was Reinhart nun machte! Auch in der folgenden Zeit, als tatsächlich schon die erste amtliche Betreibung über den Horizont schaute und mit Pfändung drohte, was nicht zum Lachen war, zeigte Yvonne eine unglaubliche, bald aufreizende, bald wieder tröstliche, undurchschaubare, manchmal geradezu chinesische Ruhe des Zusehens!

Etwas, sagt sie sich, geschieht immer.

Zur Zeit saßen sie nun einmal im Tessin. Aus dem Meertraum war unter solchen Umständen natürlich nichts geworden. Abseits vom Getue hatten sie eine kleine, mehr als bescheidene Wohnung entdeckt, zwei Zimmer mit offenem Herd, mit Ausblick über sinkende Hänge voll Reben.

Was braucht der Mensch mehr!

September verbrannte sich in unsäglich heiteren Tagen der Vergängnis, Tage aus Leichte und flimmerndem Hauch, alles in Silber versponnen, in Ferne verblauend. Wälder steigen aus Seen von Dunst, Inseln der Farbe, gespenstisch umbrandet. Stille über den reifenden Weinbergen! Ahnung der Zeit, die stündlich vergeht, das lichterlohe Welken ringsum, das alles Vorhandene verglüht und unsere einzige Hoffnung ins Werden, ins stete Entstehen verweist, all das erfüllte Jürg mit einem rastlosen Drang zum Arbeiten, beim

Holzhacken nicht anders als beim Malen, fieberhaft, so daß er ohnehin für alles andere ungefähr blind war; Sehnsucht nach dem Erzeugen jeglicher Art, Lebensfreude, von den bunten Rändern der Wehmut umsäumt! Was entstünde schon ohne den Tod und das Welken ringsum, ohne unser Wissen vom Tod! Er trank die Tage wie sonnigen Wein, der ein Gekringel roten Leuchtens auf den steinernen Tisch spielt, ein Glas voll Wunder! Er summte und pfiff, er stieg in weglose Höhen wie eine Ziege, von wechselnden Anblicken weiter und weiter verführt wie jene von lockenden Kräutern; er malte, zeichnete, trunken von Welt, sang vor sich hin in das Getöse der Bäche, in das Gerausch der Wälder, in das Rascheln des gefallenen Laubes, in die abendliche Einsamkeit über den herbstlichen Tälern.

Yvonne kochte am offenen Herd.

Auch ihr schien diese Art zu leben recht schön, oft unwahrscheinlich, so daß sie es wochenlang, als gäbe es ein Verstecken vor dem Schicksal, einfach nicht wahrhaben wollte: – es ging nicht, auch mit Reinhart nicht. Wie unmännlich er war! Nirgends wie da, wo man liebte, mußte man ehrlich sein. Daß sie wußte, wie glücklich er damals war, machte alles Kommende um so entsetzlicher, um so notwendiger. Sie hatte gewartet und gehofft, immer wieder gewartet und gehofft, daß er's begriffe. Ihre Geständnisse hatte er aufgenommen, als wäre er unverwundbar; sein guter Geist bewahrte ihn vor jeder eitlen und kleinlichen Gebärde des Verzeihens. Was tat er? Er lebte seinen Traumwandel weiter, als hätte er nichts, überhaupt nichts begriffen; es jammerte sie, wie ahnungslos er neben ihr herging, wie jungenhaft vergnügt!

«Meinst du wirklich», sagte sie einmal, «daß es keinen andern Weg gibt? Wegen dieses Geldes, meine ich.»

Reinhart lachte:

«Liebes Kind!» sagte er. «Jetzt kommst du schon wieder damit. Wenn ich dir sage und versichere, es macht mir nichts aus? Wirklich nicht.»

Es macht ihm nichts aus, wenn ein anderer Mann ihr die Ferien bezahlte. Das eben war es. Und sie hatte ihm noch einmal eine Chance geben wollen.

«Dreihundert Franken», meinte er in seiner großzügigen Weise, «was ist das schon für einen Mann wie Hauswirt, einen Mann mit achthundert Arbeitern! Mit einem blauen Wagen! Ich verstehe wirklich nicht, warum du eine solche Geschichte darum machst, Yvonne.»

Einen Augenblick, wie er seine Pfeife stopfte und sich eigentlich schon wieder andern Dingen zuwenden wollte, sichtbaren und erquicklicheren Dingen – es war ihr erster Abend im Tessin, sie hatten in einer Pinte an offener Straße gegessen, eben von der Bahn gekommen –, spürte er am Ende doch, daß eine Prüfung über ihn verhängt war, daß es galt, sich zusammenzunehmen, wie Frauen es erwarten, einen Augenblick nachzudenken, Rechenschaft abzulegen, bevor er seine Pfeife anzünden dürfte, sich weiterhin dem fremden Abend hinzugeben.

«Ich kenne übrigens diesen Hauswirt nicht», sagte er gelassen. «Offenbar weiß er, daß du nicht allein hier unten bist –.»

«Das weiß er.»

«Trotzdem hat er die märchenhafte Freundlichkeit?... wobei es natürlich darauf ankommt, wie er dir all das gesagt hat! Davon erzählst du eigentlich nie.»

«Weil du nie danach gefragt hast, Jürg.»

Auch jetzt fragte er nicht, sondern steckte seine Pfeife an, unwillkürlich, entgegen seinem Vorsatz.

«Kurzum», sagte er, behaglich in den Korbsessel gelehnt, und schaute seinem steigenden Rauche nach, «ich sehe einen Mann mit achthundert Arbeitern und einem blauen Wagen, der nebenher die märchenhafte Freundlichkeit hat, daß er dreihundert Franken in den Wind werfen will, das heißt, in die immerhin verdienten Ferien einer jungen Frau, die seine Angestellte war und im übrigen das Pech hat, einen jungen Maler zu kennen –»

Vielleicht, sagte er sich vom eigenen Nachdenken unterbrochen, treibt ihn ein faules Gewissen? Oder bildete er sich wirklich ein, er könnte Yvonne kaufen? Nie ganz ausgeschlossen schien ihm schließlich der Fall, daß es sich einfach um einen netten Menschen ohne jegliche Absichten handelt. Was überhaupt bedeutet das Geld? Der eine verdient es mit einem Bild, wie es ihm siebenmal im Jahre gelingt, zweimal gelingt der Verkauf; der andere verdient es über Mittag beim schwarzen Kaffee, im Gespräch mit einem Kunden, er braucht auch nicht einmal das, irgendwo gibt es das Mysterium der Zinsen.

«Dreihundert Franken!» sagte er nochmals, fast spöttisch, in seine rauchende Pfeife verspielt. «Oder erwartest du, daß ich sie dir hier aus dem Boden stampfe?»

Yvonne blickte ihn nur an –!

Damals, deutlicher als je zuvor, fühlte sie leiblich etwas zerbrechen in sich. Einen Blitz lang, hier am ersten Tag ihrer Reise, war es ihr klar, daß sie aufbrechen müßte, zurückreisen müßte, unverzüglich. Sie tat es nicht. Sie vermochte es vielleicht nicht. Später einmal, wenn man über die ganze Strecke eines Lebens zurückschaut, wird man sich fragen, was alles anders gekommen wäre, wenn sie es damals doch getan hätte. Immerhin eine Frage! Dasein von Menschen, die geboren werden und wieder ein ganzes Leben zu leben haben, Schicksale hängen an einem Faden, an der Laune eines Abends, an der Lächerlichkeit des Zufalls, daran, daß damals gerade die Kellnerin kam – man zahlte, froh um die Ablenkung, schlüpfte in den Mantel, den die Signorina mit dem Zwange der Höflichkeit hinhielt, und machte sich auf den Weg, den Yvonne eben noch, von einem tieferen Wissen gewarnt, um nichts in der Welt hatte gehen wollen.

Auf dem Wege zu ihrem Dorf, das nur zu Fuß erreichbar war, gab sich Reinhart rührende Mühe, die Freundin aufzuheitern, sie über die schmalen Schultern zu halten, ihr den aufgegangenen Mond über den Erlen zu zeigen wie ein silbernes Lampion für kleine Mädchen. Zwischen den engen Mauern der Weinberge, in Gassen voll steinernem Mondlicht, in einem Gewinkel von Schatten und Treppen ging es hinauf unter schwarzen Girlanden von Reblaub, hoch über den Feldern und Sümpfen voll zirpender Grillen. Reinhart hatte ihr alles abgenommen, selber beladen mit Rucksack, mit Koffern und Mänteln und einer klappernden Staffelei über den Rücken herab. Vor Freude und Glück, nicht vor Ermüdung blieb er gelegentlich stehen. Sternennacht, Traubennacht, Fledermausnacht! Süß und trunken roch es nach Herbst. Im Stehen, auf die schweigende Yvonne wartend, fiel es ihn sonderbar an, Glück, Glück als ein lichterlohes Bewußtsein von der Stunde, die man büßen wird! Schwärze des Laubes, Bäume, Berge wie schlafende Rücken in mondener Nacht, Wolken, Gegenwart, Leichte, Leere eines traumhaft Unwirklichen, und einmal wird es das Gewicht der Erinnerung haben, irgendein Haus dort in Kreide des Mondlichtes: einmal wirst du darum heulen, die Hände vor dem Gesicht! …

– – –

Yvonne zeigte sich später über das alte Gemäuer, das sie

gelegentlich eine Kleinwohnung für Götter nannte, von Herzen entzückt. Von Ziegen umbimmelt, von Hühnern umgackert, wohnte man hier mitten in Weinbergen, in einer wuchernden Verwahrlosung der heitersten Art. Klassische Fenster, bloß auf die himbeerrote Fassade gemalt, bröckelten fetzenweise mit dem blatterigen Verputz wieder ab, und allenthalben, wo man zum erstenmal hindurchging, gab es Spinnfäden ins Gesicht, dornröschenhaft. Sonne seiltänzerte auf ihnen mit silbernem Glanz. Ganz nach Art der Hiesigen sah man Yvonne mit einem roten Tuch ums Haar. Überhaupt wirtschaftete sie mit einem unzimperlichen Mut, der ihn insgeheim überraschte und seine Menschenkenntnis alles andere als bestätigte. Einzig das Wasser mußte Reinhart ihr vom Brunnen holen, gelegentlich Holz hacken; schon das Anfeuern ließ Yvonne sich nicht nehmen. Mit schmalen Händen und einem Goldreif um das Handgelenk, kauernd, schichtete sie den alltäglichen Scheiterhaufen. Gemüse rüstete sie draußen im Lehnsessel. Abends, nach seiner Arbeit, kam er meistens mit Taschen voller Kastanien, prall, glänzend; dann schüttete er sie aus, daß sie über den ganzen Tisch und darüber hinaus rollten, und einzelne waren ihm stets zu groß, zu rund, zu glänzend, um sie ins Feuer zu werfen; er hielt sie in den Fingern am liebsten hätte er wieder ein Pfäfflein oder ein Negerlein daraus gemacht!

Yvonne, die seit Geburt jeder wirklichen Heimatlichkeit entbehrte, gab sich in der Folge eine verbissene, aus der scheinbaren Unerschöpflichkeit weiblicher Geduld geborene Mühe, die Probe, die nun einmal über ihn verhängt war, immer nochmals auszudehnen; mehr als einmal bat sie ihr eigenes Herz um Gnade für ihn.

Eines Morgens, unlustig zur Arbeit, die ihm wellenweise

immer wieder als Ganzes fragwürdig wurde, hatte er sich, da er nichts anderes anzufangen wußte, auf den Weg gemacht, einen kleinen Leiterwagen aufzustöbern; einigermaßen glücklich, Yvonne einen Gefallen erweisen zu können, der ihm zugleich eine peinigende Leere der eigenen Zeit ausfüllte, rief er schon von der Gasse herauf, pfiff, damit Yvonne ihn mit seinem vergnüglichen Fund auch wirklich bemerkte.

Yvonne zeigte sich nicht, absichtlich.

Er pfiff, er rief –.

Deutlich genug, schien ihr, und mehr als einmal hatte Yvonne ihn gebeten, das nicht zu tun, sowenig er sie auf der Straße küssen dürfte. Unverheiratet wie sie waren, hatte Yvonne ohnehin einen schweren Stand in dem kleinen Dorf, man gaffte ihr bereits nach. Und der Kohlensack, wie sie den kleinen Pfaffen nannten, empfand es schon einmal als seine Sendung, seine Gemeinde vor gewissen Leuten zu warnen. Yvonne erwartete wenigstens, daß man nach außen jedes unnütze Aufsehen vermied. Auch daran dachte er nie!

«Kommst du oder kommst du nicht?» fragte Reinhart, dünkte sich in einem gewissen Anrecht auf Ärger, da seine Gefälligkeit auf keine bessere Laune stieß: «Ich dachte; es liege dir soviel an dem Koffer!»

Es war ein Wägelchen mit schiefen und wackelnden Rädern, das für den Koffer, den sie damit holen wollten, durchaus genügt hätte. Sobald sie jedoch ins Gefälle kamen, konnte Reinhart es nicht lassen, aufzuhocken, und wäre es auch nur um zu zeigen, daß er sich die Laune nicht hatte verderben lassen. Gegen jede Lust und Vernunft mußte Yvonne ebenfalls mittun. Sie tat es in einem gewissen Trotz, halb auch in der wohlwollenden Hoffnung, daß Reinhart, sobald sie es wirklich tat, den Blödsinn selber spürte und stoppte. Indessen ging es immer schneller, von Stoppen keine Rede mehr. Das Wägelchen ratterte erbärmlich auf der geschotterten Straße. Plötzlich, aus Tücke oder Überlastung, stockte die Lenkstange; in einem scharfen Bogen schleuderte und kippte es die beiden gegen eine Straßenmauer – Yvonne lag auf dem Pflaster des Dorfplatzes, wie er übrigens auch. Reinhart lachte natürlich, kaum war er aufgestanden, seine Schmerzen verbeißend. Auch Yvonne verwies nur auf leichte Schürfungen, zum Glück. Mit dem Übermut der Erleichterung vertuschte er das immerhin Peinliche des Augenblickes, renkte den kleinen heimtückischen Karren wieder ein, wusch ihr geschäftig den Arm unter dem Dorfbrunnen. Als sie dann weitergingen, hockte er nochmals auf, nicht gerade aus ehrlicher Lust, während Yvonne hinterher ging – was sie damals im Augenblick außer den brennenden Schürfungen empfunden hatte, mochte unklar sein und ohne Belang.

Der Tag verging wie andere.

Sie aßen an dem granitenen Tisch unter dem vergilbenden Gehänge der Reben, nicht anders als sonst; das Gackern der Hühner, das Grunzen der Schweine von unten, alltäglicher Gestank, Spinnweben, Sonne im Glas, Wein voll versplittertem Glanz –.

Auch die Schürfungen heilten.

Nach einer Woche erst, wie aus der Luft gefangen, kam ihr die weibliche Empörung, ja, Yvonne hätte heulen können vor Kränkung, wie er mit ihr umgegangen war. Das kleine Lumpenfuder, seinerseits schon nahezu vergessen, wurde ihr lebendiger, wichtiger, gegenwärtiger als alles, sie kann es anders nicht mehr sehen: Reinhart, der Mensch, dem sie ihr Letztes gestanden und der sie auf öffentlichen

Dorfplätzen auskippt, so wie er sie für dreihundert Franken, die aufzutreiben er nicht den geringsten eigenen Versuch unternommen hat, an jeden andern verkauft!

– – –

Sonst ereignete sich eigentlich wenig, scheinbar überhaupt nichts – in der Welt ja wohl! doch davon war man hier droben wie abgeschnitten – eine gewisse Leere, die zwischen den beiden gedieh, war nicht mehr zu leugnen.

Reinhart wußte, seine Bilder wurden ausgestellt, aber auch der Dünger von öffentlichem Lob half eines Tages nichts mehr, Zweifel wucherten. Alles was ich mache, sagte er sich, schwimmt wie ein Kork obenauf. Und trotzdem malte er weiter! verbissen, freudlos, immer wieder zu feige, um hinauszutreten in das Nichts eines beruflosen Daseins ...

Yvonne saß ihm.

Sie hätte, meinte Yvonne im stillen, endlos neben ihm leben können, glücklich in Verträumung der Zeit, hätte er nicht den Wunsch nach dem Kind in ihr erweckt, unwiderruflich, dringend auch im Bewußtsein ihrer Jahre. Mehr als einmal in ihrem Leben, angefangen bei Hinkelmann, hatte sie sich einzubilden versucht, daß sie liebte, hatte es geschehen lassen aus Mitleid, aus Leere der ermüdeten Hoffnung, endlich nur noch aus Angst, daß sie verpaßte, was alle andern hatten, alle andern als ein höchstes Lebensgut ausgaben, und in der ersten Nacht zerschellte es jedesmal, sie haßte alles Geschehene, tötete unter Grauen der Scham, was jemals davon bleiben wollte ... Reinhart, wennschon auch er sie enttäuschte, haßte sie eigentlich nicht, auch jetzt nicht, wie er halbe Tage lang vor ihr saß, malend, wie er rauchte und die Stirn runzelte, Stunden lang schwieg oder sich ereiferte über die entlegensten Dinge der Welt, seine Pinsel in der Hand, immer wieder mit einem wachsamen Blick auf sie, ahnungslos und auf eine kindliche Weise besessen vom Dasein. Ein Kind von ihm, sie hätte es lieben können, wohl mehr als ihn. Alles konnte Yvonne sich vorstellen, das Kind, ihn, sich, nur das nicht, wer für sie sorgte, oder es sei denn, sie dachte an Hauswirt, den Mann mit den achthundert Arbeitern. Von Jürg konnte sie es nicht erwarten, nicht einmal als Forderung denken. Ihn, der so wenig Beschützer war, sah sie nur, wie er dem Kind die funkelnden Sterne zeigen würde, den Mond über silbernen Erlen, oder wie er es zeichnete, in der Sonne spielend. Er war ihr vieles, schien ihr, nie und nimmer aber ein Beschützer. Allein das Kind, das sie von ihm zu haben verlangte, verbot ihr diesen Mann –.

Reglos wie auf dem begonnenen Bild saß Yvonne noch immer da, als Reinhart sich längst erhoben, seine Pinsel in die Büchse gestellt und auch den weißen Mantel bereits an den Nagel gehängt hatte, – reglos, wartend.

«Yvonne», fragte er, «was ist los?»

Los? Nichts.

Herbst hing bereits mit reifen, tintenfarbenen Trauben ins offene Fenster herein. Yvonne kleidete sich wieder an, versonnen in Tiefen des Alleinseins. Was wollte man mehr! meinte Reinhart, als er die ersten Trauben zwischen den Lippen zerknallte, Beere um Beere. Er trat noch einmal vor ihr Bild.

– – –

Buchen und Birken standen schon fast ohne Laub, nichts als Bläue zwischen den weißen Stämmen, eine hauchdünne Sonne, ein goldenes Gespinst, eine spröde Ahnung von sommerlicher Wärme … Kastanien suchend, die sie in den Beutel eines Taschentuches sammelte, stapfte Yvonne durch hohes braunes Farnkraut, Wasser aderte über einen schwarzen Fels und silberte. Wohin man trat, knisterte der schüttere Wald von gefallenen Zweigen, es knackte das dürre Geäst, das Jürg von den Bäumen brach und sammelte. Drüben knisterte das Feuer. Zwischen den Stämmen schleierte sein brauner Rauch in letzter Sonne, alles schien wie auf Seide gemalt. Von welkenden Hängen glühte, blutete die bunte Vergängnis, und das Licht geisterte voll Stille über ihr, voll Kühle kommender Schatten. Ab und zu hörte man das Rupfen von grasenden Ziegen, das Rascheln einer erschrockenen Eidechse oder das Verhallen eines fernen Steinschlages in den abendlichen Bergen. Lauter prasselte ihr Feuer, rascher, leidenschaftlicher, während Yvonne und Reinhart fast wortlos zuschauten, es knallten vereinzelte Kastanien, dumpf, sprangen aus dem schwarzen Kessel, den er in einem Bach gefunden und mit einem Messer gelöchert hatte.

Yvonne saß auf einem Baumstrunk, die Beine verschränkt, die Hände im Mantel, den geschriebenen Brief in der Tasche, wortlos… Sie blickten einander nicht an… Er stand, die linke Hand in der Hosentasche, in der andern hielt er einen Ast, womit er die bratenden Kastanien bewegte.

Es war ein Abend wie Glas.

Am andern Tag regnete es –

Ohne Unterlaß regnete es drei oder vier Tage, in grauer Brandung der Nebel versanken die Weinberge, so daß man wie in einer Arche wohnte, gefangen hinter Scheiben voll perlendem Regen, drei oder vier Tage schon.

Yvonne las, den Mantel um sich.

Reinhart klagte über das schlechte Licht; er bastelte an einer kaputten Staffelei, spannte neue Leinwand auf die Rahmen. Im späteren Nachmittag kam er mit ganzen Kloben von Holz, machte Feuer im offenen Herd. Sie saßen davor, manchmal beinahe lustig. Sie spießten den Käse an einen

Stecken, drehten ihn über dem Feuer, Glühwein dazu; Reinhart erzählte vom Mittelmeer –.

Plötzlich wieder ohne einen Begriff davon, warum sie eigentlich all das verlassen mußte, blickte Yvonne vor sich hin, hoffte nur noch auf Wunder.

Zugleich fehlte ihr aller Glaube dafür.

Sein Frohmut, er spürte es, war aus Tiefen verschattet, die sein Verstand nicht erreichte. Öfter als sonst ging er davon, allein, als hielte er etwas nicht aus. Im Gehen erträgt sich das Unentrinnbare am leichtesten. Vielleicht war es die Arbeit, die ihn, immer wieder mit neuem Elan begonnen, zum gleichen Bewußtsein seiner Grenzen brachte, schon seit Jahren. Er stand unter dem gespensterhaften Gewirr der laublosen Wälder, heimatlos zwischen Geburt und Tod. Nur selten gab es hier Tannen, Klumpen von Schwärze, wo er mit Überwindung hindurchging. Käuzchen heulten wie aus jenseitigen Räumen der Nacht. Er stand, horchte, schlotterte vor Kälte; wer trüge nicht manchmal, wenn er allein ist, das jähe Bedürfnis, hinzuknien. Zweige am Boden knackten, knisterten, es war zum Aufschreien, Erregung, die sich nie befreite, sobald ein Mensch, selbst der nächste, zugegen war. Immer die tödliche Maske der Ruhe! Warum erwachte man stets an der Gegenwart des andern? Warum konnte man nicht sein, wie man war? Stets blieb ein Rest von starrer Verstellung, und doch gibt es Brücken zum andern, o selten! aber es gibt. Daß auch das letzte Eitelsein aufhört; ohne diese ganze Befreiung ging man zugrunde ... Noch einmal mitten aus dem nächtlichen Mondwald trug es ihn herab zu ihr.

Beim Frühstück am folgenden Morgen ließ Yvonne es darauf ankommen. Reinhart hatte vor, den wolkenlosen Tag auszunutzen. Es war noch früh, noch kalt. Während Yvonne auf das Sieden warten mußte, packte er draußen den Rucksack. Für einen Atemzug hielt er inne, er horchte: Yvonne sang ... All diese letzten Tage, dachte er, was ist es eigentlich gewesen? Einbildung? ... Wenn Yvonne nicht weiter vom Hause wegzugehen vorhatte, trug sie mit Vorliebe ihre blauen weiten Strandhosen von früher, ein altes braunes Jackett dazu; die größte Robe hätte sie nicht besser kleiden können. Da sie für das Haar noch keine ausführliche Muße gefunden hatte, trug sie an diesem Morgen noch eine weiße Masche, von hinten um den Kopf nach vorne gebunden; wie ein Schmetterling saß es obenauf. So kam sie die Treppe herab.

«Du wirst einen wolkenlosen Tag haben!»

«Mondwechsel –.»

Sonst futterten sie fast wortlos, draußen im Freien, von Sonne beglänzt, von einer Laune stiller Zuversicht. Schwarzbrot und Ziegenkäse, andres gab es hier nicht. Jürg scheuchte die Hühner vom Tisch. Im Tale lag noch der Schatten, sichtbare Kühle mit Wiesen voll Tau, mit Nässe des gefallenen Laubes. In den Bergen hatte es sogar geschneit, wie Zuckerstöcke standen sie in den wolkenlosen Morgen.

«Übrigens», sagte Yvonne, «ich habe an Hauswirt geschrieben. Wenn wir noch länger hierbleiben wollen –.»

«An Hauswirt?» stutzte er. «Wegen des Geldes?»

«Wegen des Geldes.»

Yvonne ließ es darauf ankommen, einen klareren Morgen konnte es nicht geben, sie legte ihm den Brief auf den Tisch, damit er ihn lese und zur Post nehme, wie sie sagte. Lesen? Er? Unterdessen richtete sie ihm nochmals ein Käsebrot. Er las ihn über die Tasse hinweg.

«Leicht fällt es mir nicht, das muß ich Ihnen schon sagen, nur sehe ich einfach, leider Gottes, keine andere Möglichkeit –.»

Er las es laut.

Gut gesagt! fand er. Die Leute sollten sich nur nichts Krummes einbilden! Später steckte er sich das Brot in den Mund, um die Hände freizuhaben, den Rucksack aufzunehmen und die leidige Staffelei. Als er alles hatte, gab er Yvonne einen Kuß. Er käme aufs Abendessen und wahrscheinlich brächte er Schwämme, rief er die Treppe herauf, beladen wie ein Maultier. Und den Brief nahm er tatsächlich mit.

– – –

Yvonne hatte es nicht anders erwartet.

Wie ein Verstörter, bleich und mit offenem Mantel, wie er eben von der Bahn gekommen war, saß Reinhart zwei Tage später zum letztenmal in ihrer städtischen Wohnung, dort, wo er wie nirgends bisher zu Hause gewesen war, saß wortlos, von allen guten Geistern der Liebe verlassen, starr, stumpf, wie vom Begreifen erschlagen –.

«Erklärungen ändern nichts.»

Er hatte sie natürlich die ganze Nacht noch gesucht, wahnsinnig vor Angst, er hatte das ganze Dorf gefragt, in der Sägerei, im Tobel, überall, wo man im Dunkeln hätte abstürzen oder überfallen werden können, hatte es ihn nachzusehen getrieben, verzweifelt in schauderhaften Vermutungen, zwei Tage lang, zwei endlose Nächte … und hier: Yvonne die Dame, aufrecht und gekämmt, ohne ein Fältlein im Gesicht, die Lippen ein wenig gemalt, Yvonne die Dame, die eine kurze Unterredung gewährte, Yvonne im Vollbesitz ihrer gesellschaftlichen Robe.

Nicht! sagt sie, nicht! und reißt ihre schmalen Hände zurück, als habe er sie morden wollen.

«Ich bin müde, Reinhart. Bitte!»

In Lachen, in eine Wut von Lachen bricht seine Empörung

zusammen, in hilfloses Kopfschütteln, in Kälte des Hohnes, in Labsal der Bitternis nach glühenden Schmerzen. Warum, denkt er in Trauer erschöpft, warum reiße ich ihr nicht die Maske herab vom Gesicht? Die Art, wie er mit knapper Not überhaupt in die Wohnung gelassen wurde, am Ende nur darum, daß nicht das ganze Treppenhaus mithörte! Hauswirt, den sie stets nur mit Spötteln erwähnt hatte, oh, es lächerte ihn …

Yvonne schweigt wie eine Puppe.

All das Scheußliche, bis er es wirklich begreift, daß es aus ist! Muß sie ihm sagen, warum und wieso, Gründe, die nichts als Vordergründe sind? Weiß sie es denn selber? Sie sagt ihm: der Unfall im Dorf, der Brief wegen des Geldes. Sie erzählt ihm den Traum mit einem andern Mann, der sie von der Landstraße getragen und in einem Garten verbunden hätte. In Eifersucht geht alles kaputt! Er steht im offenen Mantel am Fenster, er lacht und starrt in die Weite.

«Was willst du?» fragt Yvonne. «Ich habe wenig Zeit, ich habe eine Verabredung.»

Daß es anders nicht geht, daß der Mann immer ein Welträtsel daraus macht, wenn er einer Frau nicht mehr genügt! …

Der andere Mann, der Yvonne im Traum erschienen war, hatte beim Lampenlicht durchaus eine gewisse Verwandtschaft mit ihrem eigenen verstorbenen Vater, weniger im Aussehen als in der ganzen Art, wie er in dieser Welt stand, kaufmännisch, tätig, unschwärmerisch, erfolgreich durch das Fraglose seines ganzen Wollens, ein Mensch, der nicht anders als in Taten und Unternehmungen dachte, männlich auf eine augenfällige Weise. Er hatte einen lehmgelben, schweren, breiten Mantel an den Haken gehängt; man roch, daß er vom Haarschneider kam, mit einem Händereiben wie ein Verwaltungsrat wartete er, bis Yvonne, seine einstige Sekretärin, ihm den geziemenden Platz anbot.

«Ihr Brieflein», sagte er aufgeräumt, «hat mir einen großen Spaß gemacht, wissen Sie. Warum fiel Ihnen das denn so schwer?»

Yvonne antwortete nicht.

«Wünschen Sie Kaffee oder Tee?»

Auf jegliche Antwort eher gefaßt als auf keine, mußte er sich zuerst umstellen und besinnen.

«Tee», sagte er endlich, «Tee.»

Yvonne ging hin und her.

«Wissen Sie», sagte er einmal, «Sie wohnen eigentlich ganz nett – man würde das nicht vermuten in einem so altmodischen Hause.»

Im auffallenden Unterschied zu allen früheren Gästen fragte er auch nach der Miete. Er besaß und vermietete ja selber etliche Liegenschaften; es wunderte ihn. Nichts hienieden ist kostenlos. Geld war ihm selbstverständlich, die bekannteste Spielregel der Welt; seinerseits längst darüber hinaus, daß es für ihn die Bedeutung eines dringenden Zieles haben konnte, nahm er es insofern ernst, als er in ihm einen sachlichen Gradmesser für die eigene Tüchtigkeit und Richtigkeit geschäftlichen Denkens erblickte.

«Sie bedienen sich, nicht wahr?» sagte Yvonne. «Ich habe heute leider wenig Appetit.»

«Krank?»

«Nicht eigentlich.»

«Das wäre noch schöner, wenn man gerade aus den Ferien kommt!»

Er lachte wie über einen Witz.

Während er mit Essen beschäftigt war und damit, die Geschichte eines kleinen Unfalles zu erzählen, konnte Yvonne ihn ab und zu betrachten. An den Schläfen war er grauer geworden. Er mochte so um vierzig sein, also ein Herr im besten Alter, der sich durch Maßanzüge und Sport, vermutlich Tennis und Ski, eine gute Erscheinung erhielt. In der Art eines Erwachsenen, der einem Kind zuliebe aus dem Kochgeschirrlein ißt, saß er zum erstenmal in ihrer Wohnung, sichtlich ungewohnt, der Geladene zu sein.

«Eine Frau wie Sie», sagte er ohne Umschweife, «das ist mir noch nie begegnet, wissen Sie.»

Seine Beziehung zu den Frauen, die er als ganze Gattung liebte, hatte überhaupt eine männliche, sehr selbstverständliche und unzweideutige Art des Anspruches, getragen vom Bewußtsein des Erfahrenen, daß auch die Frau, so reizend sie sich manchmal zieren mag, den Mann einfach braucht. Nicht überall, fand er, gab es diesen erquicklichen Ausgleich zwischen Angebot und Nachfrage. Sein Bestes: er nahm all das nicht so wichtig, er machte keinen Götzen aus seinem Herz. Yvonne lachte über seine unverfrorenen Fragen.

Auch für Hauswirt brannten die Kerzen.

– – –

Für Reinhart kam eine scheußliche Zeit. Abende lang hält er Wache vor ihren Fenstern, wartet, die Hände in den Manteltaschen, ziellos steht er zwischen den Stämmen des dämmernden Parkes. Im vollen Bewußtsein einer beschämenden Sinnlosigkeit. Was will er denn eigentlich? Es ist aus, sagt er sich, es hat keinen Sinn mehr, sie zu treffen. Ihre Fenster sind dunkel. Warum, denkt er, bin ich dennoch wieder hierher gegangen? Ihre Fenster bleiben dunkel, stundenlang. In Eifersucht um ihr Wegsein wartet er bei Regen und Schnee, bis Yvonne um elf Uhr heimkommt von einer Gesellschaft vielleicht oder einem Vortrag, Licht macht, ihre Vorhänge zieht und später zu Bett geht. Fast beglückt, daß sie überhaupt noch da ist, schlendert er endlich weiter, für diese eine Nacht beruhigt, sie allein zu wissen. Würde er beten, kein Zweifel, er schlösse auch sie in sein Gebet! …

Eines Tages hält Reinhart auch das nicht mehr aus: ohne jede Ahnung, was er denn will, steht er vor ihrer Türe, die Hand an der Klinke: – es ist geschlossen … Gott sei Dank! denkt er später, ernüchtert, aufatmend in der Vorstellung all dessen, wie es sonst gekommen wäre. Zu denken, er stünde auf ihrer Schwelle, und sie, die Überraschten, schössen aus ihrer Umarmung auf. Was willst du! würde sie rufen. Ich gehe schon! würde er sagen und hämisch lächeln: Entschuldigen Sie, mein Herr! …

Immerhin horcht er.

Ihre Stimme! seit Wochen nicht mehr vernommen, nun hört er ihre Stimme, da sie vom Wohnzimmer zur Küche geht, und er kauert vor ihrer Türe, damit sie seinen Schatten nicht sehe. Er kauert! Ein Mann, kein Zweifel, es ist die Stimme eines Mannes aus dem Wohnzimmer, eine dunkle und langsame, eine sehr sichere Stimme, die sich ganz zu Hause fühlt, vergnügt, sehr vergnügt, wie Yvonne übrigens auch.

Yvonne sagt:

«Ich weiß, mit der Katze muß man aufpassen –»

Gott sei Dank! denkt Reinhart, wie er die Treppe wieder hinabgeht, langsam, nicht einmal leise, fallend von Schritt zu Schritt, die Hand am Geländer … Gott sei Dank! Vor ihrer Haustüre drunten bleibt er stehen, mitten im Licht der Lampe, den Fuß auf einen Kehrichteimer gestützt, die Hände in der Manteltasche. Alles ist nicht mehr ganz wahr, nicht mehr ganz ernst; auch im Lächerlichen liegt etwas wie Tröstung. Er steht und denkt, nicht wissend, was er eigentlich denkt. So eine Ruhe! Leute gehen vorbei, stoßen ihn fast und gehen doch wie hinter einem Glase, fern ... Hier muß er vorbeikommen, denkt er, zum Warten entschlossen, schon weil er nicht weiß, wohin in der Welt er gehen sollte. Wochenlang hat er umsonst gewartet, so lohnt sich dieser Abend denn auch noch, um ihn zu grüßen, zu beglückwünschen oder über den Haufen zu schießen, vor allem zu sehen, wie ein wirklicher Ritter nun ausschaut. Weiß er denn, was er tun wird, wenn der Mensch leibhaftig neben ihm steht? nichts ahnend, die Handschuhe anstrupfend, eine Zigarre entzündend –

«Ihr Wagen», wird Reinhart sagen, «steht drei Straßen weiter unten – falls Sie es vergessen haben.»

«Danke!» wird er sagen.

«Bitte –.»

Dann aber kommt er überhaupt nicht. Nur einmal, während die Stunden von den Kirchen schlagen, ist ein Dienstmädchen gekommen, das ihm den Kehrichteimer unter dem Fuße wegholte ... Reinhart hat Zeit. Es denkt sich viel in diesem nächtlichen Hofe. Entschlossen, nicht wegzugehen, steht er in einer Ruhe des Versunkenseins, daß er oft über die Möglichkeit erschrickt, der Mensch könnte schon vorbeigegangen sein, unbemerkt, was immerhin möglich wäre.

Um Mitternacht, als der wachsende Zweifel ihn nachzusehen drängt, findet Reinhart ihre Fenster wirklich noch immer erhellt, überzeugt sich auch, daß es nach wie vor zwei Schatten sind; die Vorhänge sind gezogen. Und bald darauf löschen sie auch das Licht.

Es winterte nun schon ordentlich mit frühen Abenden, mit Dämmerung um erleuchtete Schaufenster, und unter den Straßenlaternen schneite es lautlos, ein Lampenschirm aus sinkenden Flocken ...

Yvonne stand im Gewimmel der Läden, um einzukaufen, es war nicht anders als das Geld, das sie früher von der Bank geholt hatte, man bekam die gleichen Pastetchen dafür, die gleiche freundliche Bedienung, man hielt ihr die Türe, wenn sie zum Laden hinausging, den Schirm aufspannte. Einen neuen Schirm brauchte sie gelegentlich auch! Samstagabend, es war ein fürchterliches Gewimmel in den Geschäften, es hatte einen eigenen Reiz, zu warten, eine gewisse Geborgenheit, unter lauter kaufenden Menschen zu stehen. Ganze Wände standen als ein Heer von Flaschen, Hühner und Hasen lagen in Reihen, Fische im perlenden Wasser, ringsum die Freundlichkeit der weißen Verkäuferinnen. Draußen läuteten die Glocken durch Schleier von nassem Schnee. Yvonne saß vor einem Ladentisch, ihre weißen Pakete auf einem Stuhl, und ließ sich Schirme zeigen, auch eine Tasche, Handschuhe dazu.

Reinhart, der draußen gewartet hatte, kam schräg über die Straße, ohne Hut und mit offenem Mantel, bleich, unrasiert, die Schuhe verschmutzt.

«Wir müssen einen andern Weg finden», sagte er, «Telefon abhängen, das ist keine Art, Yvonne. Du benimmst dich wie ein Dienstmädchen.»

«Danke!»

O nein, er läßt sie nicht weiter! Sie werde rufen, droht sie, wenn er sie nicht sofort gehen lasse; ein wenig hilflos, behangen mit ihren baumelnden Paketchen.

«Du mußt dich nicht fürchten», versetzt er, «ich will nichts mehr von dir –.»

«Dann ist es ja gut.»

Ja, das ist es … Er lächelt zerstreut, als hätte er etwas sagen wollen und eben wieder vergessen … Nach dreiviertel Jahren ihrer sommerlichen Ehe verabschieden sie sich an einer Straßenecke. Dann geht er nach Hause, ins Atelier, zum erstenmal seit drei Tagen, schläft einige Stunden, steht wieder auf und wäscht sich, kleidet sich um, ißt Brot, alles, was er in der Büchse noch findet. Er hockt auf einer Kiste und kaut.

Gut so! sagt er sich.

Er ißt und denkt, denkt…

Schön so! Ich liebe das Leben mit allem wuchernden Zwiespalt! Daß ihre Liebe vor einigen Wochen noch ehrlich und herrlich war, wer zweifelt daran? Hingabe und Geschenk, Traum, Glück. Daß man sich nahe gestanden, wie zwei Menschen sich näher nicht sein können, und dann, nach einem Fegefeuer verlogener Leidenschaften, Eifersüchte, Rachsüchte: daß es weg ist, einfach weg, daß sie einen andern Mann empfängt und ihn mit ihren gleichen Zärtlichkeiten umgibt, deren Einfall ihn entzücken mag – mein Gott, und daß in alldem eine tiefe, kühle, weltinnige Wonne liegt, eine Demut, ein Bekenntnis, ein Annehmen, ja, daß all dies ehrlich und von Herzen voll sein kann, herrlich, so grausam wie herrlich! Es gibt kein anderes Vorwärts, wir müssen hindurch. Durch uns, durch die Welt, durch alle Seligkeiten und Schmerzen des Lebens! Wo der Geiz, wo das Besserwissen aufhört, beginnt die Ahnung.

Lange hockt er so da.

Dann, nachdem er seine Waffe entladen und in einer Schublade unter anderem Gerümpel versorgt hat, geht er an seine Staffelei, zieht den Mantel an und arbeitet noch über Mitternacht… Yvonne, die Wirkliche, die Leibhaftige, sie könnte nackt über die Straßen gehen, in seinem Herzen weckte es nicht einmal Scham. Was geht sie ihn an? Nicht einmal Eifersucht ist mehr aufzutreiben, nichts, nichts als Asche. Wie eine Wolke umfängt ihn der Wahn, ein betäubend kühler, es könne ihm nichts mehr geschehen von dieser Gestalt, nichts mehr.

– – –

Ammann, der junge Leutnant, der durchaus nicht ein solcher Stock und Trottel war, wie ihn der Maler zuerst in der Gereiztheit seines Vorurteils hatte sehen wollen, saß nun ganz anders in seinem zweiten Bildnis – übrigens hatte die ganze Sache, als Reinhart sich ihrer wieder annahm, plötzlich keine solche Eile mehr.

«Es ist nämlich so», sagte Ammann einmal, «eigentlich wollte ich das Bild für meine Braut, ursprünglich –.»

«Ich weiß.»

«Wieso?»

Reinhart verbesserte sich dahin, daß er es zwar nicht gewußt, wohl aber gedacht hätte. Auch die Geschichte, warum es mit der Heirat plötzlich auseinanderging, lag auf der Hand, wie ihm schien. Nur da und dort mußte Ammann, sozusagen als Augenzeuge, ergänzen oder eine Nebensache richtigstellen; im übrigen blieb ihm bloß noch das Erstaunen, wie genau der Maler alles wußte.

«Jede Frau, die von ihrem Geliebten nicht unterdrückt wird, leidet schließlich an der Angst, überlegen zu sein – an der Angst, daß er kein wirklicher Mann sei.»

Ammann sagte:

«Wir kannten uns mehr als ein Jahr. Alles war in bester Ordnung, auch mit den Eltern, es war eine ausgemachte Sache. Die ganze Aussteuer und alles –.»

Reinhart malte… Ammann konnte übrigens aufstehen, wenn er wollte, die Knochen strecken. Es schien dem Maler nicht ratsam, das Gesicht weiterzutreiben, bevor die andern Teile des ganzen Bildes nachgenommen wären. Ammann stellte sich hin, um es sich anzusehen. Es mußte, wie der

Maler mit der Pfeife im Mund sagte, alles noch viel bestimmter werden, nicht härter, aber bestimmter. Zu ungeboren war alles noch. Das Verschwommene, sagte er, wäre die Poesie des Spießbürgers. Und dann vor allem mußte es möglich sein, das Unbestimmte eines Gesichtes auszudrücken, ohne selber dem Unbestimmten anheimzufallen.

«Übrigens», sagte Reinhart, «machen Sie sich getrost einen Tee, wenn Sie Lust haben. Alles ist hinter dem Vorhang!»

Ammann stand vor dem Pfännchen, das Sieden erwartend, seine Hände in den Hosentaschen, als Leutnant gekleidet… es kam ihm lächerlich vor, das bißchen Herd da, drüben das unbrauchbare Hochzeitsbild und draußen die Abendsonne, ebenso unbrauchbar; im Grunde begriff er es ja trotz allem nicht, warum sie plötzlich nicht mehr hatte heiraten wollen, ihn nicht.

«Turandot!» sagte Reinhart.

«Wie meinen Sie…»

Er malte gerade an den feldgrauen Hosen, Tee wollte er nicht, unabkömmlich wie er war.

«Turandot… Einmal, vor Jahrhunderten, kniete der Ritter und besang seine Frauen, immer ein scheinbar Bittender; seine Eifersucht, sein Geiz, sie schufen die hohen Begriffe einer weiblichen Ehre, die ihm diente, die auch die Frau schließlich annahm, annehmen mußte, da die Welt doch eine Männerwelt war! Einmal sagte die Frau: Was kniest du vor mir, was bringst du mir Blumen und Schmuck, nur um dich selber auszustatten, deinen Besitz, deinen Genuß; daß ich ein Mensch bin, was kümmert es dich?… Die Frau, die ihren eigenen Beruf hat, sie will nicht an den Mann verkauft sein, gleich zu gleich, Mensch zu Mensch, die Frau als Kamerad: was kam schon dabei heraus? Befreiung der Frau, es war ein Männergedanke. Am Ende zeigt es sich als die größte Vergewaltigung der Frau, die einzige, die sie wirklich verletzte, weil man sie mit Zielen krönte, die nicht ihre waren, nicht ihre sind: man tat ihr die Gewalt an, sie von der Gewalt zu befreien, die ihre natürliche Sehnsucht ist – und die Ehen gingen in Massen zugrunde … Was hat sie davon, daß man sie anhört und ernst nimmt? Schließlich ist es sehr traurig, nur als Mensch dazusitzen. Ich gebe mich zu billig! kommt es ihr plötzlich. Angst vor der eroberten Freiheit, Angst, sie werde als Frau nicht mehr erkannt, seit sie zum Menschen ausgerufen wurde, Angst, weil der Mann nicht mehr befiehlt, sondern fragt, nicht mehr zwingt, sondern berät und ihr Rätsel anerkennt, so, daß sie fortan über ihrem eigenen Rätsel verzweifelt, den Mann nicht männlich mehr findet … Angst, dem Manne überlegen zu sein – das ist Turandot, die Prinzessin aus dem chinesischen Märchen, die die Männer enthauptet: aus Enttäuschung und Trauer, daß sie es vermag! aus Zorn, daß sie es überhaupt annehmen und sich allen Ernstes mit ihren weibischen Rätseln auseinandersetzen; keiner, der lacht und den Bann des feierlichen Hofes bricht, keiner, der kommt, der die sinnende Stirne mit dem drohenden Schwerte vertauscht und alles einfach niederhaut, raubt, was er will! Denn nicht enträtselt wollen sie sein, sondern geraubt. Was soll die Frau mit ihrem befreiten Verstande? Sie wartet am Ende doch immer auf den, der mehr hat, der sie bezwingt auch im Verstande – so, immer wieder, kommt ihr das große Erbeben, das Entsetzen vor ihrem Wachsein, ihrem Alleinsein, ihrem Unbehütetsein! das verzweifelte Heimweh nach dem Herrn, dem lachenden Unterdrücker, der vor ihr kniet, dem wirklichen Mann – Sehnsucht nach der verlorenen Peitsche, Heimweh nach der Gewalt, die ihre tiefste Erfüllung ist und ihr heimlicher Sieg! …»

Reinhart, Palette und Pinsel in der Hand, stand am großen Fenster, schwieg und blickte hinaus, die Lippe beißend, bis er gelegentlich wieder aus seinen Gedanken zurückkam:

«Das ist es», sagte er zu Ammann. «Wir müssen wieder Männer werden!»

Yvonne, die ein Kind erwartete, hatte keine Zeit, sich am Vergangenen zu versäumen; sie ging den gleichen Weg, den sie ihrer Mutter nie hatte verzeihen wollen: sie heiratete den Mann, der sicher für sie sorgen konnte und sich einen Stolz daraus machte, ihr alles zu bieten, was man nüchternen Sinnes nur wünschen konnte. Das aber war Hauswirt, der Mann mit den achthundert Arbeitern, mit dem lehmgelben, schweren, breiten Mantel.

III

J'ADORE CE QUI ME BRULE
oder
DIE ENTDECKUNG

J'adore ce qui me brûle!

Der Spruch – so heidenweise, daß man vermuten darf, er komme aus verschütteten Jahrtausenden herauf – stand auf einer bronzenen Medaille, die der Oberst einmal auf einer Reise durch die Provence entdeckt, in seinem Sammeldrang erstanden und zu viel andern Sachen nach Hause genommen hatte. Ein Kunstwerklein war es gerade nicht, allein es war altertümlich und selten. Man sah ein kleines Negerlein darauf, das vor den Zipfeln einer Flamme kniete, seine Arme erhoben, so nahe es wohl die Hitze erlaubte. Seine ganze Gebärde erschien so drollig wie geheimnisvoll, ein wenig unklar, ob der muntere Heide wirklich das Feuer anbetete oder nur seine Hände daran wärmte; am Ende war's auch einerlei. Wie ein schillernder Regenbogen stand es in linkischen Lettern darüber:

J'ADORE CE QUI ME BRULE.

Mit den Worten konnte der Oberst, etwa im Gegensatz zu vereinzelten Gästen, wenig oder überhaupt nichts anfangen … Er schätzte das Sichere, das Ordentliche, das Eindeutige, und die Gefahr war nicht da, damit man sich daran berauschte, Gefahr war das Böse, sie durfte nicht genossen, sie sollte überwunden, vom Leibe gehalten, durch tapfere Vorsicht und männliche Haltung aus der Welt geschafft werden. Aus der Welt, das heißt: aus dem Staat, aus der Familie, aus dem eigenen persönlichen Leben. Selber ein Mann, dessen makellose Ehre durchaus keine bloße Fassade war, fühlte er sich im Recht, von andern ein Gleiches zu verlangen, allermindestens von seinen Kindern. Ehre war ihm ein Unbedingtes, außerhalb unseres Gutdünkens, glaubwürdig allerdings nur in der bürgerlichen Form seines eigenen Standes; ihretwegen hatte er sich Dinge versagt, die freilich kein anderer abzuschätzen vermochte, und er war durchaus nicht willens, daß ihm auf der Höhe seines Lebens die eigene Tochter, wenn schon kein Stammhalter, irgendwelche Streiche spielte. Oberst von Beruf, fühlte er sich dem Staate, dem er diente, wie dieser ihm hinwiederum gleichfalls diente, auch in Ehrensachen verpflichtet; jeder Fleck am häuslichen Tischtuch, den andere sich vielleicht leisten konnten, wurde in seinem Falle zugleich schon ein Fleck an der Landesfahne. All dies machte das Leben, auch das alltägliche Leben, nicht leicht. Ein rastloser, uneigennütziger Förderer seiner eignen Vaterstadt, hatte der Oberst ungefähr als einziger den Mut und den Schwung gefunden, gegen die beschlossene Verschandelung eines alten Zunfthauses öffentlich aufzutreten, sogar die Summe zusammengebracht, deren es bedurfte, um das alte Gebäude, über Jahrhunderte herauf berühmt, wieder ganz im alten Geiste herzustellen. Sein Verdienst wurde sogar von den Räten, die in dem betreffenden Hause ein städtisches Arbeitslosenamt hatten unterbringen wollen, urkundlich anerkannt, obschon sie natürlich keine Ahnung hatten, was für eine Arbeit dahintersteckte, wie manches Gespräch bei einem schwarzen Kaffee, wie manche Zigarre, wie manche Flasche, wie manches Beiseitetreten in Gesellschaften es gekostet hatte. Daß es dabei nicht um persönliche Lorbeeren ging, wie sie nun einmal allen Gattinnen vorschweben, war für den Obersten von Anfang an klar; auch solches geschah als ein Dienst nur am Geiste seines Landes, seiner Vaterstadt, am Geiste schlechthin, den der Oberst, je älter er selber wurde, mehr und mehr in der Vergangenheit sah, in der Geschichte eigener Familien, in Wappen, in Zunfthäusern, in antiquarischen Sammlungen, wie er selber eine ganz bescheidene besaß, kurzum, er war ein Mann aus höherem Bürgertum, aus einer Welt also, die vieles für sich hat und genau so ernstzunehmen ist wie jede andere Menschenwelt, obschon sie – wie jede andere, wie auch jene des Künstlers – sich selber für die wirkliche, die natürliche, die eigentlich maßgebende hält.

Es war an einem sommerlichen Sonntag, als man nach dem üblichen Kirchgang und dem anschließenden Mittagessen, über ferne Kriege sprechend, gemütlich beim schwarzen Kaffee saß; der Vater schnitt sich eine Zigarre, im Grunde zufrieden, daß er wieder einmal einen Sonntag ohne Besuche hatte und sich dem eigenen Gute widmen konnte. Auch King saß da mit schwitzender Zunge, der Hund, ungeduldig, bis er mit dem Herrn wieder weggehen durfte. Man saß unter dem großen Nußbaum, unter einem Dom von Nußbaum; eine flimmernde Sonne sprenkelte das Tischtuch und manchmal die Wege von Kies. Ohne Besuche und ohne den älteren Bruder, der im Ausland studierte, war die Familie sehr klein. Hortense empfand jenen Sonntag wie ein Gefängnis, so schön er auch sein mochte mit dem Zug seiner stillen Wolken, mit einem flimmernden Garten, mit all seinen sommerlichen Gerüchen; es war wie in Kindertagen, wenn man nicht zu den Gespielinnen durfte, und alles, was es ohne jene Gespielinnen gab, das gute Essen, der Sandhaufen im eigenen Garten, die Aussicht auf erwachsene Besuche und Kuchen, alles erschien dann so endlos und ohne Sinn… Hortense hatte lange nichts gesprochen; sie hatte den Zucker geholt, den das Mädchen vergessen hatte, sie spielte mit King, um es loszuwerden, all jenes, was sie vermißte. Aber King hatte wenig Lust, sich auf dem Rükken zu wälzen und wälzen zu lassen; er knurrte nur, setzte sich wieder neben den Vater. Hortense graute es vor der Länge des schönen Nachmittages; sie saß in einem Korbsessel, und man wartete auf den Kaffee, man hatte Zeit, der Vater rauchte und Hortense dachte an die Stadt, wo es nun von Leuten wimmelte, es war nicht die Stadt, die sie hätte aufsuchen wollen; es gab sie an diesem Tage einfach nicht. Und auch draußen auf den Landwegen wimmelte es; auch die Einsamkeit gab es nicht. Es war an einem solchen Sonntag, als zöge sich alles Leben zurück von der Erde, man saß und wartete auf den Kaffee, Hortense berichtete von dem Maler, den sie kürzlich getroffen und der ihr eben damals die ersten Stunden erteilt hatte; ja, sie kam recht eigentlich ins Erzählen, – alles, was es an Leben gab, verdankte Hortense nun plötzlich dem fremden Maler!

Der Vater klopfte den Hund. – Später fragte er:

«Wie heißt er denn eigentlich?»

Hortense sagte es.

So völlig unbekannt, wie sie vermutet hatte, schien sein Name nicht zu sein – Namhaftigkeit ihres Lehrers befiel sie mit Stolz –, aber unliebsamer, als sie vermutet hatte.

Ihr Vater saß da, als hätte er die Nachricht eines Unglücks in der Hand, in einem steinernen Schweigen, das Hortense nicht begriff. Daheim nahmen sie alles so wichtig, so ernst. Endlich war es dann soweit; das Wasser kochte, die Mutter löschte das Flämmchen unter der gläsernen Kugel, und alle blickten zu, wie der dunkle Kaffee wieder zurückfloß. Gesprochen war noch immer nichts. Die Mutter füllte die Tassen, nahm eine silberne Dose, fragte den Vater, ob er Zucker wollte.

«Ich möchte nicht», sagte der Vater, «daß du weiterhin zu diesem Herrn Reinhart gehst –.»

«Warum? Warum nicht?»

Man trank Kaffee, das heißt, man hielt sich an den zierlichen Täßlein; bloß Vater rührte das seine nicht an. Er sagte:

«Ich habe es dir nun gesagt, Hortense. Du wirst deinem Vater wohl glauben, daß er seine guten Gründe hat. Ich hoffe, du hast mich verstanden.»

Über die Gründe, die ihn so unerbittlich machten, äußerte sich der Oberst auch später nicht, als das Kind, beunruhigt, unter vier Augen mit ihm reden wollte. Er war etwas verlegen, nicht ungehalten, eher bekümmert, daß nun auch Hortense noch anfing, ihm Sorgen zu machen, und im übrigen nicht minder schweigsam als beim schwarzen Kaffee; es wären Dinge, die Hortense nicht zu ahnen, geschweige denn einzuschätzen vermöchte. Hortense dachte natürlich nur an das Eine, daß der Maler ohne ernsthafte Heirat mit einer Frau zusammenlebte, eine Ehe ohne Gelöbnis. Das wäre indessen, auch wenn der Vater darum gewußt hätte, noch das Geringste von allem gewesen, fast ohne Belang gegenüber dem andern, was dem Oberst, sobald er nur den Namen hörte, zu schaffen machte. Es kam, wie gesagt, ein weiterer Umgang gar nicht in Frage.

Als Hortense das nächste Mal in seinem Atelier saß, fortan insgeheim, zeigte ihr der Maler allerlei Skizzen von einer Reise, von Meeren, von Riffen und Vögeln, von Muscheln und Buchten ...

Ein andermal erzählte er vom Segeln.

Hortense hatte ihn beim Wort genommen. Auf dem heimatlichen See, sagte er, hätte er allerdings noch nie gesegelt; ließ sich aber nicht lumpen. Als sie wirklich in ein wakkelndes Boot hüpften und der Maler bereits seinen Rock auszog, sich ans Steuer setzte, fragte ihn auch der Vermieter nochmals, ob er wirklich segeln könnte. Ungeduldig wedelten die Wimpel. Es war keine Zeit, auch dieser fremden Rotznase noch einmal die ganze dalmatinische Geschichte darzulegen, die Sache von der schwertlosen Fischerbarke, von den roten Riffen, von der tosenden Brandung, von dem Inselchen mit dem Leuchtturm darauf und all das, was der Maler eben dem Mädchen so umständlich erzählt hatte... Hoppla! sagte Reinhart, als sie bereits an die erste Boje stießen, so daß es knirschte, und der Mensch mit der Rotznase, der auf dem Floß stand und die beiden übermütigen Leute verfolgte, machte ein Gesicht, als hätten sie ihm schon seine ganze Bude, sein Geschäft in den Schlamm gerammt.

«Das kommt schon!» tröstete er das Mädchen.

Am Meer, damals, war man nicht so zimpferlich gewesen. Das war auch eine andere Barke, Herrgott, so eine alte Fischerbarke, die nichts von Schwert und Kiel wußte, ein währschaftes Ding, es splitterte nur so, wenn man gegen die fleischroten Felsen stieß, und man ließ es splittern, es hatte noch Holz genug daran. Niemand machte ein Gesicht, und Worte brauchte man überhaupt nicht, so mutterseelenallein war man. An fernem Horizont qualmte ein schwarzes Frachtschiff von Rußland her, das war alles, oder es gab noch eine andere Barke, die mit prallen, meist bunten und zerfetzten Segeln gegen den Hafen strebte, ein schwimmendes kleines Gebirge von goldenen Melonen. Man hatte wirklich Platz genug. Daß man wieder einmal an Land kam, daß man in dieser herrlichen Bläue nicht lautlos ersoff, das war die einzige Sorge, das einzige, was man können mußte. Auch das mußte man eigentlich nicht; auch das war dir frei gelassen. Es schien, als machten sich die Wogen einen Spaß, sie holten dich weg und schmetterten dich wieder hin, immer wieder. Kaum war man aus den drohenden Felsen heraus, nur einen Atemzug lang, während man mit letzter

Kraft das Steuer herumreißen wollte, und schon wieder klemmte man zwischen den Riffen, von klatschendem Gischt überschwemmt! Drei Stunden lang dauerte es einmal, bis Reinhart um die lächerliche Klippe herumkam, naß wie eine ersoffene Katze, stolz, sobald er wieder den Hafen sah. Nicht dankbar, sondern stolz, zufrieden, glücklich, erschöpft. Es krachte an der kleinen Hafenmauer, und mannshoch zischte noch einmal das Wasser empor, wo es zwischen die Steine schoß. Eine Dusche mehr oder weniger, das kam damals nicht darauf an, man wischte mit zerschlissenem Ärmel über das Gesicht, alles schmeckte nach Salz, und man brauchte alle gangbaren Flüche dazu, aber kein einziges Fachwort. Sobald man einmal im Hafen war, riß man das Seil – ratsch! und drunten war das Segel, knallend im Wind, es torkelte der leere Mast, und mit dumpfen Stößen wie ein wütender Stier polterte die Barke noch immerfort gegen die Hafenmauer, bis man ihr schließlich mit einer rostigen Kette beikam …

Niemand machte damals ein Gesicht.

In der Heimat, fand der Maler, wäre alles so brav, so sittsam, so gediegen. Hier merkt man jeden Blödsinn, den du begehst. Beim Wenden, so belehrte ihn Hortense, müsse man immer das Focksegel loslassen!

Was müsse man loslassen? Ah so –

Reinhart gab zu, es ging schon besser so. Er hatte nie so ein kleines neckisches Ding besessen, so ein Schürzlein da vorne, das sich wie ein Kissen am Wäscheseil bläht. Luv und Lee, jaja, das waren die beiden Seiten zum Wind; aber welche nun welche war? Auch vom Halsen hörte er zum erstenmal. Plötzlich hingen wieder alle Wimpel schlaff, und das abendliche Wasser schillerte wie glatte Seide, windlos, es war ein köstlicher Abend mit blitzenden und lohenden Fenstern an den steilen Ufern voll Stadt. Nur die kleinen Dampfer, die gewichtig hin und her kreuzten, ärgerten den Maler, sie tuteten so empört und vorwurfsvoll, als hätte man es dem Wasser ansehen können, daß man sich mitten auf ihrer Straße befand. Zum Anspucken nahe fuhren sie an den beiden vorüber. Eine Mädchenschule jauchzte und winkte, während die Wellen sie schaukelten, daß man sich halten mußte, und dem Maler schlug es nebenbei die Segelstange an den Kopf! Lange blickte er dem Dampferchen nach, nannte es eine Kreuzung zwischen Schiff und Gartenlaube, betrachtete versonnen seinen Schlot, der sich ernst nehme wie ein Kleinbürger im weißen Stehkragen. Zu denken, daß sie niemals das wirkliche Meer sehen werden, diese armen Dinger, die mit ihrem anmaßenden Schlot schon an der ersten Brücke anstoßen würden, ja, wie sollen sie sich denn vorstellen können, daß sie nicht die einzigen Schiffe auf der Welt sind?…

Hortense lachte.

Im Ernst! sagte der Maler…

Dann zog es wieder an, ein dunkleres Gekräusel huschte über den Spiegel, unter dem Bug erwachte wieder das helle, hohle, übermütige Geplätscher der Wellen. Bald saßen sie auf der äußersten Kante des Bootes, ihre Füße auf die andere Seite gestemmt, herrlich rauschte es davon, zischend, während das Segel wieder ganz voll und straff war, still vor Kraft. Hortense schnitt es ordentlich in die Hand, als sie die Leine übernahm. Es war köstlich, das grüne Gerausche voll Glut einer silbernen Sonne, es war eine Lust zu leben, sobald man nicht denkt, und man denkt ja nur, solang man in einer Flaute sitzt! Hortense, wie sich herausstellte, verstand nun den Sport nach allen Regeln. Sie wendeten und halsten so sittsam, so stilvoll hin und her, an schwimmenden Köpfen vorbei, an Schwimmern, die winkten, und einer strampelte mit den Beinen, daß es wie ein Wasserrad gischtete und schäumte. Der Maler hätte sich eigentlich schämen sollen, verschob es aber auf später, wie er sagte, es käme dann noch anderes dazu, und man wolle doch jede Stunde genießen, wenn Wind in unsern Segeln ist!

Ringsum läutete es den Sonntag ein –.

Zu Hause verspätet, zur Rede gestellt und im Grund ihres Herzens zu glücklich, um eine Ausrede nötig zu haben, machte Hortense kein Hehl daraus, daß sie noch immer mit dem Maler ginge, ja, sie erzählte voll Freude, wie sie gesegelt hätten.

«Ich habe dir vor Wochen gesagt», antwortete der Vater, «daß ich diesen Umgang nicht haben möchte.»

«Sobald man mir sagt, warum nicht.»

Gewohnt, daß seine Befehle befolgt wurden, sah sich der Oberst gegenüber seiner Tochter in einer schwierigen Lage. Hatte er schon anfänglich eine Hemmung, seine Gründe preiszugeben, so machte es ihm der Umstand, sich von der Tochter gezwungen zu sehen, noch ganz unmöglich. Wie man mit einem Ellbogen an die Vase kommt, deren Scherben dann durch das ganze Haus klirren, war auch plötzlich der Wortwechsel da. Hortense verlangte Überzeugung, um gehorchen zu können. Plötzlich konnte sie nicht anders, Hortense lachte ihrem Vater ins Gesicht. Du zitterst ja! sagte sie. Sie ging in ihr Zimmer und heulte. Nachher kam die Mutter herauf, machte alles noch lächerlicher. Hortense versprach ihr, den Maler nie wiederzusehen. Nur damit sie hinausging! Am andern Morgen waren sie natürlich wahnsinnig nett, zum Davonlaufen, und Hortense sagte es rundheraus: Ich habe es mir anders überlegt. Was? Wieso? Ich gehe zum Maler, so oft es mir paßt! sagte die Tochter. Kein

Wort. Ihre Eltern sagten kein Wort, schauten Hortense nur an, und Hortense dachte, jetzt schauen sie mich an wie zwei Tiere, die auf der Schlachtbank stehen: Kind, warum bringst du uns um! Es war alles so lächerlich, und natürlich ging Hortense durchaus nicht zu ihm. Wie sollte sie es können! Sie ertrug es nicht, wenn Reinhart lachte, mag sein, er lachte einfach so, Gott weiß warum, aber Hortense dachte immer: Wenn er sehen würde, wie mein Vater zittert! und sie sagte ihm die herablassendsten Dinge, nur weil sie sich schämte. Schließlich waren es ihre Eltern. Aber was in aller Welt wollten sie denn?

(All dies begab sich zu einer Zeit, als Reinhart noch ganz in seinem Glück mit Yvonne lebte, seinerseits zu erfüllt, als daß er Hortense wirklich bemerkt hätte. Sie war seine Schülerin, ein Strohhalm von Verdienst. Und ihr Vater, der Oberst, hätte ihm vollends den Buckel hinaufsteigen können.)

Einmal hatte er sie geküßt, vielleicht aus purem Leichtsinn und Übermut, sie gingen damals einen Waldsaum entlang, Hortense voraus, ihre Beine, das Sommersprossige ihrer braven Gesundheit und anderseits der Gedanke an Yvonne: das Grazile, das Gespannte, das ständig Bedrohte, das Geisterhafte jener anderen Weiblichkeit … es war der Reiz von Gegensatz, er ahnte die Demütigung nicht, die er in diesem Augenblick beging, und Hortense, die sie eher empfand, wollte nichts davon wissen. Immerhin hatte sie ihren Mund zusammengepreßt, als der Maler sie damals küßte. Sie war sicher, daß er nicht wiederkäme, es graute ihr vor der nächsten Zeichenstunde. Reinhart war noch nicht im Atelier, hatte aber einen Zettel hinterlassen, wo der Schlüssel läge. Hortense war entschlossen, ihre Siebensachen einzupacken, wegzugehen, abzuschließen, den rostigen Schlüssel wieder unter den Balken zu stecken und niemals wiederzukommen, all dies unter Hinterlassung eines kleinen Briefes, worin sie ihm für alles dankte. Sehr geehrter Herr Reinhart! und so weiter. Sie stand nur eben noch da, um das Atelier nochmals anzusehen mit Blicken des Abschieds, als der Maler gerade zurückkam, die nassen Schuhe am Türpfosten abschlug und dann, nachdem er sie wie immer begrüßt hatte, seinen Mantel aufhängte und sich ohne viel Worte an die Arbeit machte. Er küßte sie nicht. Damit auch sie den Mantel auszöge, heizte er sofort an, rüttelte am Scharreisen, so daß das ganze Ofenrohr wackelte, fluchte und ließ sie im übrigen mithelfen ungefähr in der Art eines Kindes, das man beim Kuchenmachen helfen läßt, indem es die Eierschalen wegwerfen oder umrühren darf, wenn nichts mehr zu verpfuschen ist. Er klopfte an seine Taschen, Streichhölzer suchend. Bald hörte man das Geräusch von prasselndem Feuer, das wenigstens eine Erinnerung an Wärme verbreitete. Er legte zwei Äpfel auf den Ofen.

So war es damals weitergegangen.

Hortense ging zu dem Menschen wie gegen einen Strom. Was eigentlich wollte er von ihr? Nichts… Er ließ sie zeichnen, sein Dasein blieb immer ganz beiläufig; noch wenn er neben ihr stand und sein Urteil äußerte, hatte Hortense das fade Gefühl, wie wenn ein Mensch, den wir lieben, draußen auf einer Wanderung ist und wir sitzen allein in seinem verlassenen Gehäuse. Wo in der Welt er eigentlich weilte, war nicht herauszufinden; es mußten Königreiche sein. Hortense zweifelte an seinem Verstand; es war ihr die ganze Zeit, der Maler könnte es an einem solchen Morgen viel herrlicher haben als neben ihr. Und daß er es einzig und allein um die paar Franken tat, die er an einem solchen Morgen verdiente, konnte sie auch wieder nicht glauben.

Eines Abends noch im Sommer, als Hortense ihren Hausschlüssel vergessen hatte, traf sie der Maler auf der Straße. Sie kam von einem Konzert. Gehen wir! sagte er. Wohin? In den Morgen, sagte er, ich begleite Sie. Ein heller Mond hing über den Bäumen, es jubelte in ihr. Oh, dachte sie, daß er mich zwänge! Als er aber ihr langes Zögern sah, blieb er stehen. Es gebe Dinge, die man leicht und sofort tut, meinte er, oder nie. Es hatte keinen Sinn mehr, keinen Reiz. Schlafen Sie in einem Hotel! sagte er. Sind Sie mir böse? Ich? lachte er. Warum böse?

Alles war nicht so wichtig…

Nicht einmal ihre Eifersucht kannte er. Für Augenblicke in seinem Atelier allein, hätte Hortense ja sämtliche Bilder, die seit Wochen an der Wand lehnten, ohne weiteres umdrehen können. Sie tat es nicht, aus Anständigkeit nicht, und er tat es ebenfalls nicht, ohne daß man ihn ausdrücklich darum bat. So blieben die Bilder immer an die Wand gelehnt, immer verkehrt, immer zur heimlichen Qual für das Mädchen, das nicht wußte, was es eigentlich wollte. Einmal war eines umgefallen, ein Akt, mehr eine Skizze: eine Frau, die auf dem bekannten Sessel saß, ihre geflochtenen Hände unter dem Nacken, unter einer Glocke von offenem Haar. Vielleicht war das die Andere? Schließlich ging es Hortense wirklich nichts an. Es war auch eine viel weitere Eifersucht, unverständlich. Es war einfach eine Welt, die ihre eigene Welt, die bisher einzige, bodenlos und nichtig machte, Raum eines Lebens, wo jedes Geschehen möglich schien wie in den Landschaften des Traumes, Dinge, die unsereiner kaum denken konnte noch durfte, und Hortense zweifelte eigentlich nicht daran, daß es richtig war, was immer der Maler tat, so unerhört wie richtig.

«Gestern wäre mir beinahe die ganze Bude in Flammen

aufgegangen!» erzählte er einmal. «Mit dieser vermaledeiten Art, überall die Zigaretten herumzulegen … husch! einmal prasselt der ganze Zauber.»

Hortense durchfuhr ein Jubel.

«Würde es Ihnen sehr leid tun?» fragte sie behutsam, im Grunde sehr lebhaft. «Sie sollten einmal alles verbrennen! Ich habe von einem großen Dichter gelesen, der einmal alles einfach verbrannt hat. Kleist, glaube ich. Meinen Sie nicht, Sie sollten einmal alles verbrennen?»

Reinhart zog nur die Brauen, teigte seine Farben auf der Palette und schwieg. War er gekränkt, daß sie ihn mit Kleist verglich? Gelegentlich legte er den Spachtel weg, blickte Hortense nicht einmal an, sondern rieb sich nur die Hände an der Schürze. Um seine Bilder, meinte er ein wenig großartig, wäre es am Ende nicht schade, da es ja nicht auf das Gemalte, sondern auf das Malen ankäme, und das könnte so nicht verbrennen.

Hortense fragte:

«Um was wäre es denn schade?»

«Wissen Sie», sagte er schließlich, «Sie sind ein kleiner Teufel, Hortense. Teufel mit einer Familienbrosche am Kragen, ich habe nicht gewußt, daß es das gibt. Sie fordern sehr viel vom andern, ungefähr alles … und wenn der andere einmal Ihre Herausforderung annähme?» fragte er. «Wenn er eines Tages käme und alles verbrennen würde, Ihnen zuliebe? Ich sehe Sie dastehen, Fräulein Hortense – zu Tode erschrocken.»

Das war sehr höhnisch.

Er sagte noch oft solche Dinge. Man könnte denken, sie hätten das Mädchen ernüchtert, so daß es fortan nicht mehr zu dem Maler ging. Im Gegenteil!

J'adore ce qui me brûle –.

Hortense erzählte ihm sogar von ihrem lächerlichen Krach mit den Eltern – und wartete, was er dazu sagen würde. Sie wartete allerdings umsonst. Sie hoffte auf einen beißenden Spott, so sehr verletzend, daß sie selber ihren Vater wieder hätte in Schutz nehmen können. Reinhart tat ihr nicht einmal diesen Gefallen; er hatte das Spötteln nicht nötig. Er, im Gegensatz zu Hortense, war ja dieser Welt nicht verwandt, nicht verdingt, nicht verfallen. Sie wartete umsonst, daß er ihren Vater lächerlich machte, wenn sie von seiner vermeintlichen Kleinherzigkeit berichtete, ja, ihn eigentlich an den Pranger stellte, sich selber schämend, daß sie das tat – voll Haß auf sein leichtes Schweigen …

Wozu das?

Reinhart wollte ja nichts von ihm.

Er teigte seine Farbe und pfiff …

Eines schönen Tages verreiste der Maler ins Tessin, und Hortense war auf einmal wieder allein. Sie war es in einem Grade wie noch nie. Noch jetzt erinnerte sie sich Wort für Wort an ihn. Wir können alles von einem Menschen vergessen, nur das nicht, was er einmal über uns selber gesagt hat.

Hortense lag damals gerade im Spital.

In Gips, in einem Gewölk von weißen Kissen versuchte sie nachzudenken, wie es dazu gekommen war. Er hatte wieder von der Sorbonne gesprochen, ihr Vater. Es kam nun stets die Sorbonne! Bereits hatte man an gute Freunde geschrieben, die Hortense aufnehmen könnten; Sorbonne, das war nun das Ziel, der Plan, die neue Hoffnung, ihr den Maler auszutreiben. Sie standen im Haus zum Tuch, in dem Zunfthaus, wo sich der Oberst, seiner Herzenssache verpflichtet, vom Fortschritt der Arbeiten überzeugen wollte. Es war ein fürchterliches Gewirr von morschen Balken, die herauszureißen waren, ganze Haufen von Schutt, von grauem Stuck, dann wieder Böden, die nur noch Gerippe waren, so daß man bis in den Keller hinabsah. Ein Arbeiter mit schräger Papiermütze hatte das Fräulein noch ausdrücklich gewarnt! Plötzlich rieselte es von der Decke, so daß man überhaupt nichts mehr sah, Arbeiter fluchten, Hortense war es, als rutschte ihr das ganze Haus nach. Ihr Vater stand auf einem leeren Gerüst, rief seinem Kind, während Berge von Schutt über sie fielen, ein Geriesel von Stuck, von erstickendem Vergessen. Nicht ihr Vater, ein Fremder hob sie aus den Trümmern, leicht, als wäre nichts in der Welt geschehen, sie schrie vor Schmerz, mindestens meinte sie es, der Fremde nahm sie ohne alle Kleider auf seinen Arm: Wir müssen nun schauen, sagte der Fremde in seinem weißen Mantel, wie wir über den Fluß kommen. Drüben erhob sich eine Stadt aus Gewölk, alle Brücken schienen gebrochen. Es gibt eine Stelle, wo man hinüber kann, eine Furt, sagte der Fremde, ich bin schon einmal hinübergegangen. Er küßte immerfort ihr staubiges Haar, ihre Schmerzen ließen nach …

Später, als Hortense wieder erwachte, saß der Vater als erster neben ihrem Bett. Er konnte den Unfall auch nicht genauer erklären. Von der Sorbonne sagte er nichts mehr. Er kam sehr oft, wie ein Schuldiger.

Fast ein halbes Jahr mußte Hortense so liegen, unter den Bäumen draußen wischten sie das raschlige Laub zusammen, Hortense konnte es nur hören, Wochen vergrauten in herbstlichem Nebel, über verschneiten Dächern flimmerte der Winter; Türme unter bronzenem Gewölk. Und Hortense lag noch immer. Von dem Maler hatte sie nichts mehr gehört. Sonne blitzte in den Eiszapfen einer Dachrinne, manchmal tropfte es stundenlang in die unermeßliche Weite ihrer Stille. Leute kamen, Vater und Mutter, ein Vetter auf Urlaub, eine ganze Parade von Tanten, auch Blumen und Briefe, Geschenke zum Essen und Lesen, manchmal der Arzt, dann wieder die Schwestern, deren Sprüche ihr schon zum Halse heraushingen; Sklaven der Zeit, die es draußen gab. Wenn die gepolsterte Türe sich wieder geschlossen hatte, lag Hortense wie zuvor in ihren steilen Kissen, eine Königin über den blauen Reichen ihres Alleinseins …

Auf Weihnachten war Hortense wieder daheim … Wie erwartet, war alles beim alten, vertraut wie ein Museum.

«Reden wir von der Sorbonne!» sagte sie, um keine Freude über ihre Heimkehr heucheln zu müssen. «Ich bin also einverstanden, Vater, ich gehe an die Sorbonne.»

Ihren Eltern fiel ein Stein vom Herzen.

Es war ein Wintertag mit girrendem Schnee, mit Eisblumen an den Fenstern und Sonne, die Kinder schlittelten in den Straßen, die Bäume standen in einem Blust von weißen Kristallen; Hortense ging an einem Stock, sie kam sich komisch vor, erwachsener. Sie humpelte zum erstenmal wieder in die Stadt, um auch den Maler in seinem Atelier zu überraschen: Ich fahre nach Paris, würde sie beiläufig sagen. Wir wollen sehen, ob Sie damals recht hatten oder nicht, ob ich zu Tode erschrecke oder nicht; fahren wir zusammen nach Paris? …

Endlich riegelte jemand auf.

«Reinhart?» fragte er und grinste.

Es war ein Fremder. Pinsel in der Hand, das Brusthaar unter einem halboffenen blauen Hemd, eine Pfeife im Mund, hustete er eine stinkende Wolke von Wein und Tabak. Reinhart wohnte schon längst nicht mehr hier.

Der Winter war lang.

Morgen bei Lampenlicht, draußen die Schleier von sinkenden Flocken, die Drähte voll Schnee; Schlag acht Uhr kamen sie jedesmal aus dem Lift, hängten ihre Mäntel an den Haken, knisterten einen Imbiß aus der Tasche und setzten sich wieder an ihre Arbeit, an ihre Reißbretter oder Schreibmaschinen, gehorsam, gewissenhaft wie ein Milchwagenroß, das seine tägliche Strecke kennt, noch wenn man ihm den Kopf abschlagen würde! Einer rupft jedesmal den Kalender ab.

«Freitag!» sagte er. «In einer Woche gibt es Zahltag.»

Es ist das Dasein der meisten: ein Dasein von Sklaven, die sich freuen, daß schon wieder ein Monat ihres Lebens vorüber ist. Man könnte sie grausamerweise fragen, wozu sie denn leben? Sie tun es aus purer Angst vor dem Sterben, nichts weiter. Sommer mit zitternder Bläue, Wind in den Gräsern, Wälder in rauschendem Regen: all das verkaufen sie, um leben zu können. Was bleibt ihnen anderes übrig? Was jeder kann: seine Freiheit verpfänden. Jedes Geschöpf, wenn es schon einmal geboren ist, möchte leben. Und eben darum sitzen sie an diesen Tischen, bücken sich über eine Schreibmaschine oder einen Rechenschieber, während draußen ihr eigenes Leben vergeht. Das ist die große Galeere. Sie sehen, daß alle es müssen, fast alle; sie tragen es fast ohne Anflug von Verzweiflung. Ein anderes Dasein ist ihnen nicht möglich; so muß es wohl das wahre sein. Sie können sich ein anderes schon nicht mehr denken – (Um nicht wahnsinnig zu werden.)

Gelegentlich, wenn der Chef nicht zugegen ist, dreht einer sich um, spitzt seinen Bleistift, sich selber zum Vorwand.

«Fräulein Nelly», sagt er, «wie war es denn gestern auf Ihrem Ball?»

Fragt es und bläst über seinen Bleistift … Nelly hinter dem schweren Gebirge ihrer Schreibmaschine war schon ein ältliches Mädchen. Zweifelhafte Witze, die sie zu hören bekam, überging sie mit dem Schweigen jungfräulicher Würde, bis es ihr hin und wieder allzu bunt wurde; ihre Wehr verriet, wie vollkommen sie verstanden hatte, und die Angestellten staunten über das helle Gehör einer Zukurzgekommenen. Das waren jedesmal die Gipfel des Tages… Sobald man dann draußen wieder den Chef hörte, seine raschen Schritte, sein dröhnendes Räuspern, drehten sich alle Sessel zurück. Wie von einem einzigen Hebel bedient. Und abermals sah man nichts als lauter weiße Rücken; es raschelte von Papier, ringsum klapperte es wie ein Storchennest.

Einzig der Neue, der sich in den ersten Wochen dadurch auszeichnete, daß er zur Arbeit nicht saß, sondern stand und stets einen überfüllten Aschenbecher vor sich hatte, ließ sich gelegentlich noch ertappen, wie er, eine Pfeife stopfend, zum Fenster hinausdöste…

Reinhart wunderte sich noch über allerlei.

Wirklicher Eifer zur Arbeit, Leidenschaft, wie ihr der Maler mit dem schlechten Gewissen anfänglich verfallen war, wurde hier durchaus nicht verlangt, nicht einmal erwartet, galt eher als Heuchelei und gefährdete eigentlich bloß die Kameradschaft zu den andern. Entspannung hingegen, wie sie unvermeidlich einem solchen Eifer folgen mußte und sich darin kundgab, daß man beispielsweise die Arme reckte, sich auf den Fenstersims setzte oder einen Kaffee trank, eine Wolke zeichnete oder sonst eine Viertelstunde ins Freie hinausging, gefährdete die ganze Anstellung überhaupt! Noch in den unleugbaren Ebben menschlichen Arbeitens lag man beharrlich über dem Tisch; insgeheim seine Fingernägel putzend, lungerte man gewissermaßen in sich selber herum, allzeit bereit, die Pose eines steten Arbeitens anzunehmen. Leerlauf gab es also auch hier, kein Wort davon. Daß hier, gerade in dieser Welt des Rechnens, auch der

Leerlauf nach Stunden bezahlt wurde, das machte Reinhart noch manches Mal stutzig, als wäre alles nicht ganz wirklich, nicht ganz in Ordnung, ja er mußte sich fragen, ob ihn am Ende nicht alle bloß zum Narren hielten? Es war seine erste bürgerliche Stelle.

– – –

Eines Abends, als alles wie immer von der Arbeit kam, wartete Hortense unter einer Allee. Das heißt, das Mädchen gab sich den deutlichen Anschein, als wäre es Zufall, ein purer Zufall. In seiner lachenden Freude, das Mädchen nach fast einem Jahre wiederzusehen, forschte Reinhart auch nicht weiter danach. Kaum hatte er Hortense entdeckt, war er quer über die Straße gekommen – Radfahrer fluchten ihm nach –, nahm ihre Hand, um sie so bald nicht wieder loszulassen. Er nannte sie sofort Hortense, was er früher nicht getan hatte; mag sein, er wußte es so genau nicht. Warum eigentlich war sie damals so plötzlich verschwunden?

«Wie geht es denn?» fragte er. «Neulich habe ich von Ihnen geträumt –.»

Hortense spürte einen Anflug von Enttäuschung. Von ihrem Unfall, schien es, wußte er überhaupt nichts. Reinhart trug noch den gleichen Mantel wie damals, offen wie immer, tat, als wäre überhaupt nichts geschehen und als wäre es wirklich ein Zufall, daß man sich traf, daß Hortense sogar zum Abendessen frei war.

«Meine Bude ist leider unmöglich.»

Sie saßen zusammen in einem Kaffeehaus, die Beine verschränkt. Hortense hatte sich ganz aufs Fragen verlegt. Seine Auskunft, warum er das frühere Atelier verlassen hätte, war zögernd, fast ausweichend. Beide brachen von ihrem Brot, in Erwartung der Suppe …

Hortense blickte ihn an.

«Und die Bilder?»

«Ja», sagte er und kaute, «die Bilder –.»

Er hatte sie verbrannt. Das heißt, genauer gesagt, er hatte sie von den Rahmen gelöst und die Rahmen wieder verkauft. Nur die Bilder hatte er verbrannt. Übrigens war das schon lange her! Er brauchte fortan auch Geld, sagte er, halb lachend. Geld war am Ende doch wichtig, mächtiger, als er hatte glauben wollen; wo man einmal Geld brauchte, schien ihm jedes Mittel erlaubt, sogar das Sparen, das Knausern mit Rahmen. Hortense hielt ihn für übermütig oder verrückt. Auch die Zeichnungen hatte er verbrannt, gewiß, alles natürlich. Hatte sie selber, Hortense, nicht früher einmal davon gesprochen? Das Feuer traf keine Auswahl. Es war übrigens mehr gewesen, als man hätte meinen können. An Fleiß hatte es also nicht gefehlt! Vier- oder fünfmal hatte er eine ganze Rolle gebunden, um es unter der Dämmerung in den nächsten Wald hinaufzutragen. Es mußte alles sein oder nichts; erklären konnte er das kaum. Es hatte auch keinen Zweck. Ein einziges Blatt, das er aufsparte, machte den Verlust aller andern zum Unsinn, zur albernen Laune, die man später bereut. Es gab hier keine Reue. Es war das Ergebnis von neun Jahren, die sich als Irrtum erwiesen; Strich darunter! Es war ein Abschied, nicht eine Auswahl –.

«Im Ernst», sagte Hortense, «was soll das heißen?»

«Ich habe noch nie in meinem Leben wirklich gearbeitet. Ich habe mehr getan als viele, die ihre acht Stunden haben und einen Dünkel, dem nichts entspricht. Aber ich habe stets nur getan, was mir gefiel, was mich lockte. Das ist es! In allen Dingen dieses Lebens. Eines Tages begreift man: Ich habe mein Leben genossen, aber nicht gelebt.»

Ja, es ist grauenhaft …

«Einmal muß man erwachsen werden.»

Wenn er allein war, wußte Reinhart alles viel klarer... Was bin ich denn? Ein Mann von dreißig Jahren, der just sein eigenes Brot verdient. Hälfte des Lebens, Menschenkind, Hälfte des Lebens! Wann wird man denn endlich erwachen und aufstehen? Wann, du lieber Gott, wann kommt denn die Reife, die man als Jüngling in jedem Erwachsenen neidvoll vermutete? Wann fängt es denn an, das wirkliche, das sinnvolle, wesentliche Leben? Hälfte des Daseins, die hinter ihm liegt, ein Haufen von verbrannten Bildern, verkohlt, in Asche verblasen, vergangen, nie gewesen. Heute, wenn er sich umsieht, und wäre es auch bloß nach verkäuflichen Werten, was hat er denn in der Hand? Was unterscheidet sein ganzes Erleben von einer Welle, die über den Wasserspiegel läuft, um nichts zurückzulassen, eine schillernde Flüchtigkeit, ein Glitzern in Augenblicken? So habe ich über die Welt gelebt, ganz ohne Spur eines wirkenden Daseins, ohne jedes Erzeugnis, das bleibt, so ohne Wurzel in einem größeren, gültigeren Leben, ohne einzugehen in ein kommendes Geschlecht!... Eines Morgens liegt man im Bett und greift sich an die Stirne: Mein Gott, das ist mein Leben!...

Im Grunde, so dünkt es Reinhart, war alles ganz einfach, wennschon er vergeblich nach genauen Worten suchte, um dem Mädchen klarzumachen, was ihn bewegte – sie spürte bloß, daß etwas mit ihm geschehen war –. Einmal muß man erwachsen werden! sagte er immer wieder. Eines Tages stehen wir vor der Wahl. Das eine ist die Wehmut, jugendlicher Trauergenuß, der nicht weiterführt, Wehmut vor jedem kommenden Herbst, ein heimliches Wundsein an allem, ein Grauen vor jeder Bewegung, jedem fallenden Blatt, jedem Reifen und Welken, jedem Strömen des Wassers, Grauen vor aller Vergängnis! Das ist das eine... Oder wir finden zum andern: Wir gehen hindurch, wir nehmen es an, das große Stirb und Werde, wir treten über die Schwelle unsrer Jugend, ein für allemal. Es fallen die schillernden Schleier der Wehmut; es kommt eine kühle, klare Härte in alles, hinter alles, und man erschrickt nicht mehr, wenn jemand aufsteht und jünger ist. Man spielt nicht mehr mit dem Schrecken, mit dem Grauen vor dem Tod. Es öffnet sich über allem ein ganz andrer Raum. Was hilft uns der Rausch? Er hat keine Flügel, er trägt nicht in Gottes kühler Geräumigkeit. Es tut nichts, ob einer schwärmt, ob einer stehen bleibt wie ein störrischer Esel und ohne ein Wozu nicht weiter will. Es trägt nicht, sowenig wie der Schrei der Verzweiflung, wie das Grinsen des Spötters. Man tritt in den Dienst von Leben und Tod; gemeint ist ein Leben, das über uns ist, das auch in Herbsten nicht trauert, ein außerpersönliches. Zum erstenmal denkt auch der Mann an das Kind, das ihn überdauert, und will es, ohne Verstellung. Es öffnet sich über allem ein ganz andrer Raum –.

Reinhart, der sich und das Kaffeehaus gänzlich vergessen hatte, mit Fingern redend, als arbeite er in Lehm, sah sich unversehens von einer Kellnerin unterbrochen. Sie brachte das Essen. Beide nahmen ihre Serviette und schöpften die Suppe.

Sie plauderten kaum.

Hortense, als sie ihn gelegentlich von der Seite musterte, fand ihn älter und magerer, bleicher, vor allem die Haut mußte sie insgeheim noch öfter ansehen, sie war so porig wie bei ihrem Vater und andern Herren. Als kleines Mädchen hatte sie sich nie vorstellen können, wie man eine solche Haut nur küssen mag …

«Paris?» sagte Reinhart über den Teller hinweg. «Warum wollen Sie denn gerade nach Paris?»

«Das fragen Sie!»

Hortense hatte von ihren Plänen erzählt.

«Sie haben aber ein schlechtes Gedächtnis!» lachte das Mädchen. «Sie selber haben es mir damals geraten, Sie selber!»

«Was –»

«Als wir abends vor Ihrem Atelier standen, es regnete, ich ging damals so schrecklich ungern nach Hause. Wissen Sie nicht mehr? Es gurgelte vom Dach, wir sahen einem Regenbogen zu. Gehen Sie nach Paris! sagten Sie und klopften Ihre Pfeife aus. Oder gehen Sie nach Spanien, oder nach Griechenland! Hinaus auf die Inseln! Wenn Sie gestatten, komme ich mit.»

Hortense klopfte das Herz.

«Erinnern Sie sich nicht mehr?»

Pause.

«Einmal sagten Sie noch etwas anderes … Sie sagten, ich verlange sehr viel vom andern. Wissen Sie, es war damals alles sehr schwer für mich. Und dann sagten Sie: Eines Tages, wenn ich Ernst machte und Ihre Ansprüche annähme, was würden Sie tun, Hortense? – und Sie meinten damals, ich würde zu Tode erschrecken, ich würde davonrennen. Das war sehr höhnisch.»

Undurchsichtig, ob er sich erinnerte oder nicht, schwieg Reinhart sich aus; eine Kellnerin, die den schwarzen Kaffee brachte, ersparte beiden das weitere.

Reinhart goß ein.

Daß der Mann, den sie fast ausschließlich mit Palette und einer Garbe von Pinseln gesehen hatte, ohne ein Atelier lebte, konnte sich Hortense noch immer nicht vorstellen. Jene Maske aus der Südsee, auch die Pflanze mit den steigenden Stengeln und den breiten schwebenden Blättern, alles war ihr noch sehr gegenwärtig. Geruch von Öl, wo immer er in ihre Nase kam, erfüllte sie mit Inbegriff des Blauen, Weiten, Freien. Sie erinnerte sich an die Zeichnung mit der griechischen Bucht, wo Reinhart die badende Frau entdeckt hatte... All diese Dinge hatten genügt, eine Ahnung in ihr aufzubrechen, die nicht mehr wegzudenken war, Ahnung eines täglichen Lebens, das habloser und härter, aber freier, rücksichtsloser und großzügiger ausfallen könnte, leichter, unheimlicher auch, voll Bekenntnis zum Ewig-Unsicheren, das unser Leben in der Schwebe hält wie eine glühende Kugel; Ahnung eines heiteren Mutes, der Abschied ruft von vielen lieben Formen, Abschied um der Wiedergeburt ihres Geistes willen; Ahnung von alledem, was jenseits der Enge beginnt, und droht, und lockt –

«Warum haben Sie all das verbrannt!»

Hinab bis zum Krimskrams, der in Nischen verstaubte, war es für sie doch das Leben, wie es nirgends sonst zu hoffen war, das unendliche und berauschende Reich der Gefahr, Gnade des Wagnisses, Abenteuer des Lebendigen... Reinhart saß vor seinem Kaffee.

Einmal nur, antwortlos, blickte er sie an, ein wenig mißtrauisch, ein wenig spöttisch oder erstaunt, wie ernst es dem Mädchen war, wie sehr es sich zu jedem Wagnis bereit wähnte. Zu jedem? Seine Gedanken liefen wie die Weberschifflein. Abenteuer? dachte er, dann spielte er wieder mit dem albernen Papier, das er mit einer wahren Andacht, als säße er meilenweit allein, immer winziger zusammenfaltete. Das größte Abenteuer aber, das es einzugehen gibt, schien ihm die Ehe, das Wagnis einer ganzen Bindung, Verpflichtung an ein Rätsel, das uns überdauert –.

Noch konnte er davon nicht sprechen.

Auf dem Heimweg, fröhlich über das Wiedersehen,

schlenderten sie am nächtlichen See entlang, sahen den schlafenden Schwänen zu. Nur einer schwamm wie eine weiße Kerze über dem schwarzen Wasser. Regen tropfte aus den finstern Bäumen. Hortense hatte einen Schirm, durchsichtig wie eine Haut. Als Reinhart mit beiden Händen ihren Kopf faßte, sie auf den Mund küßte, schloß Hortense ihre Lippen nicht mehr wie damals, ganz anders war alles, seine Küsse fielen in eine weiche Wärme, in Taumel holder Bewußtlosigkeit – Leute kamen durch die Allee –. Nichts wäre Hortense natürlicher erschienen, als daß der Mann, unbekümmert um Leute, sie gänzlich vom Boden gehoben, immer weiter getragen, über alle Grenzen entführt hätte.

Unter einem Bündel dienstlicher Briefe, die der Oberst – gewöhnlich mit dem langen und finsteren Stengel einer rauchenden Brissago im Gesicht – der Reihe nach aufriß, lag eines Morgens auch ein Brief für seine Tochter. Im Begriff, ihn wie die andern aufzuschlitzen, hatte er bereits das elfenbeinerne Messerchen angesetzt, stutzte über der Schrift, deren eitle, ausgreifende und sinnlich flatternde Schwünge ihm augenblicklich zuwider waren. In einem Blitz von Ärger – der Oberst hatte nun wirklich gemeint, die Sache mit dem jungen Mann hätte sich längst erledigt –, in einer gewissen Kränkung auch, im Zorn eines Mannes, der sich hintergangen fühlt, in einer Summe von Wallungen also, die uns leicht zu einer kleinen, augenblicklangen Mogelei verführen kann, wunderte sich der Oberst selber, daß der Brief nicht längst, in Fortsetzung des ehrlichen Versehens, geöffnet war. Ein einziger Blick, und er hätte gewußt, wie er sich fortan seiner Tochter gegenüber zu verhalten hatte… Als läge es halbwegs am Brieföffner, betrachtete er plötzlich das Ding in seiner Hand, eine Art von elfenbeinernem Dolch, dessen Griff mit seinem Wappen versehen, schon seit langem aber ziemlich verkrümmt war, durchaus noch verwendbar, wenn auch für die Briefe, die ein Oberst bekam, eher zu zierlich.

Er erprobte ihn alsbald wieder im Aufschlitzen dieser andern, dienstlichen Briefe, Erlasse und Befehle, Anfragen, dazwischen Beschwerden, ein gekränkter Leutnant wollte versetzt werden, Empfehlungen für junge Leute, die Offizier werden möchten, eine Bauernfrau machte den Obersten, dessen Truppen in ihrer Gegend gehaust hatten, für das uneheliche Kind ihrer schuldlosen Tochter verantwortlich. Oder es kam der Brief eines Soldaten, der, arbeitslos, nicht daran zweifelte, daß ihm der Oberst sicher eine Stelle verschaffen könnte; am Gefreiten nämlich, schrieb er, hätte er nicht gefressen. Und so weiter. Jedesmal legte er den offenen Brief auf den Tisch, schlug mit der Hand darauf, wenn dieser sich wieder zusammenfalten wollte; dann, während er ihn überflog, öffneten seine Hände bereits den nächsten, steckten das Gelesene in ein entsprechendes Fach, warfen den Umschlag beiseite. Er könnte sich ganz auf seine Hände verlassen, mehr als auf manchen Adjutanten.

«Ich gehe nachher aufs Gut», sagte der Vater, als Hortense auf sein Rufen hin endlich erschienen war. «Kommst du mit?»

«Gern.»

Der Vater blickte sie nicht an. Er rauchte wie ein Feldherr am Vorabend der Schlacht. Es war Sonntagmorgen; jeden Sonntag ging er morgens auf das Gut.

«Ich muß mich nur noch umziehen», sagte der Vater, noch in Uniform; erst als Hortense wegging, um sich bereitzumachen, fügte er hinzu: «Da ist ein Brief für dich.»

Hortense nahm ihn.

Ihre frauliche Erscheinung, als er sie im Morgenrock weggehen sah, überraschte ihn auf eine schmerzliche, väterlich-eifersüchtige Weise … Eigentlich war er todmüde. Er hatte die Nacht ein Manöver und noch keine Stunde geschlafen. Im Schlafzimmer, während ihm das Dienstmädchen den üblichen Lodenanzug bereitzulegen hatte, knöpfte er den hohen Kragen auf. Im Spiegel, ganz unversehens, prallte er auf seine eigene Erscheinung, kragenlos, hemdärmelig, übernächtig. Anzeichen seines Alterns, von der Ermüdung unterstrichen, beraubten ihn für Augenblicke seiner laufenden Gedanken, die Tochter betreffend –.

Er saß.

Hortense war fertig! Sie rief es vom Flur. Ein Getrampel von Sprüngen ging über die Treppe hinab, ein kurzes Gebell in der Halle. Hortense wartete draußen mit King, der vor Freude schon winselte … draußen war es ein kalter Morgen, Februar, die Wälder standen braun, über den Äckern und Wegen lag noch eine Kruste von gefrorenem Schnee, Krähen flogen, hinter Glimmer und Hauch eines winterlichen Gewölkes webte die Bronze einer matten Sonne.

Der Oberst, der noch immer saß, wußte nicht, woran er eben gedacht hatte; dann stemmte er sich langsam die Stiefel ab, daß sie auf den Boden fielen, erhoffte Erfrischung von der kalten Dusche, die er vorhatte … Zuerst redete der Vater fast nichts. Eine Weile unterhielt er sich mit dem neuen Pächter, der, wie es schien, sehr große Rosinen im Kopf hatte, wenigstens mit Worten alles verbesserte –.

Dann weiter.

Wer, wie der Oberst, durch seine Stellung mit allerlei Menschen zusammenkommt und Verstand genug hat, um sich aus täglichen Vorkommnissen eine langsame, über den Zufall erhobene Erfahrung anzusammeln, der weiß, daß es in allen Ständen geratene, brauchbare, sogar wertvolle und prächtige Menschen gibt, aber auch, daß noch keiner vom Himmel gefallen ist, keiner seine Herkunft je verraten kann. Auf die Dauer jedenfalls nicht. Merkwürdigerweise sind es stets die gleichen Naturen, die hier zur Erörterung drängen und es als feiges Auskneifen anprangern, wenn sich der andere, der eine Verschleierung dieser ganz einfachen Dinge nicht braucht, weil sie nun einmal nicht wider ihn sprechen, überhaupt nicht aufs Erörtern einzulassen geruht; nichts bringt sie so sehr zur Raserei wie dieses Schweigen, das sie als lächerlichen Stolz und Standesdünkel bezeichnen.

Ein Mensch, der zum Beispiel die Hunde liebt, es wohlmeint mit ihnen, wird um die Strenge nicht herumkommen; er wird die Vermischungen verhüten. Er schätzt die Doggen, die Windhunde, sogar die Pudel; aber von keiner Sorte verträgt er die Bastarde. Es hat, die Dinge so anzusehen, wie sie sind, von Dünkel keine Spur. Ein anderes ist freilich der Stolz. Daß es Leute gibt, die sich zeitlebens über den Stolz geradezu wund ärgern, über den Stolz der andern nämlich, bleibt ihre Sache. Es gibt nun einmal ein eingeborenes Bedürfnis, ein Reinlichkeitsbedürfnis gegenüber eignem Wesen, um so stärker, je stärker und gesunder und reiner dieses Wesen ist. Stolz ist eine Art von seelischem Geruchsinn, der durchaus kein Maßstab ist für Werte, aber durchaus ein Mittel zur Wahl, ein eingeborener Wegweiser. Man riecht, was nicht zu uns gehört. Man leidet unter dem Geruch. Es ist eine eingeborene Hemmung, manchmal in ihren Auswirkungen vielleicht lächerlich. Es ist, ins Sittliche genommen, unsere eigentliche Verpflichtung. Jede Sorte hat ihre Verpflichtung. Bastarde aller Art und aller Stufen, es ist bekannt, daß sie oft zu den reichsten, zu den seltsamsten, zu den interessantesten Fällen führen, ja, mitunter zu den eigentlichen Gipfeln des Menschengeschlechtes. Ein anderes ist es, daß der Bastard jeder Art, wenn man das Leben verstünde, ein Ende bedeutet. Er hat vollauf das Recht zum Dasein, er bereichert die Welt vielleicht um Entscheidendes; was seine Art von Größe ausmacht, seine Art von sittlicher Verpflichtung, der sich keiner entzieht, das ist, daß er sich als Ausnahme und Einmaligkeit weiß, daß ihm das Recht auf weitere Fortpflanzung in hohem Maße fehlt.

Der Oberst sagt:

Es mögen das, so zum Anhören, gewissermaßen bittere Erfahrungen sein, daß man von Pferden und Hunden redet, von Tieren also, um die menschliche Ordnung herauszulesen. Sie empören das jugendliche Herz, natürlicherweise. Alle Ordnungen widersprechen der jugendlichen Zuversicht und enthalten eine Härte der Erfahrung, die der junge Mensch nicht haben kann. Sie sind das unfreiwillige, fast niederschmetternde Ergebnis einer endlosen Kette von menschlichen Schiffbrüchen, die zeigen, daß es nie der Überschwang war, nie der jugendliche Rausch, der über die natürlichen Gesetze in der Tierwelt, in der Pflanzenwelt erhoben hätte. Wir sehen die Geschichte vom jungen Ikarus, die sich millionenfach wiederholt; alle sind von der gleichen Sonne verblendet, alle stürzen vor der gleichen Sonne, die sie versengt…

(J'adore ce qui me brûle.)

Wenn man älter wird, sagt der Vater, und nur einen kleinen persönlichen Teil von den Erfahrungen gemacht hat, von jener Unsumme der Erfahrung, deren Ergebnis eben all diese Ordnungen sind, verliert sich zwar ihre Härte nicht. Das nicht. Aber man sieht langsam die Größe an ihr. Es ist nichts von Dünkel dabei, oder besser, es muß das nicht sein. Was sein muß, das ist der Mut, die Erfahrungen ernstzunehmen. Man hätte mehr aus seinem Leben machen müssen, sagt er. Gerade weil man durch Geburt einen unschätzbaren Vorsprung hatte. Vieles hatte man allzu spät begriffen. Plötzlich gingen die Erfüllungen sehr langsam, die Jahre sehr rasch. Eines Tages steht man auf der Anhöhe, wo man sein Land überblickt, nicht ohne Freude über Geschaffenes und Gelungenes. Es könnte sehr viel mehr sein, und ohne daß man ein Riese an Geist, ein Ausbund an Begabung wäre; einzig durch das, was tatsächlich vorhanden war. Nun sieht man die Lebensziele sehr genau, zugleich aber, daß die Zeit nicht mehr hinreichen wird. Man ist zu spät aufgebrochen. Es war zu schön im warmen Bett. Man hat eben vielen Härten ausweichen wollen, ganz menschlich, und darüber seine eigne Zeit verloren. Nicht um Ruhm und Ehren ist es schade; das Schwere liegt im Bewußtsein, daß alles in unserem Leben, was unseren Kräften möglich gewesen wäre und nicht erreicht wurde, ganz einfach eine unerfüllte Verpflichtung ist. Und man möchte nicht, daß das sich an andern wiederholt. Dabei ist es nicht so, daß man sein Leben verachten müßte. Mancher Dienst ist durchaus erfüllt. Man arbeitet, wenn auch nicht als großer Feldherr und Staatsmann, immerhin für sein Vaterland. Man wacht und waltet über ein bescheidenes Stück eigener Erde. Man hat eine Frau, man hat Kinder, die es fortsetzen werden.

Er schwieg –

Er hatte den Faden verloren.

Nie hat Hortense ihn so gesehen, so offen und nahe, ihren eigenen Vater. Zu Zeiten liebte sie ihn kindlich, wenn er die Gartentreppe heraufkam, sie bewunderte ihn, später fürchtete sie ihn, konnte ihn nicht billigen, hin und wieder kaum ausstehen. Jetzt war er anders als je – auch jetzt noch mit dem beiläufig wachsamen Blick für morsche Zäune und die nachlässige Leere in den Wildfutterständen –, er war jünger, oder auch sehr viel älter, nicht zu sagen, plötzlich wie ein vertrauter Fremder, männlich, geschlechtlos zugleich, kein Gott, ihr Vater und Erzeuger, aber auch mit einem eigenen Schicksal, der Mann ihrer Mutter, aber plötzlich noch ein ganz anderes, wo Unterschiede des Alters, Verkettung des Blutes keine Rolle mehr spielten, so etwas wie ein starker, sehr starker Kamerad.

Der Oberst sprach weiter –

Wenn es so einen Mann gäbe für sie, dachte Hortense einen Augenblick im Nebenhergehen, verlor aber den Gedanken in einer Wolke von Scham.

Wir sind keine Doggen, keine Windhunde und keine Pudel, gewiß nicht. Aber wir können vieles von der Natur lernen, zu der wir immerhin auch gehören. Es verletzt die Träumerei vielleicht, nicht den Stolz, daß es so ist, den Stolz eines gesunden Menschen jedenfalls nicht. Was uns über die Hunde erhebt und alles tierische Sichgehenlassen, das ist wohl der Geist, der diese Gesetzlichkeiten sieht, der Mut, die Erfahrung ernstzunehmen, und all das eben, was man Haltung nennt, das heißt, daß man nicht jeder Fährte, die Lust verspricht, nachschnuppert und kreuz und quer läuft, das Bewußtsein einer Verpflichtung, eines Daseins, das nicht uns allein gehört. Wir dürfen nicht vergessen: Wenn wir geboren werden und Boden unter den Füßen finden, Boden in jeder Hinsicht, so steht eine Reihe von Verzichten dahinter. Hinter uns stehen Menschen, die eines Tages begriffen haben, daß die Dauer eines einzelnen Daseins einfach nicht genügt, es kann nicht jeder, der zur Welt kommt, die ganze Entwicklung wieder durchlaufen, die zu einer gewissen Ganzheit des Menschen führt. Es ist so schon fraglich genug. Millionen von Samen vergeudet die Pflanze, die Natur überhaupt, Millionen läßt sie verkrüppeln, zugrunde gehen, und eben das will der Mensch ja nicht. Es will keiner zu dieser Vergeudung gehören. Jeder Geborene möchte die Chance, sogar eine gewisse Wahrscheinlichkeit, daß er gelinge. Und eben daran müssen Geschlechter arbeiten, das ist der Gedanke der Zucht, oder wie man es dann nennen will. Man redet so gerne, gerade im Gegensatz zu den Ordnungen, vom Menschen! Man meint dabei immer nur sich, seine Einmaligkeit. Aber die Ordnungen meinen wirklich den Menschen. Das ist das Entscheidende, denn der Mensch hört ja bei unsrer Person nicht auf, und es ist das Ungeheuerlichste, daß man Werte, von Geburt empfangen als eine Leistung von Geschlechtern, für die Kommenden leichthin zerbricht, nur weil sie uns bereits so selbstverständlich erscheinen, ja, weil man überhaupt nicht mehr weiß, wie ein Mensch, ein Leben ohne diese Werte aussieht –.

An einem Teich, ebenfalls noch zum Gut gehörig, waren sie schließlich stehengeblieben, Vater und Tochter. Fröschenteich genannt, obschon seit Jahren nichts mehr darin quakte, seit die Dorfbuben sich einmal auf den Handel mit Froschbeinen verlegt hatten, lag es heute als ein winterliches, fast bleiernes Wasser unter kräuselndem Wind. Ab und zu tönte das Schilf. Hier ging es über ein schmales, wippendes Brett, und faul war es auch.

«Es war die Zeit», erzählte der Vater, «als ich noch zu Hause wohnte... Wir hatten damals ein Kinderfräulein, oder später wurde es ja mehr unsere Hauslehrerin, eine Person, die ich dir kaum erwähnt habe, glaube ich. Wir mochten sie eigentlich sehr gut. Sie war eine geborene Deutsche, soviel ich weiß, stammte aus einem bürgerlichen Haus mit vielen Kindern –»

Hortense, Schilf köpfend, hörte nicht mehr sehr aufmerksam. Seit etlicher Zeit schon kamen diese Geschichten wie Pilze aus dem Boden, jedesmal war es eine Tochter, die es besser als ihre Eltern wissen wollte, immer endete es mit dem gleichen Erfolg, eher flösse das Wasser bergauf, Unterschiede der Erziehung, es kam zur Scheidung, es war fürchterlich.

Oh, dachte sie, ich kenne das!

Sie kannte es nicht. Es handelte sich um einen Metzgerburschen, der seinerzeit, das Fleisch bringend, wöchentlich mehrere Male ins Haus gekommen war. Er war, wie sich der Oberst noch erinnerte, ein draller Kerl mit rötlichem Haar, lustig, ein großer Mund mit Wulstlippen, und die Mägde neckten ihn gerne wegen seiner großen Ohren, die wie Henkel an einem Topfe standen. Wie es dann kam oder offenbar schon seit einiger Zeit war, blieb allen sehr unglaublich. Das Fräulein war durchaus ein Mensch von rechter Erziehung, aber Gott weiß, was ein Mensch in seinem Dasein alles durchmacht, und es gibt Gründe, die niemand kennt, die zum scheinbar Unmöglichen führen. Kurz und gut, das Fräulein hatte sich vollkommen vergessen. Sie empfing ihn, wie sich damals herausstellte, schon seit Monaten. Niemand hatte es offenbar bemerkt. Sie hatte auch stets eine tadellose Haltung gezeigt, soweit sich der Oberst erinnerte; er hatte sie niemals unbeherrscht gesehen, ja, gerade darin galt sie eigentlich allen als Muster. Sieh dir unser Fräulein an! hieß es oft. Warum sie nicht geheiratet hatte, wußte man nicht. In den Jahren, als der Oberst und seine Brüder noch Buben waren, hatte sie öfter und viel von Rußland erzählt, wo sie geboren und aufgewachsen war –.

Das Ganze war natürlich ein Schlag für das Haus, der Großvater war noch ein wirklich strenger Herr. Geschwätz vom Gesinde war ihm früher zu Ohren gekommen, es war seine Art, die Ehre jedes Hausgenossen als Ehrensache aller anzusehen, er duldete keinen Schmutz im Haus, schon der Kinder wegen nicht. Zwei Leute, sogar einen Vater mit Familie, hatte er fristlos entlassen, weil sie das böse Geschwätz begonnen hatten. Es war ihm nicht leicht gefallen, indessen gab es bei ihm keine Zwischendinge. Man warf ihm damals öfter vor, daß er das Gesinde in seiner eignen Schreibstube empfinge, mehr noch, daß er ihnen sogar den Ledersessel anbot, wenn sie, den Hut in den Händen drehend, etwas vorzubringen hatten. Sie kamen mit den menschlichsten Dingen zu ihm, als gäbe es keinen Pfarrer in der Gegend, sie schienen überzeugt, daß er in allen Dingen, auch in ihren, den besten Rat wußte. Gerade darum, weil er nicht viele Räte gab, nie eine Auswahl von Räten, sondern in jedem Fall nur einen einzigen, hatten sie ein kindliches Vertrauen zu ihm, und dadurch, daß er sie von der Wahl entband, half er ihnen am meisten. Wahl und Entscheidung, darin sah er die eigentliche Herrenpflicht. Viele möchten Herr sein; eine Wahl treffen und eine Verantwortung übernehmen wollen die allerwenigsten. Zweifel und Erörterungen, die er dabei haben mochte, blieben hinter seiner Stirne. Was er einmal sagte, war durchaus fertig. Er gab den Rat, der ihm der beste schien, leicht wie ein Geschenk; das Gewicht der Verantwortung behielt er für sich. Und die Leute hatten ihn denn auch wirklich gern. Die meisten Leute, wenn man ihnen nichts einschwätzt, brauchen und wollen einen Herrn, der sich, obwohl er sie achtet, nicht mit ihnen verwechselt, eine Strenge, die außer ihnen bleibt. Eindeutig wie sein Rat erschien auch seine Strafe. So sachlich wie die beiden Männer damals zugeben mußten, daß sie über das Fräulein geschwatzt hätten, ohne einen Beweis in der Hand, so sachlich wurden sie auch entlassen. Es war ein Gespräch von zehn

Minuten gewesen, ohne jedes überlaute Wort; dann schrieb er nach neuen Leuten, damit das Gut nicht darunter litt, es war im Sommer und die dümmste Zeit.

Bald genug geschah das Peinliche, daß die Entlassenen, die sich natürlich hatten fügen müssen, Recht behalten sollten; das Fräulein erwartete ein Kind –.

Der Metzger leugnete.

Das Fräulein, nicht mehr jung, aber stets mit ihrem jungfräulich erstaunten Gesicht, stand vor dem Großvater, der, hilflos wie selten, die Person nicht anzusehen vermochte. Es war gewissermaßen ein Skandal. Gegen die Hausherrin, die weinte, als bekäme sie das Kind, und ihr wahrscheinlich Vorwürfe machte, war sie plötzlich unverschämt geworden. Sie lächelte nur, wenn die Hausherrin sprach. Es wäre doch ihre Sache, sagte sie, und das eben, diese Meinung, war eigentlich das Empörendste. Gegenüber dem Großvater mußte sie ganz anders gewesen sein. Sie gab es einfach zu, bevor er noch fragte. Ohne den Sessel anzunehmen, blieb sie stehen. Um dem Anschein eines Gerichtes über die gefallene Frau auszuweichen, mußte er wohl ebenfalls stehen. Er war kein Frömmler, kein Mucker, alles andere als ein Kleingeist, aber Tugend war ihm ein Begriff, und es blieb ihm unfaßbar, daß sich ein Mädchen, eine Frau, die das Glück einer Erziehung auch kannte, mit einem Burschen dieser Art vergessen konnte. Soviel Mangel an Geschmack, an gesundem Stolz gegenüber dem eigenen Körper, es blieb ihm ein Rätsel. Sie mußte schon damals ziemlich seltsam sein. Es schien, als verstünde sie alles, was ihn weit über die Frage eines Skandals hinaus traf; zugleich blickte sie, als wüßte sie von nichts, und gab es doch zu, erklärte sich einverstanden, daß man die Gefallene entließ. Es sprach plötzlich das Kinderfräulein. Etwas war zerbrochen in ihr. Man konnte es so oder so versuchen, es paßte nicht mehr zusammen. Dabei war sie, zusammen mit dem Großvater, noch immer die klügste Person im Hause, die meisten Gäste inbegriffen. Er blickte sie manchmal von der Seite an, hielt sich im übrigen an die Frage, was nun kommen sollte. Ja eben, sagte sie und strengte ihre Stirne an, höflich wie sie war. Geld hatte sie nichts, der Metzger, ein Bursche von einundzwanzig Jahren, wollte sie natürlich nicht heiraten ... Da sprach das Kinderfräulein, das Rußland kannte, das Rußland aus der Zarenzeit: sie empfahl Rußland. Oh, sie kannte Menschen in Rußland, Deutsche, auch Russen, wo sie sich, wie sie sagte, selber empfehlen konnte. Wenn man sie erinnerte, wieviel Zeit seither vergangen war, hörte sie aufmerksam zu und hörte es auch nicht. Sie hörte die klingenden Schlitten, die Wölfe, das Meer, das die großen toten Fische anschwemmte, und all die Dinge, die sie den Buben öfter, jede einzelne Geschichte mehr als einmal, erzählt hatte. Sie hörte die Steppe voll Wind, all diese Weite, die uferlos ist. Sie hörte das breite Rauschen, das Strömen der nächtlichen Wolga, ein Mond hing darüber. Zaren stürzten, andere kamen, aber das Land hat kein Ende, und die Flüsse hören nicht auf. Wer kannte denn Rußland? Sie hörte die dumpfen Hufe im hohen Schnee, das leise Klirren des Eises, das Heulen der Kufen. Zu Ostern kommen die Popen, man steht an den Straßen entlang und man kniet, es flackern die Kerzen, der Pope segnet die Kuchen. Wer von euch allen hat es jemals gesehen? Sie hörte den Sommer auf glühenden Feldern, das Brüllen der durstenden Esel, das Klappen und Klöppeln der drehenden Pumpe. Man rannte hinaus, Frauen und Kinder, nackt, hinaus in die Brandung, in Klatschen und Gischten und blaues Verkräuseln. Sie hörte den Wind, das Kind der Leere, das Stürzen aus Räumen der Bläue; sie hörte das Kreischen der Badenden. Am Abend sang das Gesinde in den hinteren Höfen. Sie hörte die schlaflose Weite über dem nächtlichen Meer, Sirenen eines türkischen Dampfers, der sank…

Sie war schon einmal in Rußland gewesen, sie empfahl die Reise über Schaffhausen, Berlin – Als der Großvater, auf alles andere nicht eintretend, sie daran erinnerte, daß sie ein Kind erwartete, lächelte sie nur:

«Da haben der Herr ja recht.»

Es war ein Bub –.

Man hatte die Mutter auf den Pächterhof eines fernen Vetters bringen können, dort lebte das Kind auch seine erste Zeit, später wurde es von einem kinderlosen Paar übernommen und kam in die Stadt, heute ist es ein junger Mann, der sich in einer durchaus achtenswerten Weise durch das Leben schlägt, wie der Vater sagt, wenn auch als Künstler. Auch darin liegt eine Art von männlichem Stolz: Was ich bin, sagt man sich, das bin ich durch mich, ich verdanke die Achtung, die man mir erweist, keinen Vorfahren und niemandem außer mir, ich schulde mich niemandem, ich bin niemandem verpflichtet, mein Wappen ist meine Leistung. All das mag man durchaus gelten lassen. Anderes Schicksal, andere Anschauung. Wer hat den rechten Ring? Vielleicht gibt es viele und verschiedene Möglichkeiten, um ein Mensch zu werden; aber jeder hat nur eine. Das darf man nicht vergessen. Es gibt den Leuten eine Art von verblüffender Freiheit, die der andere nicht hat, eine Leichtigkeit, die beneidenswert erscheinen mag, da man sie zu allem, was unsereiner dafür hat, einfach hinzudenkt, immer im Wahn, es könnte beides zugleich geben, inneren Halt, den die ererbte Verpflichtung gibt, und die Freiheit, die Weite, die verlockende Ungebundenheit eines Menschen, der außerhalb der Stände steht und keine Aufgabe ererbt hat, der sie sich selber stellen muß, sich selber, wie es scheint, die Ziele wählt.

«Du weißt», sagt der Vater, «warum ich die ganze Zeit rede –.»

Hortense sah ihn an.

Man muß die Dinge nun einmal zu Ende denken, oder wie sein eigner Vater das nannte: ins Reine denken.

«Wenn dir nun ein Mensch begegnet», sagt er, «ein Mensch mit all diesen Eigenschaften, mit eben dieser Herkunft – zum Beispiel –, frage dich einmal selber, ob du diesen Mann heiraten würdest?»

Heiraten? ... Hortense zuckte zusammen, jedermann sichtbar, wie sie meinte. Wer redete denn von Heiraten? Das andere aber konnte sie nicht sagen. Was denn sonst? würde ihr Vater sie anstarren: Was denn sonst? Am Ende, wer weiß, bekäme er den Schlag. Es war entsetzlich.

«Antworte dir nur selber», sagt der Vater gelassen. «Stelle es dir vor, höre, was deine eigne Stimme dazu sagt.»

Hortense hörte schon lange nichts mehr. Es ging ja nicht um jenen Menschen und all das, was zwischen Großvater und Rußland war. Hortense hörte die ganze Zeit nur noch eins: Es kam ein Kind ... Fernab ging der Vater, nahe, groß. Ein Kind! Sie hörte nur das. Fast wollte sie, sie hätte schon ein Kind, ungeachtet, wie der Vater es aufnähme. In Gläubigkeit der Unerfahrenen zweifelte das Mädchen ja nicht daran, daß jedes Abenteuer ungefähr ein Kind bedeutet; trotzdem hatte sie keine Angst, immer noch an das Abenteuer zu denken. Dann, sagte es in ihr, habe ich eben ein Kind! Sie war so gewiß. Ihr Mut stand wie der große Nußbaum über ihr ...

Alles übrige hatte Hortense kaum gehört.

Es war aber nicht das, was der Vater, nachdem er so viel

gesprochen hatte wie lange nicht mehr, eigentlich gemeint hatte… King war gekommen, der große Schäfer, er sprang am Vater empor, keuchte von seinem Lauf, es schüttelte und wirbelte ihn vor Freude.

Von dem Fräulein mit dem russischen Heimweh und dem unehelichen Buben wäre noch nachzutragen, daß sie Rußland nie wiedergesehen, nie wiedergehört hat das silberne Schlittengeklingel, das Heulen der heiseren Wölfe, das Brüllen der ziehenden Esel und die klöppelnde Zisterne, um die ihr Heimweh kreiste wie einstmals die russischen Vögel… nirgends mehr gab es eine solche Stille über der sommerlichen Weite, über diesem Meer von Land, von wogenden Halmen, und nachts die Sirenen der türkischen Frachter –.

Wahrscheinlich hat sie es manchmal dem kleinen Buben erzählt. Das konnte nur zu einer Zeit sein, als er die Worte noch nicht verstand. Sie lebte nicht mehr lange. Schwermut stand hinter ihr schon seit den Kinderjahren. Zwar freute sie der Bub und versetzte sie oft in ein Lachen, wenn auch ein Lachen sehr flackernder Art. Es war an einem Samstag im Dezember, ein grauer Tag nach leichtem Schneefall, als sie noch einmal in das Haus kam; sie saß zum Tee, unterhielt sich aufs beste mit der versöhnten Hausherrin, bedankte sich, ohne daß jemand wußte, wofür sie sich eigentlich so sehr bedankte. Draußen hatte es wieder zu schneien begonnen und dämmerte, als sie, die geziemende Dauer nicht überschreitend, aufbrach und das Haus verließ. Sie möchte sich das Gut nochmals ansehen, sagte sie. Am andern Morgen fand man sie in dem schilfigen Teich, zwei kleine Steine in den Manteltaschen. So hatte sie die Weite gesucht, nach der sie sich in unserem Lande immer gesehnt hatte.

Hortense und Reinhart trafen sich in der Folge sehr oft. Sie kamen in die Zeit, wo man sich fast täglich sieht, sehen muß. Immer war es wie zum letzten Mal.

Über Mittag, solange er frei war, standen sie draußen auf dem Schiffsteg; es regnete, und das Mädchen stand unter dem Schirm. Unten klatschten die Wellen wie nasse Tücher, und die Möwen, weiß vor der grauen Asche des Himmels, kreischten über dem bleiernen See, der vor ihnen lag –.

«Ja», sagte er über das Geländer, «wenn man nur immer so leben könnte …»

«Wie?»

«Wie jetzt … ohne Vergangenes, ohne Zukunft, ohne Angst, ohne Zuversicht.»

Bald war es zwei Uhr.

«Wann werden wir uns wiedersehen?»

Eigentlich war es greulich, fanden beide, man traf sich nur immerzu, um Abschied zu nehmen. Meistens war es ziemlich seltsam, rastlos und rätselhaft. Er war da, nichts weiter, lehnte übers Geländer und schwieg, brütete. Umsonst riet Hortense dran herum, was es sein mochte. Manchmal sahen sie sich auf den Mund; jedes wollte vom andern wissen, warum man sich ansah … Alles ist Maske. Man muß es einfach glauben, das andere Gesicht, bis es wiederkommt. Und wenn es niemals wiederkommt? Vorgestern noch war es da. Zwei Tage sind lang in solcher Unrast des Herzens, und das Glauben ist schwer … In der erregenden Qual eines Ungestillten, eines Ungewissen, das ihnen jede Begegnung hinterließ, hielten sie sich die Hand, als ginge es auf eine Weltreise; entgegen allen eigenen Vorsätzen sagte er es wieder:

«Sehen wir uns heute abend?»

Sie machten ab.

So ging es schon die ganze Zeit, sie wußten im Umkreis

der Stadt bald keinen Ort mehr, der noch nicht die Lächerlichkeit endloser Wiederholung hatte; in jedem annehmbaren Gasthaus erwartete sie das Abgestandene ihrer eigenen vergangenen Gespräche. Es war zum Davonlaufen. Allenthalben umstellte es sie auf eine gespensterhafte Weise. Einmal, als er einen neuen Einfall hatte und darüber nicht wenig erleichtert war, zeigte es sich noch deutlicher –.

Sie stapften durch den Wald, die Luft war lau, eine sternlose Nacht, in den Tannen rauschte der Föhn.

«Ich mag diesen Wald nicht», sagte sie.

«Warum nicht?»

Sie gingen rasch. Sie mußten nun bald zu dem Försterhaus kommen, das ihm eingefallen war, zu einer einfachen Wirtschaft – auch da war er freilich schon einmal gewesen, aber nicht mit Hortense –. Sie gingen Arm in Arm, wie meistens im Finstern, und waren ausgelassen wie Kinder in der bänglichen Dunkelheit eines Kellers. Im stillen, hinter seinem eignen Gespräch, verwunderte es ihn mehr und mehr, daß nichts von einem Licht zu sehen war. Stücke eines vergessenen Traumes fielen ihm ein, als man das Dach des alten Försterhauses sah; aus der Ferne wollte es wie das Gerippe von bloßen Balken erscheinen, ein nächtlicher Spuk, und das Erregende bestand darin, daß sich der Anblick keineswegs veränderte, je näher sie kamen. Sie plauderten von ganz andern Dingen. Man war durchaus am rechten Ort. Es war ein schwarzes Gerippe, wovor sie nun standen, und es roch nach altem Brand. Die Fenster waren nichts als ein finsteres Gähnen; keine Scheibe war mehr daran. Eine ferne schaukelnde Straßenlampe warf ihren Schein in das leere, verlassene Haus. Wind wohnte darin. Er spielte mit einer alten Türe, die er auf und zu schlug. Zwischen leeren Fensterkreuzen stand noch immer das Schild:

«Zur alten Försterei.»

Sie blickten sich an.

Dann machten sie kehrt... Weniger als je wußten sie, wohin sie nun gehen sollten. Der Wald stand wie eine schwarze Mauer ringsum. In den Wipfeln toste der Föhn; da und dort ächzte ein Stamm. Von den nächtlichen Feldern roch es nach Mist, und irgendwo hatte der Himmel sich fetzenweise aufgerissen, man sah das schwarze Jagen der Wolken.

«Was nun?»

Sie standen im Finstern.

«Ja», sagte er hilflos, «was nun?...»

Später wußte Reinhart kaum, wie es eigentlich dazu gekommen war. Er hielt ihr Gesicht mit beiden Händen. Vollkommen ratlos, wie er war, hatte er Hortense offenbar gefragt, ob sie seine Frau werden könnte. In der Ferne heulte ein Käuzchen. Ganz hinten in seinem Kopf, während er sie mehrmals küßte, mußte er noch immer an das verkohlte Haus denken – ganz hinten, wie in einem Winkel verkrochenen Wachseins, schaute es ihn an, Schwärze der Fenster, die schlagende Türe im Wind.

Hortense konnte nichts antworten.

Die Frage, seine eigene Frage, hatte Reinhart selber nicht minder überrascht... Indem er begriff, daß es diese Gestalt war, dieses Geschöpf, das er vorhin gefragt hatte, fand er sich in einem Erwachen, das nicht vorauszuwissen war. Reinhart strich ihr Haar. Sie kam ihm plötzlich wie ein Gegenstand vor. Als rage er mit seiner Stirn über das treibende Gewölk, sah er plötzlich eine Kühle, eine Weite, ein jenseitiges Gelände von Einsamkeit wie noch nie. Eine Vorstellung gemeinsamer Nächte lag ferner als je, ohne die Nachhilfe des Verstandes überhaupt nicht vorhanden. Meine Frau: das hieß, daß es nichts Näheres mehr gab als dies, was er da hielt, kein größeres Vertrautsein mehr, soweit die Erde reichte. Er strich ihr Haar, immerzu. Eine keimende Enttäuschung war kaum zu ersticken. Das Leben, überhaupt noch nicht begriffen, schon war es weiterzugeben. Herrgott im Himmel! dachte er über seine Zärtlichkeit hinweg. wie kurz ist das alles! Altern war bisher eine Eigenschaft der Leute gewesen. Er blickte auf ihr nahes Ohr, befühlte es wie zufällig, es war so natürlich wie unfaßlich und fremd, das Ohr seiner Frau. Eines von uns beiden, fiel ihm ein, wird das andere begraben … das Leben hatte alles Unabsehbare verloren –.

«Sag ja oder nein.»

Hortense weinte über seine Frage, rührte sich nicht, weinte. Sie standen noch stets am gleichen Fleck. Reinhart begriff nicht, warum sie weinte. In den Wipfeln rauschte der Föhn, Stämme ächzten, manchmal schüttelte es die Büsche, als flöhen sie mit allen Zweigen davon. Er wußte nicht, woran er nun war … Schließlich, im Weitergehen, redeten sie wieder von ganz andern Dingen, vom Föhn, von dem verkohlten Haus, vom Forsten und der wirtschaftlichen Nutzung des Plenterwaldes. Langsam begann es zu regnen.

In wenigen Tagen, wie eine Geburt aus der Nacht, war der Frühling gekommen, überraschend wie je … Stunden wechseln in Schauern von Regen und Bläue, Wolken ziehen über die schwarze Erde der Äcker, Gebirge von gleißendem Schaum, Flocken von Licht! Über dem Gurgeln der Quellen, noch in den Mänteln des Winters, gehen die Paare auf grünendem Teppich der Wiesen, mitten durch die blühenden Teiche des Feuchten, durch Lachen von Schlüsselblumen. Wenn sie sich bücken und stehen, die Sträuße büschelnd, tragen sie die Sonne in den glimmenden Rändern ihres Haares. Tage voll Wind! Leichte der Luft voll Weite der Ahnung, voll Schauer der ersten Erfahrung, voll Heiterkeit auch und summendem Übermut; sie stapfen durch knackende Zweige, durch Rascheln vergangenen Herbstes, Sonne fällt in die Räume eines laublosen Buchenwaldes, ein erster Zitronenfalter flattert vorbei: – ohne ein deutlicheres Geschehnis als dieses, ohne das Eigentliche einer sonderlichen Tat, welche bleibt, vergeht uns das Dasein in Ohnmacht irdischer Verwandlung, verlieren wir uns an das traumhafte Rätsel der Zeit, Frühling um Frühling.

Reinhart, obschon er also nicht wußte, woran er war, konnte es in der Folge nicht unterlassen, sich alles vorzustellen, auszumalen, einzurichten. Bereits hatte er ein kleines Heftlein gekauft, ein handliches Ding, worin er gelegentlich auszurechnen versuchte, was eine Ehe, alles in allem, eigentlich kostete. Angst vor dem Alltäglichen, Angst vor dem Unangenehmen, das war noch keine Großzügigkeit; man mußte, so man erwachsen werden wollte, auch rechnen können. Über Mittag, wenn er frei war, saß Reinhart nun draußen auf der Ufermauer, die Beine verschränkt, einen Bleistift und einen Apfel in den Händen, das offene Heftlein auf den Knieen –.

Als erstes, denkt er, braucht man eine Wohnung. Er schreibt es hin: hundert Franken! streicht es schon nach wenigen Bissen, die er aus einem Apfel schnappt, wieder durch: zweihundert Franken. Überall kann man sparen, nur beim Wohnen nicht! Es gibt Räume, die unsre Seele nicht atmen lassen, Zimmer, die uns jeden Morgen, wenn man aufsteht, den Glauben an die Zukunft nehmen. Oder ein Treppenhaus, zum Beispiel, kann ausreichen, daß man jedesmal, wenn man heimkommt, eine Zone von Widerwillen durchschreiten muß; man überträgt es auf die Frau, die uns empfängt, jahrelang, man weiß es nicht, eines Tages staunt man vor den Folgen. Es gibt Wohnungen, heilsame Wohnungen und gefährliche Wohnungen; ein Mensch, der in seinem Gehäuse nicht ausschreiten kann, neigt stets zur Minderwertigkeitsangst, er überträgt das Gefühl einer Enge, die vorhanden ist, auf seine Seele. Auch das Gegenteil kommt vor: es gibt Menschen, die in so vielen Zimmern aufgewachsen sind, daß sie sich nie, auch einem Menschen gegenüber, ganz niederlassen können. Sie haben keinen Freund, sondern Freunde. Sie haben keine Liebe, sondern Liebschaften. Das ist ein Grauen, nicht anders als das Grauen vor der Enge. Es ist bekannt, daß man das Alleinsein ohne weiteres verträgt, wenn man gehen kann, wenn man die Gabel niederlegen und die Arbeit in einem andern Zimmer beginnen kann. Das gleiche Alleinsein, wenn man in einem einzigen Raum gefangen ist, wird drückend, unfruchtbar, zerstörend, krankhaft in einer Weise, die immer zur Flucht, zur Ausflucht drängt. All das sind Dinge, die man im Grunde genau weiß, obschon sie überall, wo man davon redet, ganz andere und täuschende Worte annehmen, Worte des Geschmackes. Darum geht es ja nicht. Man kann sehr dürftig essen und ein Mensch werden; man kann sehr schäbig, nicht liederlich, aber schäbig gekleidet sein und ein Mensch werden. Aber nicht jeder Raum, wo wir essen, schlafen und vor allem erwachen, läßt einen Menschen werden. Und dann: die Wohnung finden für zweierlei Menschen, nicht nur für einen, sondern für eine Gemeinschaft zwischen Mann und Frau, schon der bloße Gedanke ist abenteuerlich und erregend! Ein Mensch wie Hortense, zum Beispiel, und ein Mensch wie er, beide sehr anders – aber gelegentlich, mitten im Gehen, sieht er die Wohnung sehr genau. Er weiß nur noch nicht, wo sie ist und was sie kostet. Zu denken, daß ein fabelhafter Gönner käme und sagte: Reinhart, Sie wollen heiraten, Sie haben recht, Sie wollen eine Frau haben und Kinder haben, sehr vaterländisch, Sie haben einfach recht, und wie wäre es, wenn ich Ihnen unser leeres Einfamilienhaus zur Verfügung stellte? Und zu sagen: Es kommt nicht in Frage, ich danke Ihnen, Herr Fabelhaft, es ist wirklich rührend, aber es kommt nicht in Frage. Aber warum nicht? Wie soll ich das erklären: Meine Frau kommt bereits aus einem solchen Haus, und ich, ein Maler, habe die letzten Jahre sehr bescheiden gewohnt, sagen wir es offen: ärmlich sogar, erbärmlich. Keines von beiden kommt für uns fortan in Frage. Verstehen Sie das? Es geht nicht, daß eins beim andern auf Besuch ist, eine ganze Ehe lang. Das heißt eben, ich glaube nicht, daß die Ehe sehr lang sein wird, wenn man diesen Blödsinn begeht. Was wir brauchen, das ist eine Wohnstätte mit drei Zimmern, vielleicht mit einem Schopf, der sich gelegentlich wieder in ein Atelier umzimmern ließe. Im übrigen kann man den Grundriß aus der Seele lesen: das Wohnzimmer zugleich natürlich Eßzimmer, ist eher groß – hier trifft man sich, hier ist man beisammen, man ißt, man erzählt sich oder man liest, in guten Stunden liest man sich sogar vor, man hat auch Besuch hier, nicht viel, nur Freunde. Vorerst wird Hortense keinen Dienstboten haben; es ziemt sich nicht, daß ein junges Mädchen befiehlt und tadelt, was es selber noch kaum gemacht hat. Wenn das Kind kommt, müssen wir sehen. Hortense wird kochen und tischen – sie trägt eine Leinenschürze, darunter ist sie gut und freundlich gekleidet, und die Kochzeit, das Rüsten inbegriffen, sollte grundsätzlich nie das Dreifache von der Essenszeit überschreiten; das Essen muß eine Nebensache bleiben, besser gesagt, eine sorgfältige Nebensache, ein täglicher Vorwand für das erneute Zusammensitzen. Beim Essen wird wenig gesprochen, oder nur von einfachen, natürlichen, handgreiflichen Dingen, die unsere Verdauung nicht stören. Wie man sich den lieben Gott vorzustellen hat, spielt bei Tisch keine Rolle. Es gibt Dinge, die füglich nicht zum Essen gehören, sowenig wie das ausführliche Gespräch über das Essen selber. Nur der Knot schwärmt über den Teller hinweg noch von Dingen, die ihm auch schon gemundet haben. Dilettanten reden, den Löffel in der Hand, von Büchern und Bildern. Wasserköpfe hören Rundfunk. Man küßt sich auch nicht, solange man die Serviette nicht eingerollt hat, lauter Dinge, die uns einfach ein angeborenes Empfinden verbietet. Man erhebt sich, sobald man gegessen hat. Im Garten draußen, auf einer Mauer sitzend, raucht man die Pfeife. Auch der schwarze Kaffee, wenn es dazu reicht, gehört schon hinaus in den Garten – der Morgen ist nun vorbei, Hälfte des Tages, vielleicht hat man nichts zustande gebracht und hat die heimliche Bitterkeit, daß wieder ein Lebenstag einfach ausfällt; man ist froh, wenn Hortense erzählt. An andern Morgen ist vieles gelungen, man hat das Gefühl, unsere Tage sind groß und lang. Man hat eine Idee; man schenkt diesen Tag seiner Frau, man erzählt einmal, was uns eigentlich im Innersten bewegt, oder man geht auf ihre Dinge ein, man geht mit ihr in die Stadt, um Stoff anzusehen, den sie unbedingt braucht –. Nur eins kommt niemals vor: daß man in Gegenwart des andern eine Zeitung liest, Millionen von Ehen gehen an diesem billigen Papier kaputt. Besser noch, man schweigt, man schimpft, man läuft in den Garten hinaus. Aber eben, Garten muß sein. Ohne Aussicht, ohne Nutzung vielleicht, aber Boden unter den Sohlen, die Möglichkeit für sieben mittlere Schritte auf wirklicher Erde. Und Blumen! Das braucht der Mensch. Es muß nicht einmal Eigentum sein. Wer immer nur Parkett und Beton unter den Sohlen hat, verliert sich bald von seinen besten Kräften; man wird geladen von den Spannungen der Luft, der Tageszeit, des Wetters, ohne die Seele erden zu können. Das ist auf die Dauer nicht gesund. Schon gar für ein Mädchen nicht, eine junge Frau, die einen wirklichen Buben auf diese Erde bringen soll – gelegentlich, im Zuge solcher Gedanken, sah Reinhart auch diesen Buben schon ganz genau, zum Zeichnen genau.

Aber … hieß das denn rechnen?

Schon wieder hatte es zwei Uhr geschlagen.

– – –

In der Bude, wenn Reinhart dann wieder seinen Arbeitskittel anzog, während sich alle andern schon über ihre Tischlein bückten, hielt es Nelly hinter der Rechenmaschine für ihre menschliche und kameradschaftliche Pflicht, zu warnen.

«Dicke Stimmung!» sagte sie.

«Wieso eigentlich?»

«Weil Sie wieder zu spät kamen …»

Reinhart, seiner Schuld bewußt, ärgerte sich wortlos halb über Bender, den Chef, halb über sich. Wenn er die Stelle verlor, war seine Zukunft bald ausgerechnet! Einen halben Nachmittag arbeitete er in pausenlosem Trotz. Von Zeit zu Zeit kratzte Nelly an einem Schreibfehler herum.

«Reinhart», sagte sie, «sind Sie schon wieder in den Wolken?»

– – –

Ein anderes, was einem Mann in seiner Lage durch den Kopf schießt, sind Fragen der Herkunft, der eigenen. Eines Tages konnte man so ahnungslos nicht weiterleben. Um eines andern Menschen willen, der sich uns anvertraut, sollte man wissen, wohin es mit uns geht, und fragt sich, woher man eigentlich kommt. Sein Vater, der in den letzten Jahren getrunken hatte, war tot. Unter seinen Verwandten, die Reinhart bisher nur durch Zufall oder Todesfall zu Gesicht bekommen hatte, stöberte er insgeheim nicht wenig nach solchen, deren Stand oder Titel allenfalls auch einem Obersten, der schon den Maler schwer verdaute, einleuchten konnten. Viele, das wußte Reinhart, wären von dieser Sorte nicht aufzutreiben. Obendrein waren es gerade jene, die er bisher als eigentliche Spießer restlos übergangen hatte! Anders als an den Haaren waren sie nicht herbeizuziehen. Dachte Reinhart an die andern, eine Reihe von biederen Leuten, Handwerker, Kaufleute, Beamte, die, wenn auch kaum gesehen, nachweisbar mit ihm verwandt waren, sah er sie förmlich unter ihrer Türe stehen, hemdärmelig, die Fäuste an den Hosenträgern: sie hatten nicht die geringste Lust, sich in Kleiderkosten einzulassen um eines Vetters willen, der bisher zu nobel für ihren Jaßtisch war, sich anderseits nicht gescheut hatte, mit seinen Weibspersonen öffentlich und am hellichten Tage in den Straßen herumzulungern. Er konnte ihnen, offen gestanden, wirklich in die Schuhe blasen, dieser Vetter. Reinhart begriff sie wie noch nie! Dennoch war er damals entschlossen, in Zukunft seiner Verwandtschaft etwas nachzugehen, im vollen Bewußtsein übrigens, daß es ohne peinliche Überraschungen kaum ablaufen würde ...

Andere kamen indessen zuvor.

Alois, der Maler, ein Genosse von früher, hatte Reinhart eines Abends mitten auf der Straße gestellt, als dieser in einem allgemeinen Gewimmel von der täglichen Arbeit kam, müde wie all die Abende, leer, nicht fröhlicher, nicht verbissener als all die andern, deren Dasein er teilte. Reinhart, der Bürger, der Angestellte! Alois lachte wie über einen Fastnachtsnarren, den man hinter seiner Verkleidung erkannt hat, musterte ihn auf offener Straße.

«Menschenskind!» sagte er. «Ist das dein Ernst?»

Reinhart stand ziemlich verlegen.

Das, er spürte es wie eine Verhexung, machte ihn in der Folge noch bürgerlicher, nahezu spießig, so daß Alois, als Begleiter, sein Künstlertum herauszustreichen sich platterdings gezwungen fühlte; jedenfalls redete Alois mit allen Gebärden des Ungehemmten, blieb mitten im Gehen wieder stehen, faßte Reinhart am Ärmel, redet mit Händen des Übervollen, des Besessenen, des Schöpferisch-Verträumten, der nichts von alltäglicher Umgebung weiß, nichts vom Verkehr, nichts von der Meinung der Leute, die ihm nachgaffen. Reinhart ging es auf die Nerven. Sie gingen in die Künstlerpinte, wo Reinhart seit einem Jahr nicht mehr gewesen sein mochte, er, der Gescheiterte, der Abtrünnige! anders würden sie es kaum sehen können, Alois und die Genossen. Reinhart witterte eine Art von feindlicher Verachtung wie einem Überläufer, einem Verräter gegenüber oder bildete es sich mindestens ein, antwortete seinerseits mit einer schweigenden Aufmerksamkeit des bösen Blickes, dem gewisse Kaffeehauskünstler mehr und mehr als Tagediebe, als Wichtigmacher ohne jede Zukunft, ohne jede Bedeutung in einem größeren Ganzen erschienen, Lustwandler am Rande einer aufgeblasenen, lächerlichen, schauderhaften Leere; wohl auch aus Reue, wieviele freie Stunden er selber an diesem Ort früher vertan hatte, aus Neid eines Angestellten, dem es nicht mehr gestattet war, ganze Nachmittage lang mit verschränkten Beinen im eigenen Rauch zu sitzen, zu warten, bis eine Eingebung aus dem schwarzen Kaffee stieg. Zum Glück war niemand da. Nur Jenny, die Kellnerin mit dem lustigen Haarzottel, erkannte ihn sofort und kam sogar herüber, indem sie sich zum Vorwand ein Zigarettenbrett umhängte. Jenny war ihm seinerzeit Modell gestanden. Sie gab ihm die Hand, lächelte wie aus Trauer, selber noch immer hier zu sein. Sie fand ihn bleicher. Er ist überhaupt ein Spießer geworden! lachte Alois zwischen Spaß und Giftelei – und zog ihm plötzlich seine Hand aus der Hosentasche.

«Sehen Sie nur», machte er zu Jenny, «sogar einen Ring trägt er!»

Reinhart wurde rot.

«Auf dein Wohl!»

Sie stießen an – mit schwarzem Kaffee.

Jenny mit ihrem Zigarettenbrett war wieder gegangen. Sie hatte gar nicht gelacht, fast dankbar blickte Reinhart ihr nach, wie sie wieder drüben beim Ausschank stand; schwarze Trauer mit dem zierlichen weißen Schürzlein.

«Du hast dich vorhin über die Ehe lächerlich gemacht», sagte Reinhart.

«Habe ich das?»

«Gleichviel –.»

Reinhart brach sich einen Salzstengel.

«Ich glaube nicht mehr an das Abenteuer.»

«Sondern?»

«Auf den Tisch legen kann ich es gerade nicht. Als Liebhaber dachte ich: Wenn mein Leben einmal nicht mehr geht, meinetwegen, dann schieße ich mir eine Kugel in den Kopf. Wen geht es etwas an? Der Verheiratete begibt sich unter anderem auch dieser Freiheit, die ein Trug ist; er verheiratet sich an das Unbedingte.»

«Um sicher zu sein, daß er sich niemals erschießen, aufhängen oder ertränken wird …»

Alois nickte über den Gedanken:

«Bien!»

Was übrigens den Ring betraf, den Reinhart trug, bedeutete er weder Verlöbnis noch Verheiratung. Hortense wußte noch nichts von dem Ring. Ihr mädchenhaftes Zögern, das sich inzwischen schon über Wochen hinzog, nahm Reinhart ihr nicht übel. Was war er denn? In Gedanken daran, daß sie seine Frau würde, tat ihm das Mädchen oft beinahe leid. Sie redeten jedesmal von andern, allen sonst noch möglichen Dingen, als hätte Hortense stets Angst, er möchte seine Frage wiederholen. Er hatte es nicht im Sinn. Für Reinhart ging alles weiter, zwanghaft auch ohne ihre Antwort, die möglicherweise noch etliche Wochen ausstand. Insgeheim, ohne ihr Wissen, lebte er bereits in der Ehe mit ihr, und eines Abends eben, als er auf dem Heimweg in einen Laden trat, hatte er auch unversehens schon die Ringe gekauft. Besorgt war besorgt. Es war nach dem Zahltag. Reinhart hatte sein Leben lang noch keinen Ring getragen. In einer Anlage war er stehen geblieben, hatte das Ding an den Finger gesteckt – da, plötzlich war dieser Alois gekommen, Reinhart hatte keine Zeit mehr, es wieder abzustreifen.

«Ich habe es übrigens gedacht», sagte Alois.

Was hatte er gedacht?

«Daß ihr heiraten werdet.»

«Wer?»

«Du und Yvonne, denk ich –.»

Reinhart schwieg.

«Ich habe sie neulich wieder gesehen», fügte Alois hinzu, «man sieht es heute schon auf hundert Schritt, daß sie ein Kind bekommt – es wunderte mich, daß sie überhaupt noch ausgehen kann.»

– – –

Draußen hatte es gerade noch gegossen, dann wieder aufgerissen, Abend trieb ein zerfranstes Gewölk über die nasse Stadt. Wie Scherben einer gläsernen Bläue, eines unsäglich heiteren Himmels lagen die spiegelnden Tümpel. Viel Leute gingen in der Anlage vorbei, eilig, heimwärts. Auch in den Fenstern, hinter dem Gitter ihrer Sprossen, zog es wie Spiegelgewölke des Traumes –.

Ringsum läutete es die Ostern ein.

Für Hortense war es damals eine schwere Zeit. Das Mädchen, nachdem es mehr und mehr von Abenteuer geträumt hatte, nicht von Heirat, zeigte sich in der Folge um so verwirrter, je bürgerlicher das Ansinnen ihres Malers sich gab. Noch immer hatte Hortense nicht ja und nicht nein sagen können. Fort von zu Hause, wo sie es in ihrer heimlichen Bedrängnis am allerwenigsten aushielt, verbrachte sie die Ostern draußen auf einem ländlichen Gut –.

Fort auch von Ihm!

«Maler ist er?» sagte die Gotte, köpfte ein Osterei, ein mißratenes, und schälte es so gelassen wie gleichgültig. «Es kommt natürlich darauf an, ob du ihn wirklich gern hast, gern genug – du kennst den Widerstand deiner Leute, wenn jemand aus der Reihe tanzt! Nie ein Wort, wenn du zugegen bist, nie eine unfeine Auseinandersetzung. Das nicht! nur so ein Widerstand hintenherum, eine Luft voll unterbrochenem Geschwätz. Der gesellschaftliche Umgang mit dir wird gewahrt, wenn er auch wie von selbst auf ein Mindestmaß herabsinkt. Im übrigen kannst du getrost sein, man erwähnt dich so wenig als möglich. Wo immer du auftrittst, überall empfängt dich die Vollendung guter Manieren, es liegt ganz an dir, zu denken, was die andern denken! … Pfui Teufel», sagte sie plötzlich, das Eigelb lief ihr über die Hand.

Hortense wartete umsonst auf Rat …

Gerda leckte ihre Finger.

«Es kommt darauf an, ob du all dem gewachsen bist. Und zwar auch dann, wenn du selber einmal die Mängel an ihm siehst. Ob du ihn wirklich liebst, – und das mußt du schon selber wissen.»

Gerda, die Gotte, war eine Frau von ungefähr vierzig Jahren, Ausländerin von Geburt, was ihr innerhalb der Familie zeitlebens ein gewisses Mißtrauen eintrug, Tochter eines schwedischen Offiziers, ausgezeichnet durch eine gewisse Unbekümmertheit, eine Großzügigkeit von Geburt, man spürte ihr an, daß sie keine Binnenländerin war, ihre Kindheit spielte an einer Küste, wo man übrigens, wie sie einmal beiläufig erwähnt hatte, ohne alle Badkleider badete; wenn man auf Besuch ging, waren es tagelange Ritte von Gutshof zu Gutshof, sie war von ganz andern Räumen umwittert, man stellte sich stets eine Ebene vor, eine Landschaft von abenteuerlicher Leere, Heide mit weidenden Pferden, Wolken darüber, fernhin ein Streifen von silbriger Brandung, eine Landschaft mit Fischen und kreischenden Vögeln, mit Schären, mit Segeln und Leuchttürmen, hinter ihrem Wappen standen Seeleute, Auswanderer und Feldherren, namhafte Männer wie ihr Vater, Kapitän eines Geschwaders, der, wie innerhalb der Familie erzählt wurde, im Suff über eine Schiffsbrücke gestolpert und im nächtlichen Hafen ertrunken war …

«Ob ich ihn liebe?»

Hortense wußte es nicht … Wie er ißt, zum Beispiel, es sind so Nebensachen, plötzlich ist er ihr vollkommen fremd, und zu Zeiten könnte sie jeden andern heiraten, jeden, der gesund ist, nicht gerade eine Glatze oder ein Gebiß hat.

«Nun ja», meinte Gerda, «solche Gedanken kennen wir alle.»

Sie glänzte Ostereier, bettete sie in grüne Holzwolle, jedesmal an Ostern kamen die Kinder aus der Nachbarschaft, Kinder von Pächtern, von Gärtnern, von Knechten und Taglöhnern, jedes durfte seine Eier suchen, jedes hatte seine eigene Farbe, damit es keinen Krach gab, Gerda als Gutsherrin war gerecht wie ein Herrgott im Märchen … Hortense, die eigentlich zum Helfen gekommen war, saß auf dem Fenstersims. Sie sagte:

«Wenn ich ihn heirate, am Ende würde ich es nur tun, damit ich nicht mein Leben lang von ihm träume.»

– – –

Das Gut, Sommerau genannt, bestand aus einem nicht allzu unbescheidenen Herrenhaus, Holzschnitzelei eines vorletzten Heimatstiles, vornehm vor allem durch seine Stadtferne, seine Umgebung mit eigenen Pächterhöfen, mit Stallungen und Misthaufen, mit ländlicher Stille und Gakkern der Hühner, Gebimmel der Rinder, mit Weinbergen auch und Waldungen, und zwischen den hohen Tannungen gab es immer wieder einen verblüffenden Ausblick auf den fernen See, auf das Schloß von Hallwyl …

Hier war das Leben natürlich eine wohlige Sache. Hortense spielte mit den Kindern; Gerda hatte ein Mädchen und einen Buben, beide gesund wie die Mutter, blond wie Flachs, auch derb wie die Mutter. Hortense beugte sich über ihre Raupen. Oder sie ritt. Am liebsten ritt sie; einmal mitten im Brombeergebüsch hielt sie ihr Pferd, das an den Lenden blutete, und horchte umsonst auf die Begleiter. Von Hufen kein Ton! Sie mied jedes Girren im Lederzeug. Sie hielt den Atem an. Ein Kuckuck. Ringsum das verwobene Summen der Bienen, nichts weiter. Hortense war plötzlich allein. Das Pferd wehrte sich mit zuckender Haut gegen die Fliegen. Es war ein Sonntagmorgen, Geläute schwamm über den Feldern, und zwischen den dunklen Hochtannen glitzerte die Sonne an einem Spinnfaden. Überall hörte man das Brummen einer Biene, einer Hummel, die kommt und verschwindet; um jeden Ort, wo man steht, zieht sie ihre verlorenen Schleifen voll sommerlicher Stille.... Zu glücklich, um einzusehen, warum sie heiraten müßte, dachte Hortense: Eigentlich möchte ich ja nichts als reiten. Ihre eignen Sehnsüchte, deren sie sich wie aus der Ferne erinnerte, kamen ihr lächerlich vor, fremd, widerlich, unnatürlich und ekelhaft. Am liebsten hätte sie noch ein Pferd sein wollen. Eigentlich auch das nicht. Warum konnte sie nicht bleiben, was sie war! Sie hätte bis ans Ende der Welt reiten können, nichts weiter, nichts weiter –.

Wochen vergingen.

Hortense blieb draußen auf Sommerau.

Sie hatte wie meistens das Giebelzimmer mit dem hohen Tannenbett, einem berüchtigten Möbel. Einmal drinnen, lag man in Wolken von frischer und sauberer Kühle, in Wonnen der Geborgenheit, in einer Art von Engelshöhe, wo man auf den tannenen Fußboden ziemlich hinuntersah, auf die eigenen Hausschuhe wie auf einen Nachlaß irdischen Wandels. Ursprünglich war es eigentlich ein Zimmer fürs Gesinde gewesen. Unter den Sparren eines währschaften Vordaches, wie unter der Krempe eines Hutes hervor, blickte man hinaus in ein Gewipfel von Tannen, Himmel darüber, Wolken eines sommerlichen Gewitters, Bläue voll Schwalben, je nachdem. Einmal roch es nach Holz, nach Harz, nach Mist auf den Feldern, einmal nach herbstlichem Most, nach Nebellaub und verbrannten Stauden. In einem nachklingenden Wachsein des Kopfes, zu glücklich, um an bestimmte Dinge zu denken, lag Hortense oft lange noch im Genuß ihrer müden Glieder, die Hände unter dem Nakken; man schlief so hinüber in die Freude auf den kommenden Tag.

Einmal war ein Rudel junger Offiziere gekommen, Vettern und andere, ganz unvermutet, Manöver hatten sie in die Gegend gebracht. Auch Ammann, der Leutnant und Student, war dabei. Nach einer fidelen Vesper auf der Laube gingen sie baden, segeln, Hortense ging mit.

«Wissen Sie übrigens», sagte Ammann, «daß ich mich um ein Haar schon einmal verheiratet hätte – Ihretwegen?»

«Meinetwegen? Wieso?»

Ammann hatte das Steuer in der Hand, das Segeln machte ihm Spaß. Wie Weißglut blendete das Wasser vor ihnen! Er segelte sehr geschickt.

«Wieso denn meinetwegen?» fragte Hortense.

«Das möchten Sie jetzt wissen!»

«Allerdings.»

«Es war eine komische Geschichte … Jetzt halten Sie die Leine!» sagte Ammann. «Wir wollen halsen.»

– – –

In der Stadt war es Frühling mit warmen Abenden. Beete wurden umgestochen, Zäune gestrichen, in Gärten und Gärtchen wimmelte es von Gießkannen und Hacken, von Setzlingen. Alles trug seine Feierabende wieder ins Freie hinaus. Hemdärmlig und mit einem Stumpen im Gesicht, die Daumen unter dem Hosenträger, stehen die Kleinbürger auf ihren Balkonen, und mit glühenden Ziegeln liegen die Dächer in der letzten Sonne; in den Höfen wird noch ein Teppich gedroschen, ein Kind von der Gasse gerufen. Alles tönt sonderbar hell, sonderbar hohl unter der gläsernen Glocke dieser lauen Abende …

Reinhart liebte diese Quartiere nicht.

Seine Mutter wohnte ganz oben im Dach, hinter Blumenkisten voll Schnittlauch, eine Witwe mit weißem Haar, die es nervös machte, in der Küche nicht allein zu sein… Anken schmorte in der Pfanne, und sie mochte sich nicht zugeben, daß man mit den Jahren umständlicher wurde, das Mehl nicht mehr fand, das man eben erst zur Seite gestellt hatte, oder die Brille verlegte, kurzum, sie wollte sich nicht durch die Augen eines andern sehen müssen. Sie goß den gelben Teig in die Pfanne, daß es zischte, das Fett war inzwischen zu heiß geworden, und gleichzeitig kochte auch schon das Kaffeewasser, der Deckel lüpfte sich klappernd, war aber zu heiß zum Angreifen, dazu war die Küche voll Dampf, und zuerst war einmal das Fenster aufzumachen, was hinwiederum erforderte, daß der Sims von etlichen Töpfen geräumt wurde. In dem überhitzten Fett aber wurde die Omlette, die Leibspeise des Sohnes, inzwischen schwärzer und schwärzer, und der Gedanke, daß drinnen noch nicht gänzlich getischt war, fiel vollends als ein lähmender Schreck über die Mutter. Hatte sie früher nicht für vierzehn und achtzehn Personen gekocht, anderes als Omletten, und obendrein die Rolle als Hausdame erfüllt in einer Weise, deren Lob allgemein war? Endlich angerichtet, wirkte die Omlette durchaus nicht übermäßig. Eine gewisse Aufregung, daß der Sohn wieder einmal da war, gebot ihr doppelte Vorsicht, nochmals zu prüfen, ob auch das Brot, der Zucker und alles vorhanden war. Das Sieb! Als dieses gefunden und gewaschen war, mußte sie freilich das Tablett nochmals absetzen; sie hatte noch die Schürze an. Es sollte nichts fehlen, nichts stören, wenn Jürg da war.

«Es ist so weit», sagte Frau Reinhart, «du kannst zusitzen.»

Jürg blieb stehen.

«Wie alt war eigentlich mein Vater, als dieses Bild da aufgenommen wurde?»

«Wenn du nicht kommst, wird alles kalt.»

Schließlich kam er auch. Die Mutter deckte ab. Er zeigte sich überrascht, da er wußte, wie sehr es die Mutter erfreute und rührte, wenn sie es mit dem Speisezettel so gut getroffen hatte. In der Tat hatte er früher die gefüllten Omletten einmal sehr gerne... Kann sein, daß es an der zerstreuten Art seines Zuhörens lag; es kam nicht viel in Gang. Die Mutter sah ihn in einer sonderbaren Versunkenheit; er rührte in der Tasse, obschon er gar keinen Zucker darin hatte, und sie mußte sich zusammennehmen, um nichts zu sagen, da er noch immer ein Stück seiner Omlette auf dem Teller hatte und aus purem Vergessen erkalten ließ, die Gabel in der Hand.

«Sag einmal», fragte er so beiläufig als möglich, «wann hat Vater eigentlich angefangen zu trinken?... ich meine, trank er schon damals, als ihr geheiratet habt? Trank er schon vor meiner Geburt?»

Frau Reinhart, die innerlich zusammenfuhr, als werfe man mit blanken Messern nach ihr, suchte umsonst nach einer Ablenkung. Mit seinen höflichen Fragen zuvor hatte er schon alles vorausgenommen, sie hatte wirklich nichts Überraschendes mehr einzuwerfen und fühlte sich in diesem Augenblick wie überlistet, meuchlings entwaffnet.

«Ich frage nur... Ich habe ein natürliches Recht, das zu wissen, scheint mir.»

Aber die Mutter wollte nicht gelten lassen, daß ihr Mann getrunken hätte; man könne das nicht geradezu so nennen... Jürg war aufgestanden. Mitleid mit der Mutter, schön und recht; aber es machte ihn unwirsch. Zwang zum Mitleid ist die Waffe des Weibes. Eines Tages aber, in Gottes Namen, gibt es für unser Gewissen noch Dringenderes als die löbliche Rücksicht. Er mußte es wissen. Eine Weile lang war es ungewiß, wo er eigentlich hinaus wollte; der Sohn stand am Fenster, stand mit dem Rücken gegen das Zimmer und stopfte sich eine Pfeife. Und die Mutter sagte lieber nichts. Vielleicht drehte er sich um, fing von ganz andern Dingen an, und es würde noch ein gemütlicher Abend.

«Ich weiß», sagte er endlich, «ich bin herzlos, Vater gegenüber. Es gelingt mir nicht anders; nicht einmal sein Tod hat uns befreundet... Er war es auch mir gegenüber, zeit meiner Jugend... vielleicht ist er eifersüchtig gewesen und konnte darum nichts anfangen mit mir.»

Eifersüchtig, worauf?

«Weil er sah oder spürte, wie du in den eignen Sohn verliebt warst», sagte er kurz. «Übrigens hast mir damit auch sonst einen schlechten Dienst erwiesen.»

Das war der Dank, daß die Mutter ihn stets in Schutz genommen hat –.

«Eben damit hast du mir einen schlechten Dienst erwiesen», sagte Jürg wie zuvor, «heute sehe ich allerdings, daß es in neun von zehn Familien so ist!»

«Was?»

Jürg rauchte und lachte:

«Als Gast weiß man oft nicht, wohin man blicken soll, wenn man diese Art von Mutterliebe sieht! Sie möchten einfach nicht alt werden, all diese guten Mütter, und plötzlich lassen sie den Mann allein gehen, verlieben sich zurück in ihre eigenen Söhne... Auch du hast an mir immer nur das Gefällige gesehen –.»

Jürg unterbrach sich; seine Pfeife brannte nicht, so lustlos wie er sie gestopft hatte.

Die Mutter rollte seine Serviette zusammen.

«Warum willst du das wissen, ob er früher schon getrunken hat oder nicht – dein Vater –, hast du denn Angst, du selber würdest trinken?»

«Trinken?»

Er besann sich.

«Ich weiß nicht. Ich habe überhaupt Angst, oft, ich weiß nicht, warum und wovor. Man muß der Wahrheit auf den Grund gehen, wenn die Angst aufhören soll. Oft denke ich, jede Wahrheit, die bitterste, ist besser als Angst. Aus der Angst kommt nichts heraus, überhaupt nichts! Ich spüre es auch beim Malen, darum habe ich es aufgeben müssen.»

«Was denn? Was spürtest du?»

«Etwas stimmt in meinem Leben nicht... Da hilft auch keine Begabung darüber hinweg, kein Fleiß, kein Krampf. Am Ende steckt doch in allem, was wir tun, unser eigenes Gesicht. Es ist entsetzlich. Ich gefiel mir darin, begabt zu sein; ein ganzes Jahrzehnt habe ich so verplempert! Begabung ist selbstverständlich, an sich noch keinerlei Sieg, Kunst ist eine Sache des ganzen Menschen, und das bin ich noch nie gewesen... Vor langem hatte ich einmal einen Traum», sagte er, «ich habe ihn noch nie jemand erzählt.»

Den Traum, den Jürg mit einem herabsetzenden Lächeln aus Verlegenheit und Scham erzählte, hatte er möglicherweise noch mehrmals geträumt; so genau erinnerte er sich nicht.

«– kurzum, ich stand in einer Metzgerei und mußte Fleisch kaufen, dabei hatte ich große Eile, als könnte ich einen Zug verpassen. Es war übrigens ein komischer Metzger, halb wie ein Henker, halb wie ein Priester gekleidet. Unter dem Hinweis, ich sollte Sorge tragen, denn es wäre die Asche meines Vaters darin, wickelte er das Fleisch in eine Zeitung, die in der Tat, als ich näher zusah, die Todesanzeige trug, genau so, wie wir sie seinerzeit aufgesetzt hatten. Ich war entsetzt, daß mein Vater so klein sein sollte. Es kostete mich einen unsinnigen Mut, das Päcklein aufzumachen. Es fiel aber keine Asche heraus, wie ich erwartet hatte; es war nur ein kleiner Unterkiefer und Oberkiefer, den man auf- und zuklappen konnte, lächerlich anzuschauen; mit dem Gleichmut eines grenzenlosen Grauens hielt ich den kleinen Schädel, dessen Zähne sozusagen aus Lücken und Fäulnis bestanden, so daß sie bei jeder Bewegung herausfielen, und überall kam eine unsägliche Verwahrlosung zum Vorschein –.»

Frau Reinhart schwieg wie ein Stein.

Weiß er es, oder weiß er es nicht? Und wenn er es weiß, warum kreist er mich mit all diesen Fragen so ein? Sie saß in Bedrängnis, die nicht zu zeigen ihre ganze Geistesgegenwart verlangte, in der einzig noch möglichen Hoffnung, daß er sich vor ihrem unerschütterlichen Schweigen einmal mehr zurückzog. Und wenn er es nicht weiß? –

«Jürg», sagte sie, «genügt es dir nicht, wenn ich dir das Eine sage –?»

«Und das wäre?»

«Daß du beruhigt sein kannst. Wann Vater getrunken hat, lassen wir das! Es ist nicht möglich, daß du es hast erben können, ich sage es dir bei allem, was mir heilig ist: Du kannst beruhigt, vollkommen beruhigt sein.»

Jürg zuckte die Achseln. Was hieß das? Nichts oder sehr vieles? Die Mutter tat ihm leid, und für Augenblicke drängte es ihn, seinen Arm um ihre Achsel zu legen, wie er es als Bub getan hatte, wenn die Mutter weinte. Sie weinte manchmal, weil Vater nicht nach Hause gekommen war, und sie hatte dann Angst, sie würden ihn ein zweites Mal bringen wie damals an Weihnachten. Jetzt weinte sie nicht; sie zitterte nur mit ihren alten Händen. Trotzdem mußte Jürg es wissen.

«Hör auf!» schrie sie. «Ich kann dir nichts sagen. Hör auf! Es kommt nichts dabei heraus.»

– – –

Natürlich war Hortense zum erstenmal in der Künstlerpinte, und es gefiel ihr, wie sie nach einem längeren Umschauen behauptete, ganz famos. Dabei saß sie wie ein verlegenes Schneewittchen unter den Kobolden, strupfte ihre Handschuhe ab.

«Man ißt hier sehr gut», sagte Reinhart, um das Schweigen auszufüllen, «früher habe ich immer da gegessen, jedenfalls sehr oft.»

Jenny bediente –.

Es war eine fahrlässige Laune gewesen, mit Hortense gerade hierher zu gehen. Reinhart sah es ein. Aber er hatte es getan. Vielleicht aus dem Bedürfnis, Jenny zu sehen, Jenny mit dem lustigen Haarzottel. Draußen sah man den Fluß hinter flimmerndem Ahorn, Leute, Wolken über einem flaschengrünen See, Wellen mit dem Helmbusch ihres weißen Schaumes, Maste, Alleen, das Glänzen auf nassen Dächern! … Hortense erzählte vom Segeln … Reinhart blickte durch Rauch, durch Bernstein von Rauch; er sah die Welt durch ein Heimweh nach Farben, die er verbrannt hatte. Auch Jenny hatte er verbrannt. Hier ging sie zwischen den Tischen, Jenny die Wirkliche: sie brachte Besteck, Salz, Brot.

«Kennst du übrigens einen Ammann?» fragte Hortense: «Er würde dich kennen, sagt er –.»

Am Stammtisch drüben saß Alois mit andern, Alois wie immer in seiner braunen Sammetjacke. Man konnte sich denken, was sie über die junge Dame mit der Familienbrosche sagten. Reinhart rauchte und hörte mehr zu, als daß er redete. Hortense war von der ländlichen Sonne ganz braun; es stand ihr fabelhaft. Man sah sie förmlich in einer grünen Gartenschürze: sie bricht die Blätter aus der spröden Glut eines herbstlichen Spaliers, streift ihr glockiges Haar zurück, wenn sie kniet, zum Beispiel beim Stechen der Erdlöcher für die Setzlinge, es sind Morgen voll summender Glückseligkeit und mit Handgelenken voll feuchter, dunkelkühler, eigener Erde …

Jenny könnte das nicht.

(Schon weil ihr die eigene Erde fehlt.)

Dann wieder von rückwärts, wenn man die Glocke ihres vollen Haares sieht, hat Hortense eine verblüffende, bestechende Festlichkeit der Haltung … Reinhart sah ihr im stillen nach, wie sie in den erleuchteten Saal tritt: in einem langen Kleid, das sie noch größer macht, sogar für ihren Mann überraschend, der ihr folgt und stolz sein wird auf sie. Überhaupt sind alle stolz auf sie! Herren im Frack erheben sich aus ihren Gesprächen; um sie erblüht ein Schweigen mit seidenem Rauschen, Hortense grüßt. Sie grüßt mit einer knappen, ein wenig schrägen und hastlosen Verbeugung, mit einer Armbewegung, die an sich hält.

«Ich bin kein Schulbub mehr», sagt Reinhart. «Nichts ist widerlicher als ein Mann, der ein Mädchen überzeugen will, daß es ihn liebe! Immerhin kann ich vermuten, was dahinter steckt.»

Hortense begriff nicht sogleich.

«Auch Geduld hat eine Grenze, wo sie anfängt, dumm zu werden», sagte er. «Man bringe mir zwei Leute, die sich lieben, und ich sperre sie in ein Kaffeehaus, Woche um Woche, wo sie nichts als dasitzen, einander ansehen und sich selber zerschwätzen können; ich möchte die Beziehung sehen, die darüber nicht langsam, aber sicher zum Teufel geht! – aber gerade das wollen sie ja.»

«Wer?»

Er lachte.

«Hinter all diesen kleinen Kniffen steckt ein erstaunliches Wissen ums Leben! Natürlich weiß dein Vater genau, daß wir uns treffen, insgeheim, immer insgeheim. Man muß den Leutchen nur keinen natürlichen Raum geben, wo sie gemeinsame Wurzeln schlagen können. Und ob es unnatürlich ist, unser Zusammensein! Deine Vettern sind alle so natürlich, schreibst du. Jetzt suchst du die Unnatur bereits in dir, in mir, in unserer Beziehung – es ist erreicht, Hortense, mehr wollten sie gar nicht!»

Hortense schien betroffen. Ob ihre Eltern es wirklich mit dieser Absicht taten, schien ihr fraglich; am Ende taten sie es wie alles: als eine übernommene Handlungsweise, ererbt, erprobt, man machte es so, und von der Absicht, von der weisen Erfahrung, die dem ganzen Verfahren zugrunde lag, wußte ihr Vater vielleicht so wenig wie Hortense bisher –.

Mag sein!

Aber Reinhart wußte es.

Hortense fand ihn unausstehlich.

Auch er fand es unausstehlich, ein Gespinst, das sich um alles Sehen, Denken, Fühlen und Handeln legte, unsichtbare Fäden aus Vorsicht und Rücksicht und allerhand Angst, die sich als Gesinnung gab, und diese wiederum mündete in die Aussicht auf eine tödliche Verbravung, die ihn selber, weiß der Teufel, nachgerade vornehm machte, alt, gesetzt und mit dem Heiligenschein einer Reife versah, einer Beherrschtheit, zu der er das Übermaß der lebendigen Kräfte, das allein eine solche Beherrschung gestatten könnte, gar nicht hatte! Wie ein Gefangener, der seine Ketten entdeckt, schlug er um sich – gefangen in der Denkart des andern …

Wieder galt es, an einer Straßenecke, und zwar an einer solchen, bevor man in die Nähe ihres Elternhauses kam, Abschied zu nehmen. Er hatte den Humor verloren, darüber zu lachen. Es kränkte ihn, wie ein Mittelschüler dazustehen, und daß er sich dadurch kränken ließ, zeigte ihm, wie sehr er auf dem Hund war; früher hatte ein Oberst nicht ausgereicht, um ihn zu kränken, er hätte sich auf dem Absatz gedreht und über einen Spießer gelacht!

Jetzt sagte er:

«Was im übrigen deinen Vater betrifft, mußt du mich richtig verstehen. Im Grunde begreife ich ihn. Solange er mich nicht kennt, kann ich es ihm bei gutem Verstand nicht verargen, daß er mit Vertrauen spart … Eben darum», fügte er hinzu, «werde ich einmal mit ihm sprechen.»

Hortense stutzte.

«Ihr würdet euch nie verstehen!»

«Das werden wir sehen.»

Hortense schüttelte den Kopf.

«Ach Jürg!» sagte sie wie zu einem Jungen und lächelte halb aus Spott, daß er alles besser wissen wollte, halb aus Schonung: «Mein Vater würde dich nicht einmal empfangen, mußt du wissen. Ich kenne ihn doch!»

«Bist du sicher?»

Jürg hatte in seine Rocktasche gegriffen, als wollte er eben, verblüffend wie ein Zauberer, einen Gegenbeweis herausziehen – fand aber nichts. Er griff in die andern Taschen, über die ein Mann noch verfügt; alles mögliche kam zum Vorschein, ein Heftlein mit rotem Schnitt, Zahlen darin, Skizzen, eine verfallene Tramkarte, Zündhölzer, er machte eine förmliche Auslegung. Umsonst natürlich. Was suchte er denn? Hortense war es ein wenig peinlich, denn die Leute mußten es ja sehen. Dann stopfte er wieder alles in die Tasche, und zwar in einer Art, die einem in der Seele wehtat – endlich, offenbar hatte er sich in eine Zeitung verschlüpft, flatterte wirklich ein Brief auf den Erdboden, ein verstoßener, schon ziemlich schmusliger Umschlag, den er aufhob und öffnete. Hortense war wie vom Himmel gefallen, halb auch auf eine unklare Weise gekränkt wie betroffen, als sie tatsächlich die Handschrift ihres Vaters las, der sich gerne bereit erklärte, Herrn Reinhart am Pfingstmorgen in seinem Haus zu begrüßen. Zur üblichen Besuchszeit zwischen elf und zwölf Uhr. Um Antwort wird gebeten. Es waren seine üblichen Karten mit dem Wappen oben links.

«Ich habe deinem Vater geschrieben, daß ich ihn gerne einmal sprechen möchte – nichts weiter.»

Hortense tat, als wäre alles zu Ende.

«Das hättest du nicht tun sollen!»

«Ich habe es aber getan… Ich lasse mich nicht durch die bloße Vogelscheuche ihres Schweigens vertreiben!» sagte er wieder mit einem unwillkürlichen Anflug von Giftelei, die er sofort abzudämpfen suchte. «Ich werde deinem Vater ganz offen sagen, wer ich bin, was ich bin. Meine Vorfahren haben keine Geschichte gemacht; ich habe nachgesehen: es sind Beamte, Bauern, Sattler, Bäcker, einmal ein Mittelschullehrer, der soff, und was aus mir selber wird, weiß man noch nicht. Ich werde ihm alles sagen, wie es ist, woher ich komme – ich wurde nämlich auch nicht im Straßengraben gefunden.»

Es war das erste Mal, daß er über diese Dinge spöttelte. Zum ersten Mal hatte er es offenbar nötig; zum ersten Mal glaubte er selber daran.

Die Zeit bis Pfingsten verging ohne weitere Ereignisse, das heißt, Yvonne hatte geboren – es war ein Bub – und Hauswirt, der in den weißen Gängen eines Schwesternhauses hin und her ging, erlebte die abgründige Verlegenheit, Vater zu sein.

Es war ein heißer Tag, am liebsten hätte man den Rock ausgezogen, Hauswirt mußte sich ständig die Stirne trocknen, wußte eigentlich nicht, was er hier zu tun hatte. Von den schwesterlichen Blicken halb wie ein Sieger, halb wie ein Sünder begrüßt, wartete er im Gefühl einer grenzenlosen Überflüssigkeit. Das Kind war geboren. Im Grunde war er ganz froh, daß er noch nicht hinein durfte; mit dem Säugling, so fürchtete er, könnte er ohnehin nichts anfangen. Yvonne tat ihm furchtbar leid. Infolgedessen rauchte er immer wieder, obschon es hier verboten war; entschuldigte sich, wußte indessen nicht, wohin mit der Zigarre. Eine Putzfrau, die er als Schwester ansprach, befreite ihn endlich von dem glimmenden Stummel... Die Hände auf dem Rücken, fast wie ein Gefesselter, stand Hauswirt an einem Fenster; Morgensonne rieselte durch das Laub der alten Bäume. Wenn Yvonne an einem solchen Morgen selber sterben müßte! Er schämte sich bis auf den Boden seiner Seele, daß er einmal, wenn auch nur für Augenblicke, hatte zweifeln können, ob das Kind wirklich von ihm wäre. Jetzt dachte er: Wenn Yvonne nur alles übersteht! Und was ihm so leicht nicht geschah, er spürte Wässerigkeit in den Augen, als von rückwärts plötzlich ein junger Arzt ihn ansprach. Kein Anlaß zu besonderer Sorge, hieß es, immerhin wäre es besser, wenn er nicht hineinginge; man würde ihm später wieder berichten... Zum ersten Mal seit Jahren machte Hauswirt an jenem Tag, der endlos war, einen Spaziergang zu Fuß; um die leidende Geliebte bekümmert, saß er in einer einfachen Gartenwirtschaft am See, stützte die Ellbogen auf seine Kniee und fütterte die Spatzen. Was seine Rolle als Vater betraf, wartete er noch immer auf das Stichwort.

Indessen ging alles ganz ordentlich, Yvonne durfte schon nach einer Woche wieder in die Wohnung, wo sie seit ihrer Verheiratung lebte; eine Wohnung mit Lift, Garten und Kühlschrank, Terrasse, Kinderfräulein und Ausblick auf den See. Hauswirt trug sich übrigens bereits mit dem Gedanken, selber zu bauen.

Die komische Geschichte, die der junge Ammann zu erzählen hatte, handelte von einem Ball der guten Gesellschaft und einem jungen Mädchen, einem nicht allzu hübschen Mädchen.

Er sagte:

«Sie war mir damals aufgefallen, weil sie das eigentliche Mauerblümchen war. Ein Dienstmädchen in der Seide der Herrschaft hätte sie an Zauber leicht übertroffen! Was sich allerdings noch von manchem sagen ließe.»

Jemand hatte ihm gesagt, es wäre Hortense, deren Name ihm natürlich aufs beste bekannt war; er tanzte den ganzen Abend mit ihr, höflich bemüht, die Vorzüge an ihr zu erkennen, und es war ihm nicht unmöglich, sie nett zu finden, liebenswert. Sie unterhielten sich in der Folge vortrefflich, beide schienen über ihren unerwarteten Erfolg beglückt, und Ammann ließ sich schon weit auf den Ast hinaus; auf dem Heimweg im Morgengrauen, als sich herausstellte, daß er nur mit einer fernen Base, nicht aber mit der vermeintlichen Hortense getanzt hatte, war die Verlobung nicht mehr aufzuhalten. Es blieb dabei, man empfand sich ganz füreinander bestimmt; das Mädchen stickte die Servietten, und

Ammann ließ sich malen. Erst später, als er in einem unbekümmerten Übermut einmal seinen anfänglichen Irrtum gestand, war das Mädchen wie aus dem Märchen gefallen, mitsamt der ganzen und zwar beträchtlichen Aussteuer, sie glaubte an nichts mehr, schickte Briefe, Ring und Geschenke zurück –.

«Wer weiß», lachte er und nahm einen Schluck aus dem Glas, nachdem er es die ganze Zeit gehalten hatte, «vielleicht war es klüger so!»

«Sicher», meinte Hortense, «für das Mädchen ganz sicher.»

Hortense, die richtige, lachte nicht im mindesten über die alberne Geschichte, nicht einmal aus Schablone des Entgegenkommens. Bisher ein wenig verliebt in ihn, in seine junge braune Haut, in seine klaren und wassergrauen Augen, in das Tadellose seiner Zähne, überhaupt seiner ganzen Erscheinung, in das Saubere von Kind an, das selbstverständlich Gepflegte, das sie immer wie ein Wasserzeichen verwandter Herkunft ansprach: Hortense ließ ihn wie eine Enttäuschung sitzen, erhob sich in ihrem langen Kleid, andere begrüßend – mit einer knappen, ein wenig schrägen, gelassenen Beugung, mit einer Armbewegung, die an sich hält …

Das war der Abend vor Pfingsten.

Reinhart verbrachte ihn draußen vor der Stadt, wo er durch abendliche Sommerwiesen voll zirpender Grillen und allerlei Waldrändern entlang geschlendert war, die Hände in den Hosentaschen, und sich noch einmal die Rede an den Oberst hielt. Seine Pfeife war ihm darüber mehrmals erloschen, obschon noch jedesmal, wenn er sie an einem gefällten Baumstamm ausklopfte, ein ganzes Häuflein von unverbranntem Tabak herausstäubte. Er stand, den Fuß auf den liegenden Baumstamm gestemmt … Seit Tagen schon trug er solche Ansprachen in sich herum, alles andere als Werbungen eines herkömmlichen Musters; erzählen will er, wie es ist, nichts weiter. Und nicht nur die Lorbeeren, alles, auch das Peinliche, das wohl in jeder Familie versteckt ist; das vor allem mußte er sagen, auch solches noch, wovor man keine Sorgen haben müßte, daß es später einmal auskommt, da es unter der Erde liegt, in Gräbern versteckt und verstummt. Ja, es überfiel ihn ein eigentlicher Trieb zum Geständnis, wie er so dastand, die Pfeife in der Hand. Mitunter spürte er wohl selber die Koketterie: es sollte durch Wahrhaftigkeit werben, bestechen, entwaffnen durch Preisgabe aller verletzlichen Fronten, bevor er seinerseits zum Angriff überginge … Erniedrigung bedrückte ihn, wenn er sich auch das zugeben mußte, Scham. Und dann wieder, sieben Schritte später, gestand er aus purem Stolz, aus Mut zum Wagnis; am Ende verspielte er alles, darüber war er sich im klaren … In den buchenen Zweigen des Waldes rieselte der Wind, von letzter Sonne durchleuchtet standen die Gräser aus dem schattigen Grund der abendlichen Wiese, und morgen war Pfingsten! Reinhart freute sich auf den Tag. Ein lichtes Gefühl, daß es sein mußte, stand über allem, was jetzt kommen mochte; jedenfalls sah er die Schwelle, wo es weiterging. Er war sich in allem so klar. Er stand im Feld, im Wind unter dem erlöschenden Gewölk des Abends, Ängste fielen wie welkes Laub von ihm, so, daß er sie nicht mehr begriff. Sein eigenes Dasein mit aller menschlichen Verkettung, die er sich vielleicht zum erstenmal zugab – in den Wind erzählt, lag es in der Klarheit eines beinahe Fremden, eines Entrückten und Überwundenen vor ihm.

Auf dem Friedhof arbeiteten noch die Gärtner; in knirschendem Kies gingen sie zwischen Reihen von kleinen Blumentöpfen, die Sonne war inzwischen hinter Wolken verblutet, ab und zu gurgelte eine blecherne Gießkanne, die sie unter den Wasserhahn stellten… Indem er die Pfeife aus dem Mund, die Hände aus den Hosentaschen genommen hatte, war Reinhart stehengeblieben, betrachtete die rostige Blechbüchse, die winzigen Pfützen eines letzten Regens, die in den Verwitterungen des schlechten Sandsteines nisteten. Es war ein Grab wie jedes andere, von Immergrün überwuchert, Reinhart hätte die Schrift fast übersehen; auch seine Ränder waren ziemlich verkrautet. Man mußte sich schon selber sagen: Das da, was unter diesem Gärtlein liegt, Gebein und ein Schädel, dessen Augengruben vermutlich voll Erde sind, und zu beiden Seiten die verschütteten Knöchelbilder zweier Hände, das also ist mein Vater gewesen. Im Mangel der Gefühle, der ihn wie das Schattige der stillen Dämmerung umgab, fragte sich Reinhart gelegentlich, wozu er eigentlich dastand. Nebenan lag eine junge Frau, in den Bergen verunglückt, was einer lächerlichen Bildhauerei zu entnehmen war. Er war inzwischen langsam weitergegangen, wunderte sich nebenher, daß es alte Tote und junge Tote gab. Erde voller Gebein, Blumen und summende Bienen darüber! Es war ihm, sein Vater wäre jetzt erst gestorben, sozusagen zu Ende gestorben, und sein eigenes Dasein stand wie ein rauschendes Geheimnis in den dunkelnden Bäumen über ihm. Als er zum Tor hinausging, stehen blieb, seine Pfeife ansteckte und nach dem Himmel blickte, war der Abend voll von einem grauen, kriechenden Gewölk, das nach Regen aussah. In diesem Augenblick war ihm die Welt unsäglich weit, leer, frei –.

Reinhart ging nicht nach Hause.

Wer entschlossen ist, die Wahrheit zu sagen, dünkt sich auf alles gefaßt; am liebsten hätte Reinhart allen Aufschub aus der Welt gewischt, um jetzt schon vor dem Mann zu stehen, endlich einmal alles zu sagen, alles, was es zu sagen gibt!

Noch um Mitternacht saß Reinhart in einer ländlichen Wirtsstube, in Rauch und verbrauchter Männerluft, ärgerlich über den Unsinn, den er begangen hatte; seine Schuhe, auch seine Hosenstöße waren voll laubiger Walderde. Er hatte Most und Käse bestellt, und eigentlich, fiel ihm ein, hatte er keinerlei Eile, denn nach Hause kam er nun ohnehin nicht mehr, so weit war er gegangen. Eine lange Weile schaute er den Jassern zu. Später hatte Reinhart einen andern Einfall: er holte sich sämtliche Zeitungen auf den Tisch, das letzte Landblättchen nicht ausgenommen. Auf der Adresse las er den Namen des Weilers, wo er sich befand, übrigens zum erstenmal in seinem Leben. Indessen vermochten die Zeitungen wenig über seinen Geist, boten ihm mehr nicht als eine papierne Wand zwischen den Jassern, die mit Fäusten auf den Tisch trumpften, und seinen eigenen unnützen Gedanken; es hatte wenig Sinn, sich auszumalen, wie er am kommenden Morgen empfangen würde. Im Grunde, da er ja zur Wahrheit entschlossen war, hätte er vollkommen gelassen sein können; war es aber nicht. Er blätterte in den Nachrichten eines Radfahrerbundes, im Heftlein eines Sängervereins; erst der Käse und ein Stück währschaftes Brot, das er sofort in Angriff nahm, wogegen der Käse erst noch entrindet werden mußte, konnten Reinhart wirklich von seinem unnützen Denken befreien. Ein Betrunkener, der allein an seinem Tisch hockte, über die Lehne seines Stuhles aber den Jassern zugaffte und stets wieder das Gleiche schwatzte, erinnerte ihn auf Umwegen an seinen Vater. Seit dem Begräbnis war es das erste Mal gewesen, daß Reinhart das Grab seines Vaters wieder besucht hatte. Käse und Brot mundeten wunderbar; Reinhart hatte seit Mittag nichts mehr genommen, und müde war er obendrein auch. Am liebsten hätte er sich auf die hölzerne Bank gestreckt, seinen Mantel als Kissen genommen. Vielleicht würde er fragen, ob sie es erlaubten. Es war nicht klug, wenn er vor dem Oberst allzu übernächtig erschiene. Reinhart bestellte noch einmal einen Most, manchmal dachte er auch an Hortense, die seine Frau würde. Er trank, – übrigens, sagte er sich, werde ich morgen nicht hingehen, um über meinen Vater zu richten! Was die Eltern uns schwer macht, wie immer sie gewesen sein mögen, im Grunde ist es ganz anderes, Ahnung von Schicksal; nicht alles Mögliche ist uns möglich, wie es der Jüngling noch meint. Schon vor der Geburt ist uns das meiste genommen, verbogen, zerbrochen, verschüttet; das ist das Entsetzen, von Menschen abzustammen, die andere Entdeckung unseres Lebens; der Jüngling reiste über Länder und Meere …

Der Betrunkene war weggegangen.

Reinhart bestellte noch einmal Brot –.

Nach und nach brachen aber auch die andern auf, machten ihre Sprüche, tätschelten die Wirtin, die sich in Anbetracht des Fremden ein wenig zierte, und Reinhart sah sich als letzten in der Stube.

«Hat es geschmeckt?» fragte die Wirtin, abtischend. «Sie haben wohl noch einen weiten Weg?»

Das hatte er, ja.

Reinhart begriff und zahlte … In die Nacht gestellt, nachdem die letzte Wirtschaft hinter ihm geschlossen war, sah er sich zum Weiterpilgern gezwungen, ob müde oder nicht. Zum Glück war es hell, eine Sichel vom Mond hing über der zerfransten Finsternis eines Waldes, und die Straße, der Reinhart fürs erste einmal folgte, erschien wie aus Kreide. Laut plätscherte ein Brunnen in die glasige Stille. Und die

Obstbäume standen in Teichen von mondenem Nebel; Giebel der Gehöfte schwammen wie schlafende Schiffe darin. Reinhart ging querfeldein ... Ein fauler Stamm, die Scheibe einer gefällten Föhre, war ihm einmal wie die Helle eines nackten Menschen erschienen; aus der Nähe aber war es nichts als eben ein fauler Stamm, Holz, greifbar und tot, vom Mond beschienen, reglos ... Er mußte in ein Ried geraten sein, Reinhart spürte es an den federnden Tritten. Vor einem murmelnden Bach, umgeben von tuschigen Büschen und silbernem Geriesel der Erlen, überlegte er sich, ob er seine Schuhe nicht waschen könnte. Er hatte sie bereits ausgezogen, als ihm einfiel, daß sie nachher noch scheußlicher aussehen würden; unschlüssig, ratlos, beinahe verzweifelt stand er vor den finsteren, spiegellosen Kumpen, zwischen schneelichten Inseln der Steine sah man das glitzernde Fließen von Wasser. Schließlich ging er barfuß durch das hohe Riedgras weiter, seine Schuhe in der Hand, Kühle der nächtlichen Erde und quietschende Nässe zwischen den Zehen.

Reinhart war nicht lange gegangen, als er erschrak und stehen blieb. Tannen standen wie Klumpen von Schwärze, dazwischen ein wirres Gefilter von Mondlicht; unter dem schütteren Laubschirm einer jungen Buche hatte sich deutlich etwas Helles bewegt. Reinhart wartete. Er wollte sich nicht ein zweites Mal täuschen lassen und war ohne Zögern weitergegangen, zuerst; jetzt wartete er. Er gewahrte eine Frau, die sich aufgerichtet hatte, sich umsah, ohne ein Wort zu sagen, und lauschte. Reinhart war ganz in der Nähe. Da sie nichts anderes mehr hörte als das Windrauschen in den hohen, langsam pendelnden Wipfeln der Föhren, schlenkerte sie ihr offenes Haar zur Seite, sank wieder zurück in die Zweige. Reinhart wagte nicht weiterzustapfen in dem knisternden Boden. Wie unter Zwang sah er hin, atemlos auf das Paar, das sich bewegte, irgendein Paar in verschlungenem Taumel der Zeugung... Droben, über den Wipfeln, schwammen die Wolken vor der schrankenlosen Stille der Weltnacht, ein graues Geflock mit zerschmelzenden Rändern. Reinhart stand: barfuß, seine Schuhe in den Händen.

Es waren sonderbare Pfingsten.

Reinhart, vom Obersten freundlich empfangen, hatte sofort seine Rede begonnen, anders natürlich – statt mit der Mutter, wie vorgenommen, fing er nun just mit seinem Vater an, redete übrigens, bevor man sich noch gesetzt hatte.

«Sie wissen aber», sagte der Oberst, höflich um Zigaretten bemüht, «wer Ihr wirklicher Vater gewesen ist?...»

Später, als Reinhart das schwere Gartentor hinter sich zuzog und wieder draußen auf der Straße stand – er war wie aus der Leere des Himmels gefallen –, empfing ihn gerade das volle Geläute der Glocken, Sonne blendete ihn; rings umstellte ihn eine feiertägliche Ruhe, grell und ausweglos, Wiesen unter schaumigem Blust, Bläue voll zuckendem Zickzack der Falter, Straßen voll langsamer Kirchgänger... Eigentlich hatte nur noch der Oberst erzählt:

«Damals», sagte er, «war Ihr Vater noch ein junger Ausläufer gewesen und brachte das Fleisch in unser Haus. Ihre Mutter, wie Sie wissen werden, hat sich später das Leben genommen.»

Kinder kamen mit Reifen... Reinhart stand...

Allein mit seiner Offenbarung, die er, wie ihn plötzlich dünkte, aus hundert Zeichen lange schon hätte erraten können und müssen, empfand es Reinhart beinahe komisch; es war ihm, als stünde nun der Oberst in alle Zeiten so da, die entkorkte Flasche in der Hand, erstaunt, verlegen über den jungen Gast, der sich, bevor er noch mit einem einzigen

Wort erwähnt hatte, wozu er eigentlich gekommen war, verabschiedete … Der Schlag aber, den ihm der Herr mit den weißen Schläfen versetzt hatte, seinerseits ahnungslos, seinerseits über die Wirkung erschrocken, der eigentliche Schlag hatte Reinhart noch gar nicht erreicht; er traf ihn erst langsam, indem er die Straße wieder hinunterging; er traf ihn mit jedem weiteren Atemzug, gleichviel, woran er fortan auch denken mochte.

J'adore ce qui me brûle –

So ging auch das wieder zu Ende.

In einer ländlichen Wirtschaft, den See wie eine geschwungene Sense vor sich, nahmen sie nochmals zusammen einen Imbiß, von Abschied umgeistert, mitten in einer Wiese voll weißer gackernder Hühner und unter einem Tag von nachsommerlichem Glanz. Hortense hatte einen Flaum von Milch um ihre Lippen. Es war Werktag, kein Bein hier, seit langem das erste Mal, daß Reinhart draußen über Land ging, während die andern in der Stadt sich über ihre Tischlein bückten. Wozu? Bender hatte ihn ermahnt, den Kopf bei der Arbeit zu haben, und siehe da, Reinhart hatte es plötzlich nicht mehr nötig, zu schweigen. Wenn Sie meinen, daß Sie für Ihr Geld nicht genug bekommen! sagte er und hatte Kurzschluß gemacht, seinen Rock vom Haken genommen … Er saß, das linke Bein auf die Bank gestellt, die Pfeife in den Händen.

«Geld verdienen?» sagte er mit zuckendem Mundwinkel. «Für mich allein, weiß Gott, wäre ich auch als Maler nicht verhungert – und jetzt, was hat das fortan für einen Sinn!»

Hortense begriff.

Er hatte gekündigt, ein Tatbestand zeugte für den Ernst seiner Worte und Briefe, die nun alles unter den Tisch wischten, alles, es wohlte ihm, bitter zu sein in einer männlichen Gebärde des Endgültigen.

«Du erwartest», sagte Hortense, «daß ich als Mädchen an eine Ehe glaube, woran du, Gott weiß warum, selber nicht mehr glaubst. Ich falle um, sagst du in deinem letzten Brief, und begreifst nicht, daß du es bist, der mich fallen läßt. Ach Jürg! was sitzen wir da – und reden.»

Sie wartete umsonst, daß er sie anblickte.

«Ich begreife dich weniger als je –.»

«Zu glauben, woran ich selber glaube, das ist ja nicht schwer», sagte er später in einer Trauer nicht ohne Vorwurf, nicht ohne Genuß, dem andern wehzutun. «Daß ein anderer Mensch an uns glaubt, wenn uns der eigene Glaube zerschlagen ist, und ihn uns wiedergibt, das, dachte ich, wäre die Liebe, das Wunder der Liebe, die Gnade, unerklärbar wie das Nahen eines Engels ...»

Hortense, die an einem Zweig herumzupfte, blickte auf den Boden unter dem Tisch und wußte, sie hätte es nicht tun sollen, sie hatte ihm geschrieben, daß sie ihn noch einmal sehen möchte, und er war gekommen, er hatte wirklich an der Endschleife der Straßenbahn gestanden. Gott weiß, was noch möglich sein sollte nach so vielen Worten! Eine Weile, als er sie begrüßt hatte, war es wie früher, wie ganz am Anfang, eine Welt mit ihren alltäglichen Gegenständen, mit Tramhäuschen, mit Straßen und Gesichtern, Kinderwagen, Gartenzäunen, alles im Flimmer einer festlichen Erregung, oh, so nebeneinander zu gehen, ungewiß, wohin es mit ihnen ging, so dankbar, so selig um jeden Augenblick seiner Nähe! Nach Wochen eines aschenhaften Daseins und voll nächtlicher Tränen, wahrhaftig, man konnte noch lachen. Mißverstand er es? Irgendwo, als hätte es von all ihren Briefen nichts erfahren, lebte noch immer jenes Wohlige, Gemeinsame, Vertrauliche; unversehrt wartete es an der Endschleife einer Straßenbahn. Sie gingen über den Berg, Wege der Erinnerung, denn es lag ein Abschied zwischen dem letzten Mal und jetzt. Er fragte den ganzen Nachmittag nicht, warum sie geschrieben hätte, erwähnte ihren Brief überhaupt nicht. In Nebensachen verplaudert, gingen sie wie auf ein bestimmtes Ziel, das es nirgends gab, und allein der Umstand, sich lange nicht gesehen zu haben, machte sie reich und neu voreinander wie einst im Anfang, nicht alles Erlebte war schon einmal erwähnt und geheimnislos. Reinhart war inzwischen in Genf gewesen, ohne daß sie darum gewußt hatte; nichts weiter, es genügte, ihn wieder abenteuerlich zu machen, aufregend um alles, was er verschweigen mochte, Möglichkeiten waren wie eine Wolke um ihn, über ihnen hingen die Buchen voll Sonnensilber, in der Tiefe die lockigen Wälder, ein See voll Wolkengips und hinter all dem ein gewitterhaftes Gefühl, daß es doch einmal, soweit sie zusammen auch gingen, Abend würde. Abend, der wie eine weinende Ahnung in der Helle dieser Stunden lag, das war das Ende ohne Aufschub, Abschied ins Unabsehbare. Warum eigentlich? Warum? Im Gefühl, es nicht zu ertragen, wenn er heute wirklich und ein für allemal von ihr wegginge, glaubte Hortense wie nie zuvor an eine Ehe, hinweg über alle Hindernisse, die sich aufgestellt hatten; in der Angst vor dem Abschied hatte sie vor nichts anderem mehr Angst. War das nicht Liebe? Was machte denn alles so leicht, so schwer, so wehe, so geisterhaft lebenswert! Und warum denn Abschied, es war nicht einzusehen, sie gingen nebeneinander, wie vergessen war alles. Es war nicht einzusehen, warum man soviel Gefühl hätte wegwerfen können...

Hortense war es, sie könnte noch einmal von ihm ihren ersten Kuß erleben. So wie ein Leben der Götter, immer wieder aus Fluten des Vergessens geboren werden, wolkenhaft über das Land ziehen, immer wieder von Anfang an jung! In den Wäldern roch es nach Pilzen, nach moosiger Feuchte. Eben noch an blonden Kornfeldern vorbei, überkam sie die Ahnung von dämmerndem September mit frühen Lampen, Nebel um einsame Stuben. Sie stapften, wie er es liebte, quer durch den hohen Wald. Wie ein metallischer Hauch stand die Sonne hinter den Bäumen; ein Gefühl von der Kürze der Tage, ein Gefühl von der Zeit, die stündlich vergeht, war wie ein beschwingendes Wachsein um sie, hob die Stunde, selbst die Stunde des Abschiedes ins Unvergeßliche, Kostbare, das empfunden sein wollte. Einmal standen sie zwischen den Stämmen; er hatte einen Pilz in den Händen, brach ihn, roch daran. So würde sie ihn ihr Leben lang sehen! Einen um den andern brach er, roch daran. Wie unsäglich voll Süße ist unser Leben, wo es aufhört, schön und leicht zu scheinen, im Flor seiner Schwermut! Und wie ist das Lachen ein Quell, unerwartet, ein Born der Gnade, eine rauschende Rakete in die Nacht unseres Grauens! Hand in Hand, noch einmal zu allem Übermut bereit, liefen sie plötzlich die Böschung hinab. Und dann das andere: so angstlos ehrlich waren sie noch nie, all die Dinge, worüber sie zum erstenmal sprachen, klar, offen, rundheraus. Einmal soweit, daß sie die Hoffnung voreinander verloren hatten, blühte ihnen eine tiefere, eine unbeschränkte und alles umfassende Vertraulichkeit entgegen, die sie bisher nicht gekannt hatten. Brauchen wir den Abschied, um einander so nahe zu kommen? Es war auf einem offenen Feld, wo er stehen blieb und sie mit beiden Händen um die Schläfen faßte, vom Irrlicht einer neuen Hoffnung verlockt: Laß uns heiraten! sagte er – und sie schüttelte den Kopf, nun konnte sie es doch wieder nicht.

Jürg küßte sie!

Aber sie weiß: Es geht nicht mehr …

Warum? fragt er entsetzt, wie zum Narren gehalten, verwundet und zerbrochen, dem Heulen nahe. Warum nicht? fragt er. Warum nicht?

Ach, er glaubt es ja selber nicht mehr …

Nie ist der Geliebte ein wirklicher Mensch, er ist ein Gott oder Götze, zuerst, eigenschaftlos und herrlich und erhaben über alles, was er tut oder nicht tut. Jetzt aber, wo Hortense mit dem bösen Blick einer Liebenden sah, die, ohne Hoffnung in ihrer Liebe, alles braucht, was sie von dieser Liebe befreien kann, jetzt war er eine Summe von schmerzlichen Mängeln, verdächtig in allem, was er tut oder nicht tut. Hortense zweifelte nicht, daß sie nun klarer sah, daß dieses neue Bild nun das wirklichere war, ja, sogar die Wirklichkeit selber, und trotz der bitteren Verluste, die diese Einsicht kostete, Verluste an grenzenlosem Hoffen und Glauben, das die Geglaubten wie die Glaubenden erhebt, war sie auf sonderbare Weise froh, ihn nochmals gesehen zu haben, obgleich es sie jedesmal, wenn er wieder vor ihr saß und sprach oder sie ansah, für Augenblicke gänzlich verwirrte. Oh, es fiel ihr wie Schuppen von den Augen! Er forderte von ihr, was er selber nicht vermochte. Er, der ihr den Halt an ihren eigenen Leuten genommen hatte, suchte nun Halt an ihr, nachdem er nur einmal mit ihrem Vater gesprochen hatte. Verlange nicht, dachte sie, sondern mache, daß ich an dich glauben muß! Er redete auf sie ein. Worte, dachte sie, Worte! Sie sah ihn, der eben noch ziemlich die Welt war, die einzig wirkliche, als eine Summe von Worten. Und man heiratet keine Worte.

So standen sie da, draußen im Feld.

In Bitterkeit fern, zu einsam in seinem Denken, um es

auch nur mitteilen zu wollen, erinnerte sich Reinhart an die ersten Male, wie sie in sein Atelier gekommen war, um Tomaten zu malen! Sie gingen nebeneinander her. Viertelstunden ohne ein Wort.

«Hast du auch Hunger?»

Wie ein Bergführer, ein höflicher Fremder, sagt er das in einer Art von Ritterlichkeit, die zum Heulen ist, nüchtern bis ans Herz hinan. Und in der Wirtschaft unterhält er sich über die Fahne, die knattert. Er redet kein Wort sonst. Er füttert die weißen Hühner. Und darüber vergeht nun die Zeit; die Zeit: der Berg schiebt seine Schatten über das waldige Tal mit dem geschlungenen Fluß, mit Fabriken. All das wird immer so bleiben! mit dem verlorenen Pfiff einer kleinen Bahn, und über dem abendlichen Perlmuttersee hangen die Berge, zeitlos, Flühe und Firne aus Goldstaub der sommerlichen Dämmerung.

«Jürg», sagt Hortense, «gelegentlich müssen wir schon gehen. Bis ich daheim bin, wird es spät.»

«Ja», sagt Reinhart. «Gehen wir.»

Und er bezahlt.

So geht man nun auseinander; denkt sie den ganzen Weg. An einer Schleife der Straßenbahn, sie sieht es kommen, wie er dort stehen wird, sie selber im Wagen, der Straßenbahner mit der Hand am Signal, wartend, ob sich die Leutchen noch etwas zu sagen haben... Es kam aber anders, sie waren noch nicht lange gegangen. Sie hatten zwei Masken nebeneinander hergetragen. An einem Waldrand mit Haselstauden, den sie wie ein unvermutetes Ziel gefunden, lagen sie in weinender Umarmung. Im zweifellosen Empfinden, daß es von hier keine gemeinsame Zukunft mehr gab, beteuerte Hortense ihre Liebe zu ihm, von der sie wußte, daß sie in der Dauer ihres Lebens nicht abzutragen war. Sie weinte aus Küssen auf ihn herab. So bleiben! dachte er. Nicht weiter müssen! Er hielt die Schwere ihres Kopfes noch einmal, jetzt noch da, er roch die halb süße, halb bittere und trockene Wärme ihres lange besonnten Haares. Er begriff es nicht, so wenig wie sie; was tut es! Abschied, der auf jedem Atemzug lag, Wind in den Bäumen und das unaufhaltsame Sinken der Sonne, Gehügel der Ferne, zu ihren Füßen die Welt voll vergangenem Sommer, Felder mit gespreizten Heinzen, Gehöfte mit Rauch, Seen und Städte, Türme, all das noch einmal voll weicher Nähe des Mädchens – voll Irrsinn eines qualvollen Genusses, sich vorzustellen, daß sie nun irgendeinem andern Manne folgen würde, unvergeßbar wie alles, was man verliert! In Augenblicken des Abschiedes, dem nichts mehr folgt, mündet jede Gebärde in ewige Dauer.

Dann, plötzlich, geht Reinhart schräg über die weite offene Wiese hinunter; einmal kommt er an einen Hag, bleibt stehen, ohne zurückzuschauen, die Hände in den Manteltaschen. Dann weiter. Er geht nach links, nicht heimwärts; er geht nur, um sich aus ihren Blicken wegzunehmen, weiß selber nicht, wohin.

So war auch das wieder zu Ende.

IV

ANTON, DER DIENER
oder
DAS WIRKLICHE LEBEN

Yvonne war nun seit Jahren verheiratet. Es ging ihr gut, sogar vorzüglich, wie Yvonne es eigentlich von ihrem Leben nicht mehr erwartet hatte. Garten ist da, Aussicht, Bäume, Beete und Blumen – daß ihr der Boden fremd bleibt, das weiß sie –: sie gießt die Beete, bricht die toten Stengel aus den Geranien, nimmt alles in ihre schmale Hand, nicht in einen Korb, obschon ein solcher vorhanden wäre. Auch eine grüne Schürze wäre natürlich da, noch nie getragen. Ihr Mann hat ihr all das geschenkt, glücklich über seine Einfälle. Er meint es überhaupt sehr gut! Seit sie das Kind hatten, schien seine anfängliche Eifersucht gänzlich erstickt. Einmal hatte das Kind einen Ausschlag, der viel Sorge machte, umsonst zum Glück; dann kamen Herbst und Winter, Frühling tropfte von den Dächern, und der Knirps strampelte tagelang an der Sonne draußen auf der Terrasse, von einem braven Kindermädchen gehegt und gepflegt – heute geht er bald schon zur Schule, Hanswalter genannt.

Noch immer wie einst zu der Junggesellin kommen Menschen, die Rat suchen, eine Handschrift vorlegen, Träume erzählen, sich grauenhaft wichtig nehmen… Getrost läßt Yvonne sie stehen, streift sich mit dem Handgelenk das dünne Haar aus der Stirne, gibt, da es zum Händewaschen keinen Hahn hat, den kleinen Finger. Dann immer die fixe Idee: die Leute wollen ein andermal kommen, die höfliche Ausrede, das Gefühl, daß sie stören, und dabei ist es das Gegenteil, die pure Verstimmung, eben das Gefühl, daß sie mit ihrer Gegenwart, ihren Offenbarungen durchaus nicht zu stören vermögen. O nein, lacht Yvonne, im Gegenteil! Yvonne läßt sich nicht mehr stören. Von niemand mehr. Und andere geraten eben dadurch um so leichter ins Erzählen, ins Ausbreiten ihrer Schwierigkeiten, ins Beichten. Es ist zum Kotzen, denkt Yvonne, und die Leute fühlen sich verstanden, bringen Blumen, sind erlöst, sind dankbar, Gott weiß warum, sie sind so glücklich über ihr eigenes Dankbarsein.

Hauswirt?

Man wohnt zusammen, man verträgt sich, und der Mann, der das Geld verdient, setzt sich in den andern Lehnsessel, raucht, schiebt ein Scheit ins Kamin, man plaudert oder hört die Nachrichten, manchmal geht es sogar darüber hinaus, man regt sich an. Es gibt reizende Abende. Er liest. Man zerstört sich nicht, das ist der Grund, worauf man geht, man ist nicht verliebt, man ist sich gewogen, man verträgt den Geruch des andern, und das ist viel. Ohne die schwärmerische Anmaßung, man müsse verstanden sein und das andere verstehen, öffnet sich ein Gefilde voll schöner Erträglichkeit. Man tappt sich nicht mehr in den Raum, den jeder Mensch als sein Geheimnis, sein Eigentliches anzunehmen lernt, als das, was niemals mitzuteilen ist. Man spricht über Beruf, über die Welt, die ein Ereignis ist, über Leute, von denen man sich ein Bild macht, über Pläne und Ziele, die unsere eignen Tage bewegen, manchmal sogar ausfüllen, und man kennt sich, seine Ansichten, seine Art zu sehen und zu reden, seine Vorlieben im Essen, seine Manieren, seine Grundsätze, seine Wünsche, seine Wunden und Empfindlichkeiten.

Ein Wunderbares ist um die Ehe. Sie ist möglich, sobald man nichts Unmögliches von ihr fordert, sobald man über den Wahn hinauswächst, man könne sich verstehen, müsse sich verstehen; sobald man aufhört, die Ehe anzusehen als ein Mittel wider die Einsamkeit. Dort liegt das Unmögliche! Sobald man ein Gefühl davon gewinnt, daß die Ehe einfach ein Dienst ist, ein Verfahren fürs tägliche Leben. Einfach zwar nicht, oh, gar nicht! Wehmut muß fallen, und man darf keine Brücken bauen über das Schmerzliche, die Trug sind. Es geht auch ohne das; nur ohne das geht es.

– – –

Einmal, es war noch in der ersten Wohnung gewesen, war Reinhart plötzlich auf der Schwelle erschienen. Yvonne hatte bereits die Gewohnheit wieder verloren, jedesmal den Schlüssel umzudrehen, wenn Hauswirt nicht daheim war. Sie stand allein in dem großen Zimmer, als er, offenbar ohne anzuläuten, einfach eingetreten war; Yvonne hielt ein Gefäß, womit sie eben die Blumen begoß, drehte sich um, zeigte aber keinerlei Entsetzen, als sie Jürg auf der Schwelle sah. Er grinste spöttisch, halb über sich; er war an ihren früheren Fenstern vorbeigegangen, hatte ihre Vorhänge vermißt, schließlich entdeckt, daß auch ihr Name am Briefkasten verschwunden war. Er hatte in einem Lift gestanden, alles ging von selbst wie dieser Lift. Was wollte er eigentlich? Yvonne trug ein langes Hauskleid, ein Art von glockigem Morgenrock, als wollte sie eben zu Bett, möglicherweise kam sie auch aus dem Bad. Eine Weile fiel überhaupt kein einziges Wort. Als erwartete er, daß sie weiter ihre Blumen begösse, sah Reinhart ihr zu. Es war eine endlose Weile, in der Küche draußen hörte man ein Dienstmädchen singen, und jetzt erst fiel es Reinhart ein, daß Hauswirt, der andere, jeden Augenblick durch irgendeine Türe hätte eintreten können. Er ging hin, schloß die Türen von innen ab, eine nach der andern, während Yvonne, wortlos wie zuvor, mit wachsendem Schrecken zusah. Reinhart erschien ihr gänzlich verwahrlost, bleich wie Wachs, unrasiert, er stank nach Wein und Wirtschaften, seine entzündeten Augen glänzten von Tränen. Ihre sinnlose Miene voll Vorwurf und Abscheu, ihre sturen Blicke voll weibischer Feindseligkeit nicht anders ertragend, hatte Reinhart sie plötzlich in seine Arme gerissen; er tat, als müßte er eine Schlafende, eine Tote erwecken, und Yvonne wehrte sich wie gegen einen Besoffenen, mit beiden Ellbogen vor dem Gesicht wehrte sie sich, als wäre er gekommen, sie zu küssen! Er zwang sie mit Händen, daß Yvonne ihn noch einmal anblickte. Aber Yvonne schloß nur die Augen; als es nichts anderes mehr gab, schloß sie einfach die Augen. Er hielt sie wie ein wehrloses Bündel, wie eine Leiche.

«Reinhart», sagte sie, «ich bin allein zu Hause – ich kann mich nicht wehren …»

Er ließ sie langsam los, wie von einem Giftpfeil in den Rücken getroffen. Hinter schmetternden Türen war Yvonne allein. Hanswalter hatte er nicht gesehen; der Bub hatte bereits geschlafen.

– – –

Hauswirt hatte sich nun einmal in den Kopf gesetzt, zu bauen. Eines herbstlichen Morgens war er hinausgefahren. Es war ein Hang voll Rebstickel, die sich jeder Vorstellung, wie hier ein freundliches Landhaus stehen könnte, so igelhaft widersetzten, als wollten sie um keinen Preis, den ein Mann wie Hauswirt zu zahlen bereit war, ihr ländlich verträumtes und ein wenig verwahrlostes, verdisteltes Dasein aufgeben.

«Hier», sagte der junge Architekt, einen gelben Klappmeter öffnend, «käme ungefähr die hintere Hausecke hin …»

Hauswirt oben an der Straße, wo auch sein blauer Wagen stand, schien andächtig bemüht, seine Einbildung an dem besagten Rebstickel anzusetzen, den der Architekt nachhilfsweise mit seinem Hut versehen, ein wenig vogelscheuchenhaft, und sich den Rest seines künftigen Landhauses hinzuzudenken. Jedenfalls nickte Hauswirt. Eigentlich sah er damals nichts als einen Hang voll verwahrloster Reben, darin den jungen Mann, der nicht ohne wachsende Begeisterung, von der unverbindlichen Vielfalt des Möglichen erregt, mit seinem gelben Meter in der blauen herbstlichen Luft umherzeigte, die sein Haus dereinst umschließen sollte, einem Verrückten nicht unähnlich, der Ecken und Wände zeigt, wo nichts als Luft ist, und von Räumen redet, die bereits über den Weinbergen hingen und gewissermaßen nur noch einzufangen und einzumauern waren, und schließlich wieder wie ein Zauberer mitten durch eben diese Mauern, die er frech ins Blaue behauptete, hindurchstapfte und mit einer einzigen Handgebärde alles wieder auslöschte. Damals allerdings war es ein Haus wie kein zweites auf Erden, hatte es doch Aussicht durch alles hindurch, voll einer milden und herbstlich versponnenen Sonne, die auf keine Wände stieß, ohne Schatten, Obstbäume in den Tapeten, und durch das Dach, das der Architekt mit einer umständlich verlängerten Latte zeigte, zog munter das leichte Gewölk, Flocken von metallischem Staub. Es roch nach Rauch von den Feldern herüber, nach verbrannten Kartoffelstauden, und mitten aus einer goldenen Stille heraus, wie über die eigene Reife verblüfft, plumpste das Obst in die feuchte Wiese.

Ammann, der junge Architekt, klappte gelassen seinen gelben Meter zusammen, empfahl das Grundstück mit gutem Gewissen zum Kauf. Mit einem prüfenden Blick auf das Unsichtbare zurück, hatte er Mühe, seine erregende Hoffnung nicht auszudrücken. Man hatte sich beim Tennis kennengelernt. Seinerseits ein Kind sehr einfacher Leute, liebte es Hauswirt ein wenig, Namen von gutem Ruf an seinen Reichtum heranzuziehen. Man redete von dreihunderttausend, das Landhaus betreffend. Ohne viele Worte fuhr Hauswirt später noch einmal mit Yvonne an dem Weinberg vorbei, wie zufällig, und hielt, ohne auszusteigen.

«Wolltest du hier wohnen?» sagte er beiläufig unter dem Vorwand einer Zigarette, die er sich ansteckte: «Man könnte das haben –.»

Yvonne nickte zerstreut.

Blinzelnd im Rauch, der ihm in die Augen stieg, warf Hauswirt das rote Streichholz weg, schaltete den Wagen; er war entschlossen. Und im folgenden Frühjahr wurde begonnen.

Das erste Mal, als der junge Ammann auf seinem eigenen Bau stand, war es ein heißer, greller, staubiger Tag. Für Augenblicke hörte man nur das Gesumm einer Biene, die kommt und wieder verschwindet, ihre verlorenen Schleifen voll sommerlicher Stille, nichts weiter, einmal vielleicht eine Staffel von Flugzeugen in der Höhe des Nachmittags. Ab und zu auch das hallende Geklatsch, wenn sie Bretter aufeinander legten. Handlanger nagelten das Gerüst in die blaue Stille hinein. Ammann erlebte zum erstenmal seinen Grundriß in natürlicher Größe, noch ohne Räume allerdings, nur als einen grauen Betontisch mitten in Erdhügeln, zwischen hohen, schlanken Gerüststangen … die Hände in den Hosentaschen, seine Pläne unter dem Arm, stand Ammann auf Parterre: das war nun der erste Schritt zur Verwirklichung, wie der Einschlag einer Bombe, nichts als eine große Wunde von brauner klaffender Erde, eine Baracke daneben, eine Latrine, von eiligem Unkraut und Disteln umwuchert …

Arbeiter boten Backsteine.

Hauswirt, der immer wieder einmal mit seinem Wagen herauskam, zeigte sich natürlich, wie es im Rohbau nicht anders zu erwarten war, über die Ausmaße enttäuscht. Er hatte sich alles größer gedacht. Ammann wußte zu schweigen. Seinerseits genoß er das Befreiende, daß nichts mehr zu ändern war; nach Wochen des Entwerfens, nach einem Hin und Her, das ganze Papierkörbe füllte mit knisternden Gewölken des Verknüllten, plötzlich das Fraglose, das Erlösende eines in die Tat umgebauten Entschlusses! Ammann ging fast jeden Tag auf den Bau, wunderte sich über den Gleichmut der Handlanger und Karrenschieber, Grabende mit schwitzenden Rücken standen in schmaler Versenkung und warfen braune Brocken in den Tag hinauf, knapp an dem jungen Architekten vorbei, der in hellen Knickerbokkers umherstand; Bierflaschen lagen in der krautigen Wiese wie leere Hülsen nach einem Gefecht...

Abends, nachdem sich der letzte Arbeiter mit seinem schlaffen Rucksäcklein aufs Velo gesetzt hatte, kam hin und wieder auch seine junge Frau heraus, um sich von ihrem Mann erklären zu lassen, was sie durchaus nicht immer interessierte. Natürlich gefiel es ihr wunderbar! Höflich half Ammann ihr auf das oberste Gerüst, beschenkte sie mit der Köstlichkeit, so über den Bäumen zu stehen, so hinunterzusehen in den schattigen Grund der abendlichen Wiesen, besteckt mit lauter erleuchteten Halmen in letzter Sonne. Arm in Arm gingen sie dann zusammen nach Hause, Wieswege hinunter, einen Waldsaum entlang, zwischen wassergrünen Feldern von kommendem Hafer. Noch in die blaue Dämmerung hinein hörte man das kurze Gerausch der kühlen Sensen.

Es war eine schöne Zeit.

Ammann pfiff im weißen Mantel vor seinem Reißbrett, arbeitsam noch in die Nacht hinein. Auf seinem Tische stapelten sich Muster von Holz, Ulme und Esche, vor allem die Ulme hatte es ihm angetan, Rüster, wie der Fachmann sagt; er dachte sich das Eßzimmer in Rüster, während Hauswirt natürlich auf Nußbaum schwor; wie ja die meisten, sie kennen Nußbaum und Tanne, und Nußbaum ist vornehm, Tanne gemein. Also Nußbaum! Sie sind die Tanne nicht wert… Es war ein Kampf. Handwerker kamen, die sich mit schrägem Kopf in die weiteren Pläne einweihen ließen, ihren Hut in den Händen, und Hortense hatte zur Zeit nur wenig von ihrem Mann; er schwitzte hinter den Unternehmern her wie ein Bub, der die Geißen bergauf treibt, Peitsche knallend, Steine werfend. Er stand in den Werkstätten, im Lärm der heulenden Sägen, verhandelte unter dem scharfen Gesang, der bei jedem Brett, das die Arbeiter einschieben, in alle Himmel aufjauchzt und wieder in Stöhnen absinkt; sie stapften durch Wächten von Sägemehl, durch raschelnde Hobelspäne wie Herbstlaub.

Wißbegierig durch eigene Aufgabe und Verantwortung, stapfte Ammann im Vorübergehen auch auf allen andern fremden Bauten herum, dreister als auf dem eigenen, stets mit einem offenen Meter, so daß die Arbeiter und Unternehmer, statt den Fremden wegzuschicken, meistens ganz freundlich grüßten, selbst wo er ihnen gerade im Wege stand. Auch ein allfälliger Bauherr, im unklaren über das Amt und Wirken des jungen Fremden, nickte mit einem nicht minder freundlichen Hutlüpfen, auf jede weitere Störung verzichtend, lag doch auch ihm die Förderung seines Hauses am Herzen! Kam aber der fremde Architekt, kennbar an seinem flacheren Hut, so grüßte er höflich zurückhaltend einen vermutlichen Verwandten seines Bauherrn, einen Freund oder sonst einen Kenner und Aufspürer alles Guten, der sich hier, die Hände auf dem Rücken, so andächtig wie hemmungslos in den leeren hallenden Zimmern umsah, beiläufig die Breite eines Abortes maß, die Mundwinkel zuckte und lange noch wortlos das Kämmerlein musterte, fachmännisch, anders nicht, als bewundere er die schwebende Geräumigkeit einer Peterskuppel... Ammann gab sich auf dem eigenen Gerüst viel weniger dreist, Zimmerleute und Spengler kamen, brachten ihm die verblichenen, verknitterten, von Erde und Regen verspritzten eigenen Pläne. Hatte er an alles gedacht? Es gibt nun allenthalben entsetzlich wenig Menschen, die, wenn wir ihnen ein Versehen unsrerseits zugeben, nicht irgendeinen Nutzen daraus ziehen, und wäre es auch nur die Wonne einer Herablassung; dann hinwiederum konnte es vorkommen, daß sie plötzlich vorhanden war, eine Vornehmheit, die nicht die Mängel des andern braucht, ihr Selbstvertrauen nicht aus einer boshaften oder spöttischen Verachtung der andern beziehen muß! unversehens steht sie da mit dem verknüllten Gesicht eines alten Spenglers. Man brachte den Unsinn in Ordnung, andere Anliegen warteten, alles will werden, und es ist eine Freude zu leben, dazustehen im Gelärm des Werkens, mitten in einem leidenschaftlosen und nüchternen Glück der Verwirklichung, Männerglück, zu sehen: Das Holz ist einverstanden. Die Pläne in den Händen anderer arbeiten lautlos, richten sich mitunter sogar gegen den jungen Ammann selber, gegen alles Nachträgliche seiner besseren Einfälle.

Hauswirt als Bauherr, bisher immer sehr höflich, manchmal sogar zu einem Nicken bereit, um dem jungen Architekt nicht seine kindliche Freude am eigenen Werk zu nehmen, änderte sich in seinem Verhalten ganz deutlich, und zwar von dem Tage an, als in Küche und Bad die elfenbeinweißen Plättchen, ebenso die großen Ziegelplatten in der Halle verlegt waren; auf einmal hatte er ehrliche Freude ... Morgensonne glühte gerade auf den Platten. Ein Maler in lautlosen Finken, ein guter Mann, der gelegentlich stotterte und nur verstand, wenn man mit Feldherrenstimme erklärte, strich eine Traufe nach Angabe, probeweise, neben den Proben des Verputzes. Hauswirt und Yvonne standen auf der Straße im Abstand eines gebührenden Weitblickes, Ammann mit verschränkten Armen, kaum anders als ein Herrgott am sechsten oder fünften Tag, denn siehe, sie fanden es schon ziemlich gut. Vor allem die Morgensonne in dem körnigen Verputz entzückte Hauswirt wie nichts zuvor. Als drinnen auch einmal die ersten Balken gebeizt waren, probeweise, streifte er an helle Begeisterung, die ihm Yvonne nicht stören wollte und der es auch Ammann nicht übelnehmen durfte, daß sie sich vorzüglich an Dingen entzündete, die nicht sein besonderes Verdienst waren, so nach Art jener Morgensonne im Verputz.

Ammann freute sich am anderen.

Aus Yvonne, der Gattin, wurde er schon gar nicht klug; sie blickte ihn an, ganz wach und genau, lächelnd vielleicht, aber man redete wie durch ein Glas hindurch, der Teufel mochte wissen, woran sie dachte; sie verstand ohne Zuhören, sie hörte auf Hanswalter, ihren Buben, und erklärte zugleich ihrem Mann, was Ammann meinte ...

Wohl war es ihm nicht um diese Dame.

Weniges nur, was Ammann sich denken konnte, dünkte ihn schöner als ein werdendes Haus, eine Stunde auf rohem Gebälk, Sonne und Wind und ziehende Wolken zwischen den Böden, noch wohnt alle Weite darin! Blätterwirbel zieht ein, das erste Geraschel eines neuen Herbstes. Wieder! Leitern stehen an den Bäumen draußen, über den geschorenen Wiesen dämmert ein Hauch von silberner Kühle, von bitterem Rauch wie damals, als sie zum erstenmal auf dem Grundstück stapften, von Süße des Reifens, Wespen schwirren aus Fäulnis gefallener Birnen. Glas dieser Tage voll Bläue und Stille, die sich nicht stören läßt durch das Gehämmer der Leute; Geruch von Holz, von Harz, das aus den föhrenen Balken quillt, Tropfen eines klebrig Hellen, das wie Erinnerung aus Bubenjahren von den Fingern duftet, all das wohnt noch darin, Lärm des Machens, die hallenden Schläge des Nagelns, Wolken von Staub, Flüche, Stimmen, Männer in blauen Hosen und Hüten ... Stille der abendlichen Sonne auf einem kleinen Gebirge von zerbrochenen Backsteinen.

– – –

Sie waren den Abend zu einer Gesellschaft geladen, Hortense hörte noch als letztes, wie ihr Mann nach den Knöpfen für sein Frackhemd fragte, fluchte, dann wieder im Badezimmer pfiff. Im Frack unter der Türe, vollendet, einigermaßen ungehalten über ihr langes Verbleiben – fand er Hortense quer über das Bett, die Arme von sich und den Kopf auf die Seite gelegt, mitten im seidenen Geblümel ihres Abendkleides. Er hielt ihre Hand, wortlos lag sie im dumpfen Glück eines Schwindels, der ihr Gewißheit gab. Ein Jahr erst verheiratet, hatten sie noch nicht damit gerechnet. Ammann machte fürs erste die Fenster auf, dann löste er ihr die Schuhe.

«Warum schaust du mich so an?» fragte er. «Was ist?»

Hätte sie Sprache gefunden, sie hätte gebeichtet! Als sie ihm seinerzeit Ja sagte, tat sie es, um den Maler zu strafen. In der Kirche, bekränzt und als Braut, verklärte sie ein heimlicher Hohn über all das. Zu Hause empfing sie ihn mit geschlossenen Augen und erblickte den andern, den sie um dieser Stunde willen für immer haßte... «Ich bin so froh, daß du da bist!» sagte sie jetzt aus schwindelnder Ohnmacht heraus, tiefer atmend. Er stand im Frack, groß und gesund, einfach, zweifellos, der Vater ihres Kindes! Er war auch kein Bub mehr, wie es lange hatte scheinen wollen; er war ein Mann, ein junger Mann, ein Kamerad, verläßlich, spröde im Wort, herzlich in seinem Tun... Hortense liebte ihn.

Im andern Frühling gebar sie.

Es war ein Mädchen, das der jungen Mutter beinahe das Leben gekostet hätte; wie aus Wachs und Asche lag Hortense neben dem krebsroten kreischenden Wurm, und Ammann hatte Tränen in den Augen.

Sie nannten es Annemarie.

Unser Leben geht hin, man weiß nicht wie, Frühling um Frühling, erste Abende bei offenem Fenster: – alles wiederholt sich, nichts kehrt uns wieder, Sommer vergehen, Jahre sind nichts...

Ein Jüngling schlendert hinab über die abendlichen Felder, die Pfeife im Mund, die Hände in den Hosentaschen, immer mit offenem Mantel, möglicherweise mit einem Brief in der Tasche, sonst aber allein, selig in den Schmerzen seiner Verwirrung, in Fülle seines Gefühles, in gläubiger Trauer und im Ernst seines Übermutes, in all seinem unerbittlichen Drang nach Erfahrung. Er stapft über Zäune, quer über Felder mit verzetteltem Mist, er geht an einem Waldrand in letzter Sonne. Er stemmt seinen Fuß auf einen Baumstamm und klopft sich die Pfeife aus, Gerätschaft des Erwachsenen. Wenn er sie wieder gestopft hat, sind Jahre vergangen, man weiß nicht wie; die Vögel zwitschern noch immer, aber es sind Jahre vergangen, zum Lachen mehr als zum Begreifen; beim Anzünden der Pfeife sieht er plötzlich seine Hände, Veränderung seiner Hände, seiner Haut überhaupt. Es ist wie ein Spuk, ein albernes Märchen mit unheimlichen Zwergen, die dich verzaubern; das ist das Leben. Die Sonne ist untergegangen. Das also war es nun! denkt er, steht und raucht in der Kühle des schärferen Windes, der von den dämmernden Feldern kommt, über den fransigen Tannen steigt langsam das Messing des Mondes. Schweigsamer Zeuge so vieler Geheimnisse! Lauter rauschen die Quellen aus der Dämmerung, in einem Ringsum von Stätten des Abschiedes, Stätten der Erinnerung ist eigentlich alles noch gleich, nur deine Jahre sind daraus verflogen wie zwischen dem Anzünden zweier Pfeifen … und draußen auf dem Hügel schlendert ein Jüngling hinab über die offenen Felder! Immer ein andrer, immer derselbe, eine Rute in der Hand, jugendlich mit offenem und schlenkerndem Mantel geht er unter Gebirgen von ziehendem Gewölk.

Alles wiederholt sich:

Sterne sickern durch laublosen Wald, Frühling um Frühling, Vögel zwitschern und die Liebenden leiden umeinander, Lachen und Weinen gehen Arm in Arm, Briefe werden geschrieben und wieder zerrissen, und Erregung verklingt in Erregung, Sehnsüchte hangen offen in den Abend hinaus, springen wie Knospen, fast wehe vor eigenem Wachsein …

– – –

Annemarie, die Tochter, stand in den Kieswegen draußen auf Sommerau, eine junge Reiterin in ledernen Stiefeln, halb Kind noch, halb Fräulein, und unterhielt sich mit Anton, dem Gärtner, öfter und länger, als es sich schickte. Aus seiner blauen Schürze quoll es wie ein blonder Wasserfall von raschelnden Bastbändeln.

«Denken Sie», sagte das Mädchen, «mit meinem Vater

könnte ich niemals so sprechen wie mit Ihnen, Anton – ist das nicht komisch?»

Anton lehnte die Leiter ans nächste Spalier.

«Hanswalter heißt er», erzählte die Kleine, sie spielte mit der Gerte in der Hand, «einmal hat er mir ein Gedicht gemacht, er hat es mir auf dem Heimweg vorgelesen, dann mußte er lachen und hat es zerrissen, was ich blöd fand. Natürlich ist er älter als ich! Bald schon ein Mann, und wenn er aus dem Gymnasium kommt, wird er Schauspieler. Er schreibt nämlich ganze Stücke, wissen Sie, für das Theater. Er geht jetzt schon aufs Theater, obschon es von der Schule verboten ist. Pah! sagt er: Ich mache, was mir gefällt –.»

Anton mit der Pfeife im Mund arbeitete wortlos am Spalier. Als Gärtner und Diener war er sich bewußt, warum Annemarie jeden Augenblick wieder nach dem Hause hinüber schielte, es lag ihm fern, das plappernde Kind noch durch eigene Worte an sich zu binden. Sicher sagte man ihr, sie sollte nicht immer mit dem Gesinde plaudern, man mache das nicht. Daß der Fratz ihm nachlief, war schließlich nicht seine Sache. Anton sagte lange nicht alles, was er zum Gehörten dachte, allerdings auch nichts, was er nicht dachte! Hanswalter vermissend, ertrug Annemarie ihre wirre Zeit am besten noch in der Nähe dieses wortarmen Gärtners, wobei sie ihr Herumstehen durch allerlei geheuchelte Fragen über Pflanzen und Verrichtungen, die sie gerade bemerkte, hinreichend getarnt glaubte. Es zog sie einfach zu ihm. Obschon er nur ein Gärtner war, konnte sie sich gelegentlich, wenn auch nur für die Dauer eines Blitzes, vorstellen, wie Hanswalter einmal als Mann aussehen könnte, etwa in der Art, wenn Anton plötzlich vor sich hin lachte, eine Grimasse, die außer Hanswalter niemand auf dieser Welt, Anton allein in einer gewissen Annäherung zustande brachte. Wovon sie auch plauderte, lag Annemarie eigentlich nur auf Lauer nach diesem Lachen, diesem blitzhaften Augenblick, der sie fesselte, ihre Sehnlichkeit ebenso erheiterte wie quälte... Bespitzelt, wie der Gärtner sich fühlen mußte, verging ihm das Lachen allerdings immer mehr... Annemarie ihrerseits hätte ihm den ganzen Tag zusehen mögen; einzig das Gefühl, man könnte sie vom Hause drüben sehen, hemmte sie daran; jedesmal tat sie, als bliebe sie nur für die Dauer eines Apfels, den sie mit ihren tadellosen jungen Zähnen kaute. Sie zeichnete mit ihrer Gerte ins Kies.

«Ist es übrigens wahr», sagte sie, «daß Sie früher einmal im Gefängnis waren, Anton? Der Melker hat es gesagt.»

(Sein Gesicht war nicht zu sehen.)

«Wenn er es sagt», versetzte Anton endlich von seiner Leiter herab, «dann muß es der Melker ja wissen.»

Sein Blick kletterte durch das Spalier, unabkömmlich, während seine braunen Hände fast blindlings die Schosse banden; bei jedem Tritt, den er hinauf oder hinunter ging, raschelte es in seinen langen Bastbändeln... Auf den Feldern drüben zettelten sie Mist. Warum ging sie nicht reiten, dachte Anton, frei wie sie war? Warum stand sie da mit ihrem weißen Jäcklein aus den Schaufenstern der Stadt... April in den Städten, in den öffentlichen Alleen mit braunen Lachen unter dem laublosen Gezweig ihrer alten Platanen, Schirme, glanznaß und schwarz, Frauen in schwarzen Stiefeln und lehmhellen Mänteln. Lange ist's her! Mit Geläute der Münster! Mit Tauwetter in den Straßen, mit kahlen Alleen und Bänken, mit Bläue, mit Sonne am See, mit ziehenden Spiegelgewölken in den Scheiben der Häuser! Man trieb so durch Straßen, heimatlos in Schluchten aus bewohntem Stein, und später hat man doch Heimweh nach alldem!

Seltsames Herz! Es altert umsonst... Sonne des Frühlings, Sonne des Morgens in den dünnen Spalieren, noch fällt sie durch alles hindurch, rieselt auf körnigem Putz und spielt mit dem Geschleif der Ranken, mit Arabesken aus wässerigen Schatten. Jeder hat seine Arbeit um Brot, seine Art von Sklaverei! Auf einer Leiter stehen und blonden Bast zopfen, Millionen würden dafür tauschen. Und dennoch, daß man nicht weg kann! Einen Nachmittag einmal im Monat. Und wo wollte man hin? Wolken ziehen, in finsteren Lappen hangen die langen schmalen Äcker über den Hügel, vom Pflug gekämmt, und die Wiesen verfärbt von dem letzten Schnee, von braunen Fächern der Jauche unter dem schwarzen Gewirr der Obstbäume, dem geisterhaften Knäuel ihrer Äste; Wolken ziehen über rehrötliche Wälder –.

Annemarie, der Fratz, stand noch immer da.

«Anton», begann sie, «muß man seinen Eltern gehorchen, auch wenn man es besser weiß?»

«Was weißt du denn besser?»

Er war wohl der letzte, der sie noch duzte.

«Denken Sie», berichtete Annemarie, «beide haben wir ein Fahrrad, Hanswalter und ich, er könnte doch ohne weiteres hierherfahren, ich würde ihm die ganze Gegend zeigen –.»

Anton verstellte die Leiter, und Annemarie sagte:

«Vater will nicht.»

Anton stieg in das nächste Spalier.

«Seine Eltern haben auch nichts dagegen! Ich habe es Mama gesagt, ich werde es trotzdem tun. Mach, was du willst, sagte sie... Was soll ich tun, Anton?»

«Ein Kind wie du muß gehorchen, denke ich.»

«Warum??»

«Wenn du nicht gehorchst –»

«Sie meinen, Vater wird mich erwischen?»

«Das nicht.»

«Also!»

«Du wirst es gar nicht schön finden, Annemarie, du wirst den ganzen Tag an deinen Vater denken, der dich nicht erwischt –.»

«Und darum muß man gehorchen?»

«Darum.»

«Würden Sie denn auch gehorchen, Anton?»

Sie lächelte klug, ein wenig feindselig, aus Enttäuschung spöttisch.

«Wenn ich in deiner Haut stecken würde, Annemarie, kein Zweifel, ich würde gehorchen.»

Von einem Mann, der schon einmal im Gefängnis gewesen sein soll, hatte das Mädchen offenbar anderes erwartet. Ihre Enttäuschung war vollkommen, sein Rat von diesem Morgen an wertlos. Ohne stehenzubleiben, pfeifend, ging sie fortan an Anton vorbei, nickte wie ein Fräulein herüber ... Hanswalter kam tatsächlich nie. Der Gärtner sah es allein schon an dem Fahrrad, das zu putzen nun einmal sein Amt war; es blieb den ganzen Sommer im Schopf.

Lieber als Annemarie, deren Gesellschaft er nicht entbehrte, mochte Anton ihren jüngeren Bruder, einen Lümmel von zehn oder elf Jahren, der ihm, dem Kinderlosen, in einer Weise ans Herz wuchs, daß es ihm nachgerade nicht ganz geheuer war. Ganze Nachmittage lang, wenn es regnete, waren sie zusammen im Schopf und sägten Holz, Peter bot ihm die Stecken, alte Rebstecken. Auch durch stundenlanges Schweigen, das Anton sich auferlegte, war der kleine Gehilfe nicht zu vertreiben. Peter stand an dem alten Benzinmotor, der das sägende Rad trieb, kam sich wie ein Kapitän vor, bei strömendem Regen waren sie mit Vorliebe ein Unterseeboot. Der Gärtner hatte einmal die Unvorsichtigkeit begangen, von wirklichen Meerschiffen zu erzählen, von den langen Treppen, die sie herunterließen, von Rettungsbooten und allerlei andern Dingen. Nun wartete Peter noch immer auf mehr. Es war ihm keine verlorene Zeit, neben einem Mann zu stehen, der einmal wirkliche Meerschiffe gesehen hatte. Beim besseren Wetter fand man ihn draußen bei den Beeten; er trug die flachen Kisten voller Setzlinge, stach um oder ging mit schweren Kannen über die Plattenwege, meistens mit der Pfeife im Mund, man hörte das dunkle Geplatsch der leeren blechernen Gießkanne unter dem Hahn, ein steigendes Gurgeln, das schließlich, und jedesmal mit einem raschen Anschwellen, zum hellen Singen wurde, eine Art von verkehrtem Stimmbruch, dann war die Kanne jedesmal voll. Wie alle Gärtner ging er einen langen, großen und eher langsamen Schritt, der von der weichen Erde herkam, sich aber kaum veränderte, auch wenn er über die Platten oder die Kieswege ging. Seine Schuhe waren meistens Klumpen, ließen Spuren von braunen Brocken zurück. Peter half ihm auch hier. Einmal, zur Ablenkung von den Meerschiffen und aller weiteren Ausfragerei, sein früheres Leben betreffend, hatte Anton dem kleinen Freund ein hölzernes Wasserrad gemacht, verbunden mit einer Vorrichtung, die einen kleinen Hammer auf eine Blechbüchse bewegte, so daß die Leistung des laufenden Wasserrades auch wirklich hörbar wurde, eine Lappalie, die den sonst ziemlich verwöhnten, jedenfalls mit allem Kaufbaren versehenen Buben bis zur Verzückung beglückte. Mehr als eine Viertelstunde hatte der Gärtner nicht dafür gebraucht; ein kleines Rundholz, an beiden Enden ein langer Nagel hinein, das war die Achse, dann hatte er ein paar Schindeln gespitzt und sie als Flügel eingesteckt, sie ringsum noch mit einem Draht verstärkt. Das war alles. Von Morgen bis Abend spritzte nun das Wasser in einem Fächer von Tropfen, von huschenden Regenbogen. Natürlich war es Annemarie, die es eines Tages zertreten hatte; sie leugnete es nicht. Solche Eifersüchtelei der Schwester, die durch Jahre und Geschlecht viel älter war, gab Anton einen Schock in der Erkenntnis, wie sehr er sich tatsächlich in den Buben vernarrt hatte, in das Gesunde, Saubere, Unverbrauchte, in das zärtlich Straffe seiner linkischen Gestalt. Seine Zähne, seine flaumige Haut, sein bürstenhaftes Bubenhaar, das er wie einen blonden Igel auf dem Kopf trug, alles an dem Lümmel erschien auf eine quälende Weise vollkommen, makellos wie ein guter Apfel, so rundum geraten, wie sich der Herrgott vielleicht den Menschen geträumt hat. Anton hatte mitunter Sehnsucht, ihn zu sehen. Ein wenig Eitelkeit auch, daß Peter ihn wie einen Vater nahm, kam verführerisch hinzu. Der Gärtner lehrte ihn, bessere Pfeile zu machen, solche, die im Flug nicht überpurzelten. In den Badhosen war Peter vollends ein kleiner Gott, er stand auf einem schwimmenden Balken im nassen Glanz seiner geschmeidigen Glieder, im Spiel seiner schlanken Muskeln, lachte aus einem perlenden, in Nässe blinzelnden Gesicht, kreischte vor Freude, wenn er die größere Schwester von dem Balken hatte stoßen können. Anton vertrug es nicht immer. Aus Angst, sich in eine Väterlichkeit hineinzusteigern, die ihm nicht zukam, geriet er gerne in ein sprödes brummiges Gehaben, in eine unverhältnismäßige Schärfe des Zurechtweisens, so daß sich Peter, einmal in seiner Nähe, sonst vor niemand in der Welt mehr fürchten konnte. Lehrer, Vater, Polizisten und wer immer einem Buben zur Angst werden mag, sie hätten allesamt kommen können, Peter hätte dem sägenden Anton die Stecken gereicht, ohne vor dem Aufmarsch mit der Wimper zu zucken, geheimnisvoll geborgen gerade in der brummigen Strenge dieses Fremden.

Einmal kam die Mutter, Hortense.

Seit Gerda, ihre Gotte, vor Jahren an einem lächerlichen Bienenstich mitten aus ihrer forschen Gesundheit heraus gestorben war, hatte sich auf Sommerau vieles verändert, und Hortense war seither ein seltener Gast. Der Herr des Hauses, kränklich in seiner Sammlung verkrochen, lebte nur noch mit dem Sohn hier, nachdem die Tochter verheiratet, das andere Kind in einer Anstalt untergebracht war, wo es mit schrägem Kopf und mit der Zunge zwischen den Zähnen alterlos auf dem Boden herumsaß. Dieser Sohn aber, Henrik, der nunmehr den Ton angab, war ein herablassender junger Herr, den Hortense nicht riechen konnte; der herrschende Ton war ein spöttischer Ton, ohne Humor zum Lachen bereit, vor allem zum Lächeln. Wachsein ohne Wohlwollen, die Art, jeden Mangel zu sehen und jedes Ungeschick am andern mit dem bleibenden Gewicht einer Erwähnung auszustatten, hielt er für Witz. Was kam dabei heraus! Man blickt dem andern auf die Füße, bis er wirklich stolpert. Warum hat man das nötig? Wer seiner so sicher ist, wie er tut, warum braucht er die Mängel des andern, die Summe all seiner Lächerlichkeit? Keiner geriet in sein Gespräch, ohne mit einem Schnörkel von Verspottung hervorzugehen, kein Künstler, kein Gast, kein Staatsmann, kein Werk, nichts – außer er sprach in einer harmlos-wohlwollenden Weise von sich oder von Leuten, die ihn schätzten – nichts reichte über eine Herablassung noch im Anerkennen hinaus. Abende lang ging es so; er selber und jene, die um ihn lebten, wußten schon gar nicht mehr darum. Man konnte in das Gespräch bringen, was man wollte; nichts schien imstande, den jungen Herrn wirklich zu erreichen, zu erschüttern, und eben daraus, daß sich die Gäste immer wie Kindsköpfe vorkamen, die lauter Nebensachen ins Ernsthafte überschätzen, bezog der junge Herr einen gewissen Glanz von Überlegenheit, ohne seinerseits jemals anzugeben, was in seinen Augen ernstzunehmen und einer verbindlichen Gläubigkeit wert wäre. Jedes Staunen, das seine gelassen-gelangweilte Sprechart hätte sprengen können, war überwunden, wennschon er die Miene des Erstaunens durchaus beherrschte, gelassen auch diese. Er lobte nie; er anerkannte, wo es nicht anders ging, er anerkannte. Hortense träumte von dem Mann, der ihm einmal, ohne eine Legende dazu, einfach eine Ohrfeige ins Gesicht schlüge; solche Gottesboten erschienen aber nicht in diesem Kreis, und der junge Herr, der fortan auf Sommerau den Ton angab, behielt seine Miene, darin er sich ein für allemal schon so wohnlich eingerichtet hatte, sechsundzwanzig Jahre alt.

Hortense war auch diesmal nur gekommen, um am Ende der üblichen Ferien ihre beiden Kinder abzuholen; sie blieb eine einzige Nacht …

Drüben schliefen die Kinder bereits.

In dem tannenen Giebelzimmer, wo Hortense schon als Mädchen geschlafen hatte, witterte sie allerdings noch andere Gründe, warum sie nicht öfter auf Sommerau kam. Es war ein schwüler Abend, schon den ganzen Tag hatte man ein Gewitter erwartet, Staub fegte von den Wegen, jedesmal hatte es sich wieder verzogen; die Erde, grau und voller Risse, lechzte nach Regen … Hier stand noch immer das hohe Bett, nur mit einem Klimmzug ersteigbar; der alte Bauernschrank, mit Jahreszeiten bemalt. Und an der Decke noch immer der graue Stuck, die niedlichen Schleifen seiner Verzierung, woran sie als Mädchen, damals, ihre Gedanken hinauf und hinab hatte gehen lassen. Hortense kleidete sich nicht aus, obschon sie unten gesagt hatte, sie wäre müde. Ein wenig unschlüssig, auf dem Bettrand sitzend, verlor sie sich im Anblick des gemalten Schrankes, in der entfremdeten Vertraulichkeit seiner einzelnen Helgen, überrascht, wie genau sie alles wiedererkannte, was noch eben, hätte man sie danach gefragt, gänzlich im Vergessenen lag. Schwalben schwirrten unter dem Vordach; es roch nach Ställen, nach frischen Linnen des Gastbettes, nach toter Luft eines ungebrauchten Zimmers, merkwürdig muffig; sauber, aber muffig. Auch offene Fenster halfen nichts gegen die tote Luft, die blieb. Wie damals hörte man den Brunnen, wo tagsüber die Pferde getränkt werden; nach Art der älteren Herren, die auch gerne ihre gleichen Witze wiederholen, liebte er es, die Gäste jedesmal mit der erschreckenden Vorstellung eines strömenden Regens zu wecken...

Lange saß Hortense einfach so da.

Peter schnarchte –.

Ein Gefühl von Dingen, die sich über all die Jahre nicht veränderten, machte ihr den Wechsel in ihrem eigenen Dasein gespensterhaft, ungefähr so, als wäre sie bei ihrem eigenen Leben nicht dabei gewesen; plötzlich ist man Mutter, erwacht über dem wohligen Schnarchen seiner eigenen Kinder...

Hortense versuchte zu lesen, blätterte in einem Buch. Alte Bücher, nicht berühmt, haben immer so eine modrige Traurigkeit, etwas Erstickendes. Ständig bereit, sie wieder hinzuwerfen, liest man weiter und weiter, findet sie nicht schlechter als manches neue, das uns gefällt, und eben das macht sie noch trauriger, quälender, man riecht ihnen auch die Vergängnis aller Gegenwart an! Warum nimmt man sie nur zur Hand! Wie auf dem Sprung, getrieben nur von der Erwartung des Schlechten und Lächerlichen, das ihre papierne

Vergängnis billigerweise erklären würde, worauf man den Schmöker erleichtert wieder wegstellen könnte, blätterte Hortense noch immer darin, spät in die Dämmerung hinein... Gewitter türmte sich auf, die Vorhänge wehten. Hoffentlich erwachten die Kinder nicht, Peter vor allem, der die Blitze fürchtete, als zielten sie alle auf ihn. Risse in der Nacht! nannte er sie. Hinter den Hügeln spielten schon die Girlanden eines zuckenden Wetterleuchtens. Es roch nach Staub. Mit einiger Überwindung, die man seinem Erwachsensein schuldete, blickte Hortense hinaus, wartete in Richtung des letzten Leuchtens, um eine ungewisse Angst, die sie vom Rücken her beschlich, beim offenen Anblick loszuwerden, noch immer ihr modriges Buch in den Händen. Giebel des Hofes standen jedesmal in fahler Blässe, zerfielen in Nichts, in Schwärze der Nacht. Pferde wieherten. Endlich rauschte es wenigstens in den Tannen drüben, in der zerfransten Finsternis ihrer Wipfel, Hortense empfand es wie eine tröstliche Stimme, Zuruf eines Wesens, das ebenfalls in der Nähe ist; die Vorhänge blähten wie Segel ins Zimmer herein, dann sanken sie wieder. Hätte Hortense das Fenster geschlossen, allein in dem tannenen Zimmer und in der Stille all dieser abgestandenen Dinge, draußen das Gewitter und hier das modrige Buch in der Hand, sie hätte geschrieen. Sie schloß die Fenster nicht, auch als es nun donnerte. Zwei oder drei Male gab es einen hellen, brüllenden Krach, ganz in der Nähe mußte es gewesen sein, Hortense ging es durchs Mark. Vollkommen ruhig, ihr Buch in den Händen, empfand sie jedesmal einen nachklingenden Schauer, etwas wie Wonne, draußen rauschte nun auch der Regen. Die Kinder blieben still. Sintflut klatschte über das Dach, in Wasserfällen gurgelte es über die Traufe hinaus, ein prasselndes Geplätscher im Hof. Fortan donnerte es wie in Watte hinein, alles war in ein dunkles und strömendes Rauschen gerettet. Einmal geisterte die Glühbirne, flackerte, verglomm sich in Zuckungen, dann wieder schien sie in Ruhe und voller Helle, während es draußen von Wasser toste; die Giebel standen unverrückt in der Blässe abziehender Blitze, Donner rollten in ihrem eigenen Echo herum; Hortense las –

Hortense las, als plötzlich, wie von einer Schere zerschnitten, das Licht auslöschte, und der ganze Hof, als hätte er nur an einem Faden in die Welt hinaus gehangen, fiel in vollkommene Finsternis. Leute und Gesinde saßen wie Verschüttete in ihren dunklen Stuben.

Hortense blieb einfach liegen.

Einmal hatte sie Schritte im Hause gehört, Stimmen, alles ganz jenseits, alles wie durch ein rauschendes Meer hindurch; ein dunkelgrüner Schlummer überspülte sie, Rauschen einer tieferen Stille... als sie auffuhr, ein wenig entsetzt, stand schon jemand im Zimmer; noch im ersten Schrecken, im Drang zu schreien, dachte sie an die schlafenden Kinder nebenan.

«Wer ist da?» flüsterte sie.

«Ich mache nur Licht –.»

Es war eine Männerstimme.

«Ich mache nur Licht», sagte er nochmals, «ich habe Kerzen, unsere Leitung ist unterbrochen.»

«Wer sind Sie?»

Schweigen, Finsternis.

«Wenn ich nur die Streichhölzer fände!» sagte die Stimme aus dem Dunkeln, gelassen wie zu einem traumwirren Kind. «Haben Sie mein Klopfen nicht gehört? Ich habe mehrmals geklopft – Da!» sagte er. «Ich hab' sie! Man hat mich geschickt.»

Hortense schlug das Herz in den Hals, je länger sie die Stimme hörte.

«Wer sind Sie denn??»

«Anton, der Gärtner –.»

Nach einigem Gekratz, womit er ein Streichholz entzündete, sah Hortense plötzlich seine erleuchtete Hand um ein aufblühendes Flämmchen; er hielt es an den Docht einer Kerze. Alt und ungebraucht, wie die Dochte waren, ging es ordentlich lange, bis sie das Licht übernahmen. Anton fluchte ein wenig, als wäre er allein. Er mußte noch einmal ein Streichholz anzünden. Der Wind! Im Gerausch des Regens, der anhielt, fühlte man sich wie auf einem Meeresgrund der Stille. Tropfen eines milden Lichtes, einer nach dem andern, reihten sich auf, jeder mit einem Goldsaum wie welkender Herbst, mit einer schimmernden Kugel von Wärme, umrandet von Bläue einer flatternden Schattigkeit. Am Ende war es ein ganzer Leuchter, ein altertümliches Ding mit weihevoller Gebärde seiner verstaubten Schnörkel. Unschlüssig, wohin er nun das Unding zu stellen hätte, stand der Diener mit immer vertrauteren Zügen seines aufwärts erhellten Gesichtes vor ihr.

«Du?» sagte Hortense. «Du …?»

Anton rührte sich nicht.

«Dachte ich es nicht! Du bist es?»

«Man hat mich geschickt», sagte er betroffen. «Ich habe nicht gewußt, wer die Dame ist.»

Hortense verschwamm es wie ein Traum …

Sein regloses Dastehen, die Art, wie er den Leuchter hielt, so daß man ihm nicht einmal die Hand hätte geben können, das lange Vermißte seines Gesichtes, das lächerlich Vertraute noch immer, nur durch Alter verschüttet, unwahrscheinlich durch Nähe! Hortense setzte sich.

«Reinhart», sagte sie, «wie kommst du hierher?»

Eine lange Geschichte, dachte er, eine leidige Geschichte, und zudem hätte er jetzt lieber erfahren, wohin mit dem Unding von Leuchter. Es war nicht einzusehen, was aus der Begegnung werden sollte; er sann auf Rückzug …

Sie waren dann in ein Gespräch gekommen, das mit dem Augenblick, mit ihrer Begegnung gar nichts zu tun hatte: sie redeten über Annemarie, die Tochter – Hortense nämlich wußte, daß ihre Tochter mit dem Gärtner gesprochen und was ihr dieser Gärtner geraten hatte. Sie lächelte:

«Früher hast du sehr anders gesprochen.»

Eine Weile darauf, als Hortense ihren Blick erhob und ihn von neuem ansah, stand er noch immer wie zuvor, ein Diener mit Kerzen in der Hand. Reinhart spürte es, daß er jahrelang nicht mehr mit einem Menschen gesprochen hatte, um verstanden zu werden … Und dann das andere: man hätte von allem anderen reden können, vom Regen draußen in der Nacht, vom Heu, von der Gegend überhaupt, von der Stadt, von Hortense und ihrem Leben und ihrem Mann, von ihren Kindern, von allem, nur nicht von früher! Man hätte das Wort vermeiden müssen, es war wie ein Tor, es öffnete so vieles, was doch vergangen war, keinerlei Zukunft mehr hatte, und alles, was seither geschehen und mühsam errungen war, alles Gedachte stand wie ein wankender Turm über ihm, jetzt, da jenes Frühere noch einmal so leiblich und wirklich vor ihm saß. Hortense hatte sich wenig verändert. Obschon sie, wie er nun wußte, Kinder hatte. Nur die Haare trug sie anders.

Indessen erging es Hortense kaum leichter als ihm; sie mußte sich besinnen, was sie fortan sagen sollte.

«Vater ist tot», sagte sie.

«Davon habe ich gehört.»

«Eines Tages sterben sie alle –.»

Dann wieder hörten sie einzig den Regen, und die Kerzen flackerten von der Kühle, die ins Zimmer wehte. Es war eine Sintflut von Regen; der Strom schien noch immer unterbrochen zu sein. Hortense hatte ihre Hände im Schoß, während sie an Dinge dachte, die ihrem Schweigen nicht abzulesen waren, und spielte mit ihren Fingern.

«Was dein Kind betrifft», sagte Reinhart, «ich habe nicht gewußt, wer seine Mutter ist, – Annemarie hat mich gefragt, was sie tun sollte, und ich habe ihr nach meinem Gewissen geraten, das ist alles. Wenn sie Kraft genug hat, um die Fesseln zu sprengen, so fragt sie nicht um Erlaubnis, dachte ich –.»

«Und wenn sie die Kraft nicht hat?»

«Eben für diese sind ja die Fesseln da. Das ist der Sinn dieser Fessel, denke ich. Sie leisten mehr, indem sie gehorchen, sind glücklicher… Warum blickst du mich an?»

Hortense war aufgestanden.

«Dann ist es ja gut», sagte sie am Fenster. «Wenn du das wirklich meinst, was du Annemarie gesagt hast.»

«Warum nicht?»

«Man kann auch anderes glauben.»

Weiter äußerte sich Hortense nicht.

«Seit ich mein eigenes Leben kennengelernt habe», sagte Reinhart, «seit ich Spaliere betreue, die Gewächse sehe, wo Härte des Zwanges und der Stutzung fehlt, denke ich in manchem anders, mag sein –.»

Jeder möchte ein Herr dieses Lebens sein, keiner mag dienen; daran aber ginge mehr Leben zugrunde als am Verzicht auf eine Freude, den man einem Kind auferlegt. Es sind zu wenige, welche die Kraft haben, ohne Gehorsam auszukommen, und ein eigenes Ziel; allen andern ist es wohler so, sie leisten mehr, indem sie gehorchen. In Freiheit, jedes für sich, verderben sie auf eine ganz durchschnittliche Art und Weise, und damit ist niemand gedient, zuletzt ihnen selbst!

«Es war übrigens sehr komisch», sagte Hortense, «Annemarie hat uns viel von dir erzählt, – auf einmal tönte es ganz anders, sie heulte, als sie mir von deinem strengen Rat erzählte; sie war sehr enttäuscht von dir!»

«Das spürte ich.»

«Ich will meinen Kindern nicht vor dem Leben stehen», sagte Hortense. «Schließlich ist es ihre eigene Jugend, und ich mag nicht, daß man ihnen immer wieder die Jugend verbietet, nur weil es für die Eltern einfacher ist.»

Als Reinhart nichts darauf antwortete, sondern sich ausschwieg, sagte Hortense mit einem Ton von Widerspruch:

«Ich weiß, was du denkst! ...»

(Aber es stimmt nicht, dachte sie.)

«Du denkst, ich treibe mein Kind in eine Freiheit, von der es mich reut, sie selber nie genossen zu haben. – Gewiß, die Versuchung ist groß! ich gebe das zu. Es ist die berühmte Erfüllung in den Kindern, wie man es nennt, und eben das ist es, womit man auch ihre Leben schon wieder verpfercht. Ich weiß, man sollte die Kinder nie dazu treiben, unsere eigenen unerfüllten Sehnsüchte nachzuholen, – wir haben nur ein einziges Leben, wir müssen uns damit abfinden.»

«Ja.»

Aber all das hatte Reinhart mit seinem Schweigen nicht gemeint; es schien ihm, Hortense mißdeutete ihn, indem sie ihm Worte unterlegte, die er früher vielleicht gerne im Munde geführt hatte. Und einzig dieses Gefühl, daß sich auch Mißverständnisse ergaben, wo man schwieg, trieb ihn zum Reden:

«Was Annemarie betrifft», sagte er, «so hätte ich auch einem eigenen Kinde nicht anders geraten –.»

Hortense hörte schon nicht mehr.

Um über Annemarie zu sprechen, schien ihr, dazu hatte diese Nacht sie nicht zusammengeführt! Sie empfand es auf einmal als eine Ausflucht in Nebensachen, die nicht weiterzutreiben war. Hortense hatte sich auf den Rand des Bettes gesetzt, noch immer ohne jede Ahnung, wieso Reinhart an diesen Ort gekommen war. Sie blickte ihn an, als glaubte sie seine leibliche Gegenwart noch immer nicht ganz, oder besser gesagt, immer weniger, je länger sie Zeit hatte, sich zu fragen und zu wundern, und sie blickte ihn in einer Art und Weise an, daß er auch nicht mehr weiterredete. Er stand wie ein Diener hinter dem Geflacker der Kerzen, die er trug, und schwieg, als Hortense ihn fragte... Er stand und schwieg, sein Schatten knickte sich über Wände und Decke; er setzte sich nicht.

Über seinen lächerlichen Starrsinn verzagt, den Hortense nicht begriff, war sie ans offene Fenster getreten; Regenkühle strömte herein, Geruch von zerschlagenem Laub, sommerlich, Schwüle von Blüten, Erde duftete aus dem Unsichtbaren, Nässe der Nacht, Erinnerung an alle gurgelnden Regen, die es jemals gab. Und hinter ihr Reinhart, der Gärtner. Vor Jahren hatte sie ihm einmal geschrieben in der Not der Erinnerung, mehr als einmal; ihre Briefe kamen jedesmal zurück, seine Adresse war nicht aufzutreiben, er war wie ein Nebel so ungreifbar. Hortense tröstete sich damals, indem sie ihn in irgendeiner glücklichen Ferne wähnte. Und jetzt, noch einmal gegenwärtig und wirklich, stand er da – und schwieg.

«Wo hast du so lange gelebt!»

Er zuckte die Achsel.

«In Wirtschaften», sagte er, «in Mansarden. Und dann in der Anstalt –.»

Was lag für Hortense daran, es zu wissen! Kein Abenteuer, wie sie vielleicht hoffte, nur eine Verwahrlosung war es … Ihr helles Kleid, ihr junges Haar im Kerzenlicht, ihre ganze Gestalt vor dem Vorhang: ihr Leben, fand er, stand ihr sehr gut, alles war reifer an ihr, voller, ein großes mütterliches Mädchen, ihre Familienbrosche noch immer … Reinhart fühlte sich außerstande, ihr klarzumachen, warum er damals in Wirtschaften hockte, ziellos in Straßen umhertrieb, willenlos, sich besoff, um für Stunden sich selber loszusein, und dann fing doch alles wieder von vorne an, es war ein blödsinniges Dasein! Eines Tages, als er eine Straße herabkam, hörte er eine kreischende Sau, zwang sich, nicht weiterzugehen, seinen Ekel auszuhalten. Es tönte wie ein Wagen, der mit angezogenen Bremsen einen Berg hinabfährt. Es kostet ihn viel, zu bleiben; in dem kleinen Raum, wo geschlachtet wurde, stank es nach Blut, nach Kot und warmem Wasser, er kam gerade hinzu, wie sie dem kreischenden Tier, das an den Hufen gefesselt war, einen eisernen Stift auf die Stirne setzten und schlugen, schlugen, schlugen; unter Strömen purpurnen Blutes, das ihm aus dem Maul schoß, schrie es grauenhafter als zuvor. Die hinterlistige Art, wie es gefesselt war, bewährte sich, es riß umsonst mit seinen Hinterbeinen, schlipfte nur aus, ohne den Schlägen ausweichen zu können, zwei Burschen hielten zu beiden Seiten das Seil, das ihm um die Schnauze gebunden war. Endlich auf die vorderen Kniee gebrochen, röchelte es nur noch unter den Schlägen, die der Metzger, selber schon außer Atem, mit seinem Holzhammer zugab, um den zukkenden Klumpen zur Ruhe zu bringen. Es war aber noch nicht zu Ende. Sie hatten schon zur nächsten Verrichtung übergehen wollen, den Hammer bereits mit einem schmalen Messer vertauscht, als die Sau, vom eigenen Blut verschmiert, sich abermals aufbäumte, noch immer voll Leben und kreischender Verzweiflung. Einer der Burschen, der in seinen Holzschuhen keinen allzu guten Stand hatte, war ausgerutscht und fiel in den Dreck; voll Wut über den Burschen griff der Meister noch einmal nach dem Hammer und schlug, schlug auf das tierische Kreischen, als rammte er es wie einen Pfahl in den Boden. Nachher ging alles ganz flink, ein lautloser und weicher Schnitt rund um den Hals, das heißt, vorher noch hatten sie das tote Schwein in warmes Wasser geworfen und mit einem flachen Eisen seine Borsten heruntergekratzt. Jetzt erst, als der Metzger den abgeschnittenen, in Fäden blutenden Schweinskopf an einen Haken genommen hatte, erblickte er den Zuschauer auf der Schwelle. Was er da eigentlich suchte? Reinhart konnte nichts sagen. Ich bin dein Sohn, hätte er antworten können. Sie ließen die Türe immerhin offen, dampfig wie es war; Kühle wölkte mit sinkenden Schwaden herein. Über einer Schimpferei mit dem Gehilfen, der seinerseits maulte, hatte Hafner ihn ganz vergessen. Das andere, noch lebende Schwein hatten sie unterdessen ebenfalls gefesselt; wartend lag es in seinem Kot und beschnupperte das Blut seines Vorläufers, Hafner griff bis zum Ellenbogen in das warme Eingeweide, blindlings, während er darüber hinaus zugleich seine weiteren Anordnungen gab. Reinhart blieb, bis auch das andere Schwein geschlachtet war und an seinem eisernen Haken hing; mit Kübeln schwemmten sie zuletzt das Schmutzwasser über den Zementboden, daß es gegen den Zuschauer spritzte, mit einem Strupper trieben sie alles gegen den Ablauf, Wasser und Blut, vom Kot verfärbt, voll Borsten schwamm es um ihre Holzschuhe, ein Tümpel von Gestank und Dampf –.

Das war damals alles gewesen.

Auch in der Wirtschaft, wo Hafner allabendlich jaßte, kam er seinem Vater nicht näher, er setzte sich willentlich an keinen andern Tisch als die Fuhrleute, versuchte sich einzureden, daß er ihresgleichen sei, wollte sich den Dünkel jeglicher Unterscheidung versagen. Außer einem betrunkenen Dienstmann, der über Gott und Vaterland maulte und dankbar war, ein Wesen zu finden, das nicht jaßte, redete niemand mit Reinhart. Der Wirt, ein Krüppel, tat es aus Beruf.

Wer Reinhart war, wußte niemand.

Und mehr noch: es fragte auch niemand danach …

Er war ein Spinner, der Abend für Abend in seiner Ecke saß, offenbar selber nicht wußte, was er wollte. Er hatte sein Bier, seine Salzstengel. Über ihm hing das große Bild einer Brauerei. Er sah die grünen Wieslein ihrer Jaßteppiche; über ihren Köpfen wölkte eine Bläue von Rauch. Und Reinhart tätschelte den alten Wirtshund. Irgendwo gab es das einsame Geräusch eines Propellers, der den Rauch in die Nacht hinaustrieb; dann wieder das Zischen, wenn sie Bier herausließen, und Marie, die mit einem Hölzlein jedesmal den Schaum abstrich. All dies war ihm durch Wochen vertraut, aber umsonst; auch hier nicht als zugehörig empfunden, blieb er so etwas wie ein vergessener Schirm im Gestell. Man hatte, das begriff er, durchaus nicht auf ihn und seine Herablassung gewartet.

Schlimmer noch waren die Tage, denn sie waren ja ohne Halt an einer Arbeit; an Malen war nicht zu denken, das war wie eine versunkene Insel, und das andere, was Reinhart auch einmal versucht hatte, die Arbeit in einem Geschäft, die Arbeit um eines Lohnes willen: er hatte es nie wieder vermocht, er hatte es versucht und man hatte ihn zum Teufel geschickt, es fehlte ihm der Wille; es fehlte jeder Sinn, worin ein Wille hätte wurzeln können. Er saß in Alleen, während jedermann arbeitete, und sah den Spatzen zu. Oder er stand draußen im Regen, im Nebel, weit draußen vor der Stadt, deren Werktag er floh; er schoß auf Krähen, die wie schwarze Lumpen über den leeren Acker flatterten. Er hatte die Waffe nicht länger ertragen, ohne zu schießen. Die Krähe hatte lange auf einer Stromleitung gesessen, groß und nahe; von seinem Knall erschreckt, nicht tot, nicht richtig getroffen, flatterte der Vogel mit zerzausten Federn über den Boden; Reinhart mußte ihm nach, und Schuß auf Schuß widerhallte in den Wäldern ringsum, es blieb nichts anderes mehr übrig. Als er den schwarzen Vogel endlich hatte, wußte er nicht, was er eigentlich anfangen sollte mit ihm. Es regnete, November über den Feldern, zwischen den Furchen lagen Reste von erstem Schnee; er stand in den Wäldern, hörte das hohle Getropf auf dem nassen Laub der Wege, die nach allen Seiten in den Nebel führten. Er wußte nicht, was in aller Welt er beginnen sollte.

Im Grunde, heißt das, wußte er es genau:

«Ich muß meinen Vater aufsuchen. Je schwerer es mir fällt, um so dringender, daß ich es auf mich nehme. Ich werde nichts anderes beginnen können, bevor ich meinen Vater aufgesucht habe.»

Dennoch wurde es Frühling. – Es war ein Vormittag mit Sonne und zwitschernden Vögeln, als er den Mut aufbrachte, zu klingeln, zu warten und zu sehen, was bei alledem herauskam; es war eine Türe mit vergriffenem Schleiflack und Milchglas, wie es sie in abertausend Mietshäusern gibt, und Reinhart stand wie vor einer Pforte, seiner Erlösung oder Verdammnis gewärtig. Viel Zeit, um nachzudenken, hatte er nicht mehr, zum Glück vielleicht. Da Reinhart nur als Zimmerherr kam, war die Aufnahme durchaus herzlich, zumal er mit Frau Hafner allein verhandelte. Sie suchte den Schlüssel; dann ging man die Treppe hinauf. Frau Hafner, die ihm das Zimmer zeigte, tat es ohne Arg und Verdacht. Allerdings, sagte er gleich, wäre er ziemlich auf dem Hund, arbeitslos und so weiter; er blieb schüchtern, unnatürlich schüchtern. Innerlich zitterte er ja für sein planloses Unterfangen. Frau Hafner war eine einfache und mollige Person, nicht dumm, aber mit Vorliebe gütig. Man war sich also einig, bevor es Reinhart noch ganz begriff; er stand in dem Zimmer, die Hände in den Manteltaschen, allein, ein wenig über den alltäglichen Verlauf enttäuscht und erleichtert, ein wenig benommen, zum erstenmal in seinem vorgerückten Leben daheim zu sein ... Auch in der Folge mochte er die fremde Frau nicht ungern. Sie faßte ihn stets am Oberarm, wenn sie mit ihm redete, oder tupfte mit ihrem Finger an seine Schulter, so daß Reinhart oft Mühe hatte, auf ihre Worte zu achten; seinerseits stand er mit einem gerollten Teppich unter dem Arm, eigentlich hatte er nochmals über die Miete reden wollen, ganz sachlich. Ich weiß, sagte Frau Hafner, es müssen heute alle rechnen! Sie wollte nichts hören, sie machte ein Gerede, das man im ganzen Treppenhaus hörte. Und dafür klopfen Sie mir ja auch die Teppiche, sagte sie, oder nicht?

Das tat er, ja.

Also! ...

Er klopfte jeden Freitag; er klopfte, daß es in den Höfen hallte, und es erinnerte ihn, er wußte im Augenblick nicht: woran? und oft klopfte er länger, als es den morschen Teppichen bekömmlich sein mochte. Auch hier kam Reinhart ins Grübeln, verlor sich in Schwermut, was all das eigentlich für einen Sinn haben sollte. Er tat es übrigens nicht ungern, das nicht. Er war durchaus froh, daß er etwas zu tun hatte; es reihte ihn ein, und eines gab sich aus dem andern, er tat es vorweg, als müßte alles so sein. Nur manchmal erinnerte es ihn an seinen Gärtnerschopf, wo sie ringsum auch immer die Teppiche droschen; damals waren es eben Leute, Herrgott, sie hatten ihn nicht gekümmert, ihr Leben ging ihn ja nichts an, hatte er gemeint, er war Künstler und hauste in dem grünen Eiland seines überwucherten Schopfes, selig in Wonnen und Qualen seiner Arbeit, sich selbst genug, als wäre er vom Himmel gefallen, frei, schrankenlos frei, herrgöttlich, ohne jede Geschwisterschaft zu den Menschen, den Spießern, die ringsum ihre Teppiche klopften –.

Jetzt klopfte er selber.

In jener Zeit fing Reinhart an, sich zu schämen. Er schämte sich bis zur Verzweiflung. Er schämte sich seines Übermutes von früher. Das Dasein der allermeisten, er hatte das nicht gewußt, es war durchaus nicht entsetzlich, nur unfruchtbar. Es erbarmte ihn. Es war nicht Leid, nicht Not, wie er früher befürchtet hatte; es war nur die Leere, und das war schlimmer, es war ein Dasein von Teppichklopfern. Sie wissen nicht einmal, was Leben sein könnte; sie sehnen sich nicht einmal nach einem andern. Das erbarmte ihn. Er hatte gedacht: Und irgendwo gibt es die Provinz der Armut, die Insel der Hablosen, die Würde der Sehnsucht, die Größe der reinen Empörung … Es war nicht Armut, nur Leere, was Reinhart aus diesen Höfen entgegenhallte; er hatte das Gehör dafür aus der Leere seines eigenen Daseins, aus Trauer eines Erfolglosen – erfolglos auf all seiner Suche nach gestaltetem Leben, nach einem Menschtum, das sich lohnt … Als bankrotter Künstler, dem eines Tages der Boden unter den Füßen versank, hatte er es einmal im Bürgertum gesucht; der Bürger glaubt, ja, er glaubt an seine höhere Art, seine

Führerschaft, solange sie ihm dient, seine behaglichen Vorrechte zu schützen; glaubt er auch da, wo er um seiner höheren Art nicht auf einem ledernen Polster, sondern auf glühenden Nägeln sitzen müßte? Und alle die andern, die sogenannt Unteren, die sich mit ihrer Armut brüsten und den Bürger hassen, weil sie ihn beneiden und es nicht anders haben möchten als er! Das war es, was Reinhart enttäuschte: es war eine Armut ohne Würde, nur Mangel, nicht Sehnsucht, die sich hinaushob über das satte Leben des Bürgers… Manchmal saß Reinhart in seinem Zimmer, die Hände in den Hosentaschen wie einer, der überhaupt nirgends mehr daheim ist; es war ihm dann, als schlügen wir alle die Flügel auf den Boden wie die angeschossene Krähe. Es fehlt die Luft, die uns trägt; es fehlt ein Unsichtbares, ein Außermenschliches, das größer als unser Ich ist, so groß, daß wir unser Ich vergessen. Man kommt sich selber sehr nahe, indem man sich selber sieht; am Ende ist es nur noch ein Glas, das uns vom Ziele trennt, das heißt, von unserer eigenen Verwirklichung in dieser Welt, und man ahnt den ungeheuren Umweg, der hinführt; man wagt ihn nicht. Eine Biene, zwischen Fensterscheiben gefangen, erschöpft sich nicht irriger! …

«Sie grübeln zuviel», meinte Frau Hafner.

Es schien der guten Frau nicht mehr geheuer, Abende lang saß er allein auf seiner Bude. Reinhart hatte schon alle erdenklichen Ausflüchte verbraucht, und einmal, als sie ihn wieder zum Nachtessen an ihren Tisch einlud, konnte er es nicht abschlagen, schon aus Hunger nicht; er nahm seinen Rock, er ging wie zu einer Hinrichtung –.

Der Vater war aber nicht da.

Im Augenblick erleichterte es Reinhart.

Der Vater, erriet er, kam überhaupt nie zum Nachtessen,

nie, er war in der Wirtschaft daheim, und nachdem sie umsonst zehn Jahre lang auch seinen Teller jedesmal auf das Wachstuch gestellt hatte, konnte es ihr niemand verargen, daß sie die Hoffnung auf ein Familienleben nach und nach aufgab. Warum er nicht kam? Er war kein Trinker, nur ein Jasser; ein wenig war er auch feige, hatte Angst vor dem eigenen Sohn, den er hätte zurechtweisen müssen, und er liebte die Auftritte nicht... Reinhart saß am Küchentisch, die Ellbogen aufgestützt, und die Frau, die er nicht ungern mochte, schmorte Kartoffeln. Und nicht einmal ihr konnte er es sagen. Feig wie der Vater? Er blätterte in einer Zeitung, die gerade auf dem Tisch lag; wenn er las, so hörte er sein eigenes Schweigen nicht. Ein unehelicher Sohn, es hätte ihre Meinung von den Männern nur bezeugt und ihr insofern beinahe Freude gemacht! Er konnte es nicht. Frau Hafner schlurfte in der Küche umher und schöpfte ihm aus der Pfanne; das übrige käme auch bald. Trotz ihrer leiblichen Fülle – sie ruderte wie in ihrem eigenen Gewoge umher – schuftete die Frau noch immer wie früher als Dienstmädchen; sie putzte die Metzgerei, sie kochte, sie wusch, sie machte sogar die Buchhaltung für den Laden. Dem Zimmerherrn flickte sie die Hemden, kostenlos. Arbeit war ihre Betäubung, eine rührende Art von Rausch, den andere natürlich ausnutzten. Ihr eigener Sohn, Coiffeur in einem Damensalon, hatte jedesmal kein Geld, wenn er sich Wäsche kaufen sollte; die Mutter mußte es für ihn tun, indem sie es am Kochen einsparte, oder sie verdiente es durch zusätzliches Treppenputzen, und unterdessen mietete der Sohn einen Wagen, reiste mit seinem Girl nach Ascona, wo die Künstler hausen, tanzte, lag am Strand, braun wie ein Roß und immer wieder einmal geschlechtskrank auf Kosten einer staatlichen Krankenkasse. Man wußte genau darum;

Hafner aber, wenn er vom Jassen zurückkam, schimpfte nur mit seiner Frau, den Sohn betreffend; er saß auf dem Bettrand, ächzte, eine Wolke von Biergeruch, und schimpfte, als wäre es ihre Schuld. Kam der Sohn einmal nach Hause, sagte Hafner kein Wort, hielt sich lautlos und brummig wie ein Hund, der den Schwanz einzieht, und alles blieb beim Alten. Der müde Sohn lag auf dem Kanapee, rauchte und stellte Tanzmusik ein, die Mutter schlurfte umher, Hafner verzog sich in die Wirtschaft. Und Reinhart, der Zimmerherr und Halbbruder, stand drüben mit den Händen in den Hosentaschen, hörte und litt, litt, als zerfiele nebenan sein eigener Leib… Einmal war auch von einer Schwester die Rede gewesen, allerdings nur kurz: Du wirst noch wie deine Schwester, das Luder! Mehr über sie war nicht zu hören. Reinhart hatte also auch noch eine Schwester. Das war neu. Man hatte sie allerdings, wie er später am Küchentisch aus einer unwilligen Auskunft der Mutter entnahm, lange schon aus dem Hause gejagt, Hafner vor allem, der schon aus geschäftlichen Rücksichten auf eine gewisse Hausehre angewiesen war. Sie schien wie ein Unkraut aus ihren Gesprächen ausgerottet.

«Essen Sie doch», sagte die Hafnerin, «Sie essen ja gar nichts, und ich habe eine ganze Schüssel voll gemacht!»

Eine Schwester zu haben, das war eine Vorstellung, die Reinhart wunderlich ergriff, fast zärtlich. Wie der Dampf aus der Schüssel, die auszuschöpfen war, stieg ihm das Erinnern aus Knabenjahren; im Anblick der Mädchen, die damals wie Pflanzen eines andern Gestirnes auf der linken Klassenseite saßen, empfand er es oft als einen heillosen Mangel, keine Schwester zu haben, denn es fehlte ihm stets der Schlüssel, die Übersetzung, wie man selber als Mädchen lauten würde, und auch später noch als junger Mann saß er manchmal in einer Allee, wo die abendlichen Frauen an seiner Bank vorbeigingen, verspielte sich im Gedanken, wer von all diesen bunten Frauen etwa seine Schwester sein könnte. In ihre Fraulichkeit einzugehen nicht als Mann, sondern als Bruder, er dachte es sich als eine lichte Vertraulichkeit, eine Landschaft ohne Blitze der Leidenschaft, ein Lieben ohne Gier, eine kindhafte Heimatlichkeit zwischen reifen Geschlechtern. Eine Schwester zu haben, es ergriff ihn mit Bangnis einer letzten holden Hoffnung, und länger als je saß Reinhart vor dem mürben Wachstuch des Küchentisches. Ein Luder! nannten sie seine Schwester, nichts weiter… Was grübelte er denn wieder? dachte die Hafnerin, der Mensch schnappt noch über, und seine Gegenwart war ihr nicht mehr ganz geheuer, ärgerlich in seiner Art, zu warten, Gott weiß worauf. Ja! sagte er endlich, erhob sich wie aus einem Traum, brachte seinen Teller zum Abwaschen und ging wieder einfach in die Nacht hinaus.

Da man sie also des Hauses verwiesen hatte, die jüngere Schwester, hielt es natürlich schwer, sie kennenzulernen. Ihr Name, wie gesagt, war begraben. Warum wohl? Der Sohn mit den spitzen Lackschuhen, mit dem geschniegelten Haar und seinem Schnäuzchen über den Lippen war Lump genug, seine Schwester preiszugeben; es geschah an einem Sonntag, als er gegen ein Uhr mittags aufgestanden war, mit seinen breiten schwarzen Hosen und seinem unvermeidlichen Haarnetz auf dem Kopf in die Küche kam, um sich am Schüttstein zu rasieren, während die Eltern sonntagshalber in der Stube drinnen aßen. Reinhart benutzte den Augenblick; er stand am Herd und braute sich einen Tee. Die Eltern hatten ihn offenbar gerüffelt, den Sohn; das genügte für sein Gemüt, daß er eben diesen Eltern zuleide von der Schwester erzählte, die, wie er während eines zweiten Einseifens sagte, ein Luder war. Er wetzte das Messer. Dann, indem er vor die Scherbe eines Spiegels trat und sein Affenkinn schabte, erzählte er auch das weitere … Im Anfang war es eine wirkliche Liebe, wie meistens, offenbar liebte sie ihn mit allem Ernst ihrer Jugend; er war ein Kunstgewerbler, und als er nebenher mit einer verheirateten Frau ging, sah das enttäuschte Mädchen kein anderes Mittel, ihn zurückzurufen, als daß sie ihn eifersüchtig machte: sie erschien eines Abends als Modell, sie, die noch kein Mann, kein Geliebter so gesehen hatte, achtzehnjährig stand sie unter dem Scheinwerfer. Und der Erfolg? Daß der Freund, als er seinerseits mit Mappe und Stift in den Saal trat, überhaupt nichts mehr von ihr wissen wollte. Sie verdiente nun auf diese Weise ein gewisses Taschengeld. Der Vater, hätte er es erfahren, würde sie verhauen haben, kein Zweifel; anderseits war es ihm bequem, daß sie sich selber ihre Kleider kaufte, er fragte gar nicht, woher das Geld kam; er jedenfalls gab ihr keines mehr, und später, als er erfuhr, daß sie zu Künstlern ging und sich bis auf die Haut auszog, schlug er sie ins Gesicht, weinte vor Zorn, warf sie zum Hause hinaus und fragte nie wieder nach ihr …

Das war die Schwester. Reinhart konnte ihr auch jetzt, als er davon wußte, seinen Vorschuß an zärtlichen Gefühlen nicht entziehen, ja, eine Wallung von vertracktem Gewissen zwang ihn sogar, sie kennenzulernen, sich noch einmal als Maler auszugeben, wenn auch klopfenden Herzens, sozusagen als Kunde, und der Bruder, der am Schüttstein gerade sein Haar näßte und sich ausführlich kämmte, war so unmenschlich nicht, der Schwester nicht beizustehen, wenn sie verdienen konnte. Warum auch nicht! Am selben Sonntag noch gingen sie zusammen in die Stadt, in die regnerische Leere eines Nachmittages mit laublosen Alleen, mit

Kaffeekonzerten. Ohne Hut und Handschuhe paßte Reinhart wenig zu seinem Begleiter, der, eine Melone auf dem Kopf, wie ein Baron aus dem Film daherkam. Lassen Sie das! sagte der brüderliche Schwengel in der Straßenbahn und zahlte auch für Reinhart, den Maler ohne Hut. Mit seinem unnötigen Griff nach Geld war Reinhart auf die Waffe in der Manteltasche gestoßen; er empfand sie wie einen Halt, den er brauchte, durchaus nicht mehr ahnungslos, wohin es gehen könnte. Im Kaffeehaus, als man sich offenbar am Ziel befand, zog Reinhart seinen Mantel nicht aus, setzte sich wider alles Benehmen, achtete es nicht einmal, als der Schwengel ihm eine Zigarette anbot; er saß wie entgeistert. Es war nicht Jenny, die sie bediente, zum Glück. Man bestellte; sein Begleiter tat es für beide. Jenny ging mit einem Brett voll Zigaretten, an einem Riemen über die Schulter gehängt; das Joch machte sie noch zierlicher, Jenny mit dem lustigen Haarzottel. Zu sehen, wie jeder Lümmel und jeder Schmerbauch sie heranwinken konnte, der seinen Franken in den Fingern drehte, und wie Jenny sich dann bückte, damit sie in dem bunten Beet ihrer Schächtelchen auswählen konnten, traf Reinhart wie eine persönliche Erniedrigung. Er fühlte sich einem Dammbruch von Tränen nahe. Und tatsächlich winkte auch sein Begleiter nach dem Zigarettenfräulein. Alles weitere sah Reinhart wie einen Film, den er schon kannte. Der jüngere Bruder, um ihr Verbleiben an dem Tischlein zu ermöglichen, kaufte ihr ebenfalls eine Schachtel ab. Ah so! sagte er mit einem dreckigen Verdacht im Gesicht: Ihr kennt euch schon? Jenny war kurz: Wenn du gestattest, ja! sagte sie und zählte ihm das Geld zurück, ohne Reinhart auch nur einmal anzublicken.

Abends saß Reinhart in der Wirtschaft, wo Hafner jaßte, und schoß auf seinen Vater. Er schoß: es war wie im Traum schon so oft, wenn man losdrückt und es knallt nicht, es fällt niemand um. Im Gegenteil, alle sprangen auf. Er saß in seinem Mantel, alle standen um ihn; er sah das Bier auf dem Tisch, die Salzstengel, die Waffe in den Händen des Wirtes, der ein Krüppel war. Das Lächerlichste blieb ihm nicht erspart; offenbar hatte er sich an der Krähe bereits verschossen und wußte nicht, daß er mit leerer Waffe umherging. Als die Polizei kam, erklärte Reinhart, wie es war: er hätte schießen wollen. Sie untersuchten die Waffe, sie fragten ihn aus und glaubten ihm nichts. Alles hatte auf einmal einen feindlichen und ausweglosen Ernst, der sich wirklicher nahm als den unwirklichen Schuß. Sie wußten alles besser; man forschte nach, ob Hafner wirklich sein Vater wäre. Was Hafner bestritt. Und Hafner hatte nicht geschossen; was Hafner sagte, stand außer Zweifel. Erklären konnte Reinhart überhaupt nichts. Er sah sich in einem so lächerlichen Dickicht von Irrtum, einer schändet den andern, jeder sich selbst, er sah nichts als ein endloses Gewurstel, das sich fortpflanzt, einen Knäuel von sinnlosem Leben, ein Untier, das mit Menschenköpfen wuchert! Und einer davon war er selbst. Einmal in jüngeren Jahren hatte er drunten in Ungarn auf einer Brücke gestanden und die schwarzen Schlepper verfolgt, die unten in dem lehmbraunen Wasser vorüberdampften; er sah die russische Ferne, das Gefälle zum Meer, zum grenzenlos Weiten, Gefälle zur Mutter, er wußte nicht, daß es die Mutter war; so wenig er damals wußte, wer Jenny war, die er gemalt hatte, Jenny mit dem lustigen Haarzottel; er hatte seine wirkliche Mutter nie gesehen und wußte nur, sie hatte sich das Leben genommen. Offenbar hatten sie Angst, er täte ein Gleiches. Sie taten ihn in eine Anstalt, Irrenhaus oder Nervenanstalt, wie man will – dort hatte er dann auch die Gärtnerei erlernt –, sie hielten es für

Reue, seine unsägliche Erleichterung darüber, daß Hafner nicht erschossen war.

Was wäre damit getan, daß man hingeht und den Vater tötet! Wir sind aus einem einzigen Leib: wer sich vergißt, vergißt seinen Sohn; wer seinem Vater ausweicht, weicht sich selber aus. Und jeder, der sich gehen läßt, vergrößert das Unüberwundene. Von keinem Toten mehr abzutragen, wirkt es in die Lebenden hinauf, die nicht wissen, was sie zerstört; es wuchert fort und fort, bis ein Lebender es weiß und es abträgt – in sich –. Der Tod ist nicht einfach ein Nichts, ein Aufhören ins Unverbindliche; im Leben muß es getan werden.

– – –

Hortense stand bei den Vorhängen.

«Weißt du», sagte sie später, «wie ich dich all die Jahre gesehen habe? Immer gingst du in der Ferne eines wirklicheren Lebens, ich dachte, du malst wieder, du wanderst an Küsten, die ich nie erreiche. Daß es das gibt, Menschen wie du, war oft das einzige, was allem einen Glanz von Sinn gab!»

«Ich dachte dich ebenfalls glücklich.»

In einem andern Ton – er spürte es aus ihrem Schweigen, daß er das nicht hätte sagen dürfen; es lag ein Dünkel darin, ihre Worte so aufzubrechen, so herauszustellen, daß auch ihre Ehe nicht die letzte Erfüllung war –, in einem andern Ton, der all dies wieder verwischen sollte, fuhr er fort:

«Deinen Mann habe ich übrigens gekannt, einmal sogar gemalt – und ihn im Grunde immer beneidet.»

«Um was?»

«Nicht so sehr um seine Frau!» lächelte Reinhart, um auszuweichen. «Eine Frau zu haben, welche die Untreue nicht vorweggenommen hat, denke ich mir nicht leicht; das Ungelebte einer Jugend, die nicht begangene Untreue schafft Sehnsucht mit Zinseszinsen, und diese wiederum macht aus allem, was du nicht erlebt hast, das eigentliche Leben! Du hängst sie dann irgendeinem Jugendfreund an, mir zum Beispiel. Und Jugendfreunde glänzen so unermeßlich in ihrem Vorzug, daß sie ledig bleiben von jeder enttäuschenden Verwirklichung...»

Im Ernst glaubte Reinhart keineswegs daran, daß Hortense nicht glücklich wäre. Zwar hatte er sich jahrelang, nachdem sie damals auseinandergegangen waren, in dem eitlen Gedanken gefallen, daß ihr nichts als die Leere einer Standesehe übrigbliebe; das war sein Mitleid, sein Trost aus Mitleid, und er hatte darum auch gar nie geforscht, wie es wirklich und tatsächlich mit ihr weiterging. In seinem Erinnern stand sie noch immer als das Mädchen, wie er sie zum letzten Mal gesehen hatte: sie hatte, nach ihm, kein weiteres Leben mehr... Jetzt aber, da Hortense vor ihm saß, spürte er den lächerlichen Dünkel einer solchen Erinnerung; sie hatte die Kinder, Annemarie und Peter, ihr Leben war keinesfalls leer. Reinhart konnte nicht einmal glauben, daß sie wirklich an einer Sehnsucht litt.

«Du meinst, ich tue nur so!»

«In Gegenwart eines Gescheiterten, ja. Unter deinesgleichen, glaube ich, bist du nicht unglücklich. Unter deinesgleichen bist du fast ohne Zweifel.»

«Meinst du?»

«Ja», beharrte er.

Man sieht es ihrer Haut wie einem gesunden Apfel an: Hier ist die Natur vollauf zufrieden mit sich. Auch im Innern, denkt er, bist du gesund genug, stolz genug: Du kannst einen Krüppel sehen, zum Beispiel, und des menschlichen Lebens doch froh bleiben...

«Eine Ehe zwischen uns», sagte Reinhart, «heute weiß ich, es wäre wider die Natur gewesen, unanständig in einem höchsten Sinne.»

«Reden wir nicht davon, Jürg.»

«Warum nicht? Heute steht jedes von uns beiden an seinem natürlichen Ort, – glaubst du nicht auch?»

Es hatte manchmal den Anschein, als müßte Hortense sich besinnen, ob sie es zugeben oder allem widersprechen sollte, und dann sagte sie nichts, um nichts Ungefähres zu sagen. Vielleicht hatte sie all die Jahre nicht danach gefragt, ob sie glücklich war oder nicht; man ist da, man hat Kinder, man hat einen Haushalt und Pflichten, die täglich erfüllt sein müssen. Man geht mit den Kindern aufs Land, man sorgt für ihre Kleider, einen Abend in der Woche liest man ihnen vor, oder man hilft ihnen bei den Aufgaben für die Schule. Und die Aufgaben, auch die eigenen, gehen nie aus! Es kommen Weihnachten, es kommen Ostern; immer gibt es zu tun. Im Garten ist es Zeit, daß man sät und setzt, und dann wieder der Sommer, die Kirschen, die Beeren, die Zeit des Einmachens, die Morgen auf dem Markt. Und am Abend hat man Besuch, oder plötzlich ist eines krank; so ist das Leben ein endloser Wechsel von Dingen, die uns erfordern. Man tut seine Pflicht, so gut es gelingt, einmal schlechter, einmal besser; man tut sie, ohne viel zu wissen, warum und wieso… Wissen? Wozu muß man es wissen, wenn man es tut? Reinhart hörte ihr zu. Auch das, dachte er, auch das ist ein Zug des gesunden und geratenen Menschen: Er tut, ohne Wissen tut er, was der andere nur weiß!… Hortense hatte all dies erzählt, um darzutun, wie wenig in ihrem Leben geschehe. Sie saß, ließ ihre Finger miteinander spielen und blickte vor sich hin oder zum nächtlichen Fenster hinaus; sie erwartete durchaus keine Antwort.

Reinhart sagte:

«Ich vergötze die Gesunden nicht, obschon ich sie beneide. Sie sind Zwischenträger in einem Geschlecht, wo der Geist sich ausruht und sammelt, um immer wieder einen auszuwerfen, der ein Gipfel und ein Ende ist, ein Genie, ein großer Tyrann, ein Don Juan, ein Blitz, ein Zerfall. Die bloß Gesunden, die heutzutage eine große Überschätzung erleiden, sind auch nicht das Ziel, nur Humus, Rohstoff eines höheren Lebens –.»

(Wem sagt er das? dachte Hortense. Was hatte es mit ihrer Gegenwart zu tun? mit dieser Stunde ihres Wiedersehens und all den Jahren, die dazwischen lagen?)

«Eigentlich gibt es nur drei Wege für jeden Menschen», sagte Reinhart über seine Kerzen und den rauschenden Regen hinweg. «Er darf das Erbe seiner Herkunft, das Ergebnis von Geschlechtern, deren Sinn oder Fluch und vergangenes Dasein er trägt, er darf es in der Vergeudung einer einzigen Rakete verbrennen, rücksichtslos, wenn er hoch genug reicht! Das sind die Gestalter des Lebens, jene, die eine Fessel nicht nötig haben, sich selber den Sinn geben – im Übermut, du weißt es, zählte ich mich einmal selber dazu! ... Das andere sind die Gesunden, die Erhalter des Lebens, das sie weiterbieten, wie sie es empfangen haben, so unversehrt als möglich, das ist die bürgerliche Ehe.»

«Und das Dritte?» fragt Hortense halb neugierig, halb in eigene und sehr andere Gedanken zerstreut.

«Das Dritte», antwortete er, «man hat ein Leben so versehrt empfangen, daß man sich selber damit auszulöschen hat. Eine weitere Möglichkeit sehe ich nicht, kann ich nicht denken.»

Eine Weile hat Hortense gesessen, als erwartete sie noch weiteres, oder aber, als hätte sie nicht begriffen, was Reinhart meinte. Es erschreckte sie nicht im mindesten, was er sagte … Der Abend mit dem großen Regenbogen, als sie vor seinem Atelier gestanden hatten, oder der sommerliche Abend auf dem See, das Geläute der Kirchen, die Hänge voll goldener Häuser und die Fensterscheiben voll glühender Abendsonne; die fremde Maske im Atelier, oder die Tomaten, die Hortense damals als erstes gemalt hatte, all das Ferne und Vergangene war in diesem Augenblick noch näher als seine Worte! auch die Sonntage daheim, King und der große Vater, der rauchte, der neben ihr herging und auch einmal redete, wie Männer oft reden: so allgemein, so klug, so ausgedacht und nebensächlich – Hortense war aus dem Schweigen, das sie auf einmal umgab, mit einer Art von mütterlichem Unwillen aufgestanden:

«Ach Jürg», sagte sie, «redest du dich nicht in all das hinein? Vielleicht ist alles doch anders? Jeder Starrsinn in der Erkenntnis, die man gewonnen hat, ist Anfang schon eines weiteren Irrtums.»

«Ich sehe mein Leben, nichts weiter.»

Er fügte hinzu:

«Umsonst war es auch nicht, ich habe erlebt, daß ein einzelnes Dasein nicht ausreicht, um so etwas wie ein ganzer Mensch zu werden. Geschlechter müssen es machen, es mindestens versuchen.»

Er redet bald wie mein Vater! dachte Hortense. Und sie fühlte sich von einer Ungeduld erfaßt, gleichviel, was Jürg auch sagen mochte. Ihr ganzes Wesen sträubte sich dagegen schon im voraus. Auch gegen sein Schweigen. Sie schüttelte den Kopf.

«Ein ganzer Mensch», sagte sie mit Widerspruch, «wo gibt es das! was heißt das schon!»

«Ich denke ihn mir durchaus nicht als einen Ausbund von

Kraft, so nicht, und was er macht, muß längst nicht immer gelingen. Aber was er beginnt, wurzelt in einem angstlosen, frohen, natürlichen Selbstvertrauen –.»

Dagegen war nichts zu sagen.

«Ja», sagte Jürg, «wo findet man diese Art von Selbstvertrauen? Noch die Begabten, wenn man sie näher kennenlernt, haben es nicht. Muß das so sein? Gehört das zum Menschen? frage ich mich. Oder nur zum Abendländer? Glaubst du, daß ein Chinese das kennt? Wir sehen die Amerikaner als ein Pack von Börsenmaklern, Tanzgirls und Sporttrotteln; tatsächlich habe ich in meinem Leben nur einen einzigen getroffen, einen jungen Theologen, der von Hamburg auf einem gemieteten Velo nach Griechenland reiste; ob er später nach Jerusalem kam, weiß ich nicht. Einen Abend nur saß er unter uns; nachher hatten wir alle das Gefühl, Greise zu sein! Woran der Abendländer leidet, das muß noch nicht ein Leiden des Menschen sein. Es gibt ganze Völker bei uns, Begabte, die aus der gleichen Angst, minderwertig zu sein, zur Gebärde des Größenwahnes kommen und daran verderben. Muß das so sein? Im Großen wie im Einzelnen, was soll schon werden ohne Selbstvertrauen? Es genügt noch nicht, daß Leistungen da sind, mag sein, sie stillen meinen Ehrgeiz, meinen Geltungsdrang. Was aber, wenn auch dieser keine Ziele mehr gibt? Selbst die Leistung, die vor dem eigenen Gewissen besteht, bescheidener, nüchterner, trägt uns noch nicht! Ich habe es erlebt. Talente, sind sie denn wirklich dazu da, damit sie ihrem Eigentümer nur Selbstvertrauen einflößen, ohne jedes freiere Ziel über uns selber hinaus? Nur kranke, halbe, von Geburt her verwundete Naturen dürsten nach Leistung in diesem Sinne, solche, die sich ein Gegenteil dessen, was ihnen die eigene Schwermut weissagt, beweisen müssen! Der Ganze hat die frohe Selbstachtung aus Geblüt. Leistungen sind Beiwerk seines Lebens, Zugabe, Zeugen eines Selbstvertrauens und nicht umgekehrt, Marksteine eines gegangenen Weges, Fingerabdrücke eines erfüllten Geschöpfes, nichts weiter, Beiwerk… Ich weiß, was du sagen willst! Daß Hunderte, die sich wichtig nehmen und denen ich die Stiefel putze, in Wahrheit ebensolche Mißmenschen sind, kann mich wenig kümmern.»

Hortense musterte ihn unsicher.

Sie hatte bei alledem nur das Gefühl, daß ihr Reden nichts fruchtete, auch ihr Widerspruch nicht. Ihr Kopf machte vielleicht noch mit. Ihr Herz aber sagte: Du stehst in einer Sackgasse, hinter eigenem Denken verfangen, und ich kann dir nicht helfen. Und warum das? Weil sein Vater so und so gewesen, darum glaubte er nicht mehr an sich selber… Reinhart! sagte ihr Herz: Ist das nicht Wahnsinn von Befangenheit? Er aber behauptete, daß er glaube.

«Ich glaube deutlicher als je», sagte er; «ich glaube an das, was ich den ganzen Menschen nenne, an den Gedanken eines menschlichen Adels. Du weißt, ich meine nicht diese oder jene Leute, nicht eine Gruppe von Leuten. Adel als Ziel, als Ziel einer ganzen Menschheit und jedes einzelnen an seinem Ort; ich wüßte kein anderes.»

Auch Hortense konnte ihm kein anderes nennen.

«Daran arbeiten wir alle… Oft ist es mein eigentlicher Trost, daß ich keine Kinder habe; die Gewißheit, daß Menschen meiner Art, soweit ich's vermag, nicht mehr vorkommen… es ist ein erregender Gedanke», sagte er, «einen Lebensfaden in der Hand zu haben, um ihn abzureißen, Irrtümer der Verstorbenen wie ein Heer hinter mir, sie alle hinüberzuführen ins Nichts, einer unabschätzbaren Reihe von fragwürdigen Enkeln das Leben auszublasen im voraus, Vollstrecker, Hinrichter eines verkommenen Geschlechterlaufes zu sein, und all dies um des Lebens willen! keine fahrlässige Tötung, kein bloßes Nichtstun, kein lahmes Bleibenlassen, es will vollzogen sein, und es liegt auf der Hand, daß der, dem sich die Aufgabe stellt, vorangehen muß, es an sich selbst vollziehen muß –.»

«Was du jetzt meinst, Reinhart, das ist keine Lösung!»

Er wich ihrem Blick nicht aus.

«Es kommt darauf an –.»

«Nie! Nie! Gar nie!»

Sie hatte sich erhoben:

«Du bist verrückt, Reinhart, weißt du das? Du machst dich verrückt, du redest dich in Dinge hinein –.»

Sie wollte nichts hören.

Ihm erschien es als die letzte Chance, teilzuhaben an einem großen Dienst, das Schwerste vielleicht, was das Schicksal einem Menschen auferlegen kann: einen Glauben auszutragen, der ihn selber verneint und auslöscht …

«Eine Lösung ist das nie.»

«Jede menschliche Größe und Reife fängt damit an, daß man fähig wird, über sich selber hinauszudenken, über sich selber hinwegzugehen –.»

«Du redest Worte.»

«Es ist so», sagte er ruhig. «Man muß nach der Wahrheit denken können, auch wenn sie sich gegen uns dreht. Oder man gehört, wie klug man auch denkt und sich gebärdet, zum geistigen Pöbel, der stets nur das zu denken vermag, was ihn stützt, nur das zu glauben, was ihn und seine Daseinsart heiligt, Überzeugungen als Panzer vor der Wahrheit! …»

Sie schüttelte den Kopf:

«Wir alle kennen die trostlose Anwandlung …»

«Auf die Gründe kommt es an.»

«Gründe!» lachte sie. «Wenn einer wirklich aus Mut, nicht aus Feigheit bereit wäre, sein Leben wegzuwerfen, warum tut er es nicht für irgendein großes, herrliches Wagnis? Für irgendeine Schönheit, eine große heitere Vergeudung? Das Geringste, was du tust, und wäre es mehr nicht, als daß du hier die Beete bestellst, meinem Buben ein Wasserrad machst, es ist mehr im Dienste dieses Lebens, Jürg, es fruchtet mehr als die größte Gebärde, die tötet! Es entsteht etwas daraus, meine ich –.»

«Was stets unser eigenes Gesicht trägt!» versetzte er und nickte. «Du redest als Mutter und geratener Mensch, dessen Sinn es ist, das Leben weiterzugeben.»

«Und du?»

«Unsereiner dient ihm, indem er keine Halblinge in diese Welt setzt, das Halbe nicht vermehrt; indem er sich selber wegnimmt, sobald er mit sich selbst im Reinen ist. Das ist sein Beitrag, sein Adelsdienst, seine Sendung, seine Bescheidenheit der Verzweiflung, nur noch sich selbst ins Reine zu bringen.»

(Hortense stand wie vor einer Wand.)

«Man muß der Wahrheit auch folgen können, wo sie gegen uns ist», wiederholte er, «man muß untergehen können, um in Wahrheit geboren zu werden. Das ist die Taufe. Dort erst fängt der Mensch an, mehr als ein kluges Tier zu sein; dort beginnt der Adel des Menschen.»

Hortense am nächtlichen Fenster, so nahe am dunklen Gerausch des Regens, hatte die Weite der sternlosen Nacht wie eine große finstere Muschel am Ohr, sie hörte ihr eigenes Blut wie von ferne, ein Meer von Blut, von endloser Brandung der Sehnsucht! Das ist das Leben. Wozu spricht man darüber? Es ist eine Welle, die immer wiederkommt und weitergeht, anders, immer so anders, als einer zu sagen vermöchte. Es läßt sich nicht fassen, und die Gedanken des Mannes, ach, all die Gedanken überhaupt! ... Warum küßte man sich nicht? Hortense hätte ihm sagen mögen: Schau, es ist ja alles wahr, was du sagst, beinahe wahr – so viel anderes aber ist auch noch wahr, und am Ende ist das Leben doch wichtiger. Warum ist euer Denken, zu Ende gedacht, immer so tödlich!

Er hatte, als wollte er nun gehen und Hortense allein lassen, seinen Leuchter auf den Tisch gestellt; er wußte nicht, was weiter er hätte sagen sollen – jedes denkt aus seinem Schicksal heraus, und eigentlich, er spürte es mit heimlicher Reue, hatte er überhaupt nicht davon reden wollen, niemandem, auch einer Hortense nicht, deren Nähe ihn überrascht hatte.

«Was du tun wirst», meinte Hortense, «am Ende wird es ganz anders sein, als du heute glaubst, – du solltest nicht hier bleiben, lieber Jürg: – eines Tages, wenn du den eigenen Kindern ins Gesicht schaust, wirst du dich all dieser Gedanken schämen, glaube mir, und lachen über sie!»

Darauf antwortete er nicht mehr. Später wünschte er eine gute Nacht – Hortense schwieg – er redete noch dies und das; draußen würde es bald tagen.

Wenige Jahre später – am Tag des kleinen Winzerfestes, das alljährlich mit Tanz, mit Baßgeige, Handorgel, Klarinette und Bratwürsten begangen wird – hatte Anton es getan.

Es war ein Tag, wie er ihn über alles liebte, Oktober, Körbe voll Laub, Nässe der Nebel! Lange schon sind sie draußen in den Reben, in den Hängen eines grauen Igels, Weiber mit roten Kopftüchern und violetten Händen, die aus einem alten Lismer hervorfrieren, vom Weinlaub naß, und Knechte tragen die schlanken Tansen; mit verschränkten Armen kommen sie unter ihren Lasten aus dem Nebel herab, Ritter im Panzer ihrer moppigen Winzerwesten. Morgen dampft aus dem See, meerweit. Glanz einer kommenden Sonne geistert in Lüften von Metall, ein huschendes Blinken über graue Wellen.

Taglang hört man das Klöppeln der Trotte.

Laub an den Schuhen, ihrer Lasten überdrüssig, kommen die Knechte in den Keller und kippen ihre Tansen schrägüber; dann wieder hinaus...

Und plötzlich der Mittag, herbstlich leuchtet er mit dem Goldschopf seiner Hügel; wie Inseln tauchen sie aus sinkender Brandung der Nebel, die in sonnigen Zunder zerfallen, ein Duft von Himmel ist über Zweigen und Giebeln, eine rauchende Bläue.

In den Wiesen stehen die Stelzen und Leitern hinauf ins Gebäum, und die Jahreszeit streicht wie eine unsichtbare Gebärde über die Hänge, Äpfel plumpsen, Wespen summen um die Süße der Vergärung. In Früchten, zu kurzer Reife verdichtet, fällt uns die sommerliche Sonne noch einmal zu, Süße erinnerter Tage! Man sitzt in den Gärten; Sonne scheint uns durch alle Gespräche hindurch, und die Gärten werden weit wie ein jähes Erstaunen, eine blaue Geräumigkeit nistet sich ein in den Wipfeln der Bäume, und wieder lodert das Welken an den Hauswänden empor, klettert das Laub in glühender Brunst der Vergängnis. Daß Jahre vergehen und manches geschieht, wer sieht es! Alles ist eins, Räume voll Dasein. Nichts kehrt uns wieder, alles wiederholt sich. Unser Dasein steht über uns wie ein einziger Augenblick, und einmal zählt man auch die Herbste nicht mehr. Alles Gewesene lebt wie die Stille über den reifenden Hängen. Am Weinstock des eigenen Lebens, siehe, so hangen die Trauben von Abschied...

Gehe vorbei!

Das Antlitz der Mädchen, unsterblich sieht es dich an wie die Rehstille aus braunen Wäldern, ihr Lachen noch liegt im Geraschel gefallenen Laubes.

Der Jüngling von damals, einsam im ersten Verlieren, hilflos im Wunder von Trauer, im schweren Geschenk der Verluste! Am spröden Feuer der Sträucher noch glitzert der nächtige Tau, verbotene Träne. Er stapft durch die Nässe der Wiesen am Waldrand –

Da war das Leben.

Und dann die Girlande der späteren Herbste, Reife der Frauen wie dunkles Gefunkel von Wein, den die Sonne durchglüht; man wußte schon mehr …

Noch einmal an solchen Tagen verlockt sie der See, Jugend am Ufer, man hört ihr Gelächter. Man spürt seine Haut, wenn man jetzt schwimmt, die Wärme des eigenen Blutes; man schwimmt wie in Glas, in Glanz, man schwimmt über den grünenden Gründen der Kühle. Am Ufer verscherbeln die Wellen. Draußen schwebt ein Segler vor blauem Gewölk, ein Falter auf versponnenem Blinken, Tücher voll flimmernder Stille, voll Milde der Sonne über verlorenen Ufern aus Dunst. Für Augenblicke ist es, als stünde die Zeit, in Seligkeiten benommen. Gott schaut sich selber zu. Und alle Welt hält ihren Atem an, bevor sie in Asche der Dämmerung fällt.

Unser Dasein ist kurz wie ein Tag …

Schwermut der Herbste, aller zusammen, dunkelt um fremde Gehöfte, bitter von Rauch. Wälder versteigen in Nebel; Stämme, nichts weiter, Schauer von Wind und Wirbel von Laub, Nässe der Stauden, das Tropfen auf einsame Bänke, das Modern im Moos, nachher die wuchernde Fülle der Pilze, die man in tauben Händen zerbricht, Blust der

Verwesung. Oder der Abend in Städten, heimatlos, die Hände in den Manteltaschen; wie graue Leinwand schlägt es durch die erloschenen Farben des Tages, Asche, Straßen von Asche, Schaufenster darin, Lampenstuben in den Häusern, man geht unter dem scheinlosen Laternengold – droben im feuchten Laub der Alleen – und draußen die Helle noch über dem abendlichen Perlmuttersee …

Da war das Leben, auch da.

Man hört das Geklöppel der Trotte noch lang in die Nacht, Flüche, das Rücken der hölzernen Tische. Einer zupft an der Baßgeige. Und draußen der Mond über den Wiesen, Kreise aus grünem Nebel. Unsäglicher Herbst! tieferes Vertrautsein mit allen Schauern des Lebens; fernab wandelt die eigene Person. Ihre Jahre reihen sich auf, sinken in Ringen der Herbste. In Kindern, nicht einmal eigenen, sieht man sich wieder im endlosen Zuge zum Leben, zum Fest der Vergängnis … Für eine Stunde begnadet, wie nimmt man das Leben so ernst, so wunderbar heiter und ernst, sich selber nicht wichtig! So sollte es sein.

Anton lag in der Kammer.

Der Gutsherr sprach –

Sie stießen an, Gelächter, Stille, sie aßen. Das Glucksen der Fässer im Keller. Durchs offene Fenster tönte der Tanz mit einem dumpfen Gegrunz der Baßgeige, mit Klarinette und Handorgel hinauf in das Totenzimmer. Anton, der Diener, lag auf dem tannenen Boden, nichts außer ihm – überwunden war das letzte menschliche Heimweh, verstanden zu werden. Um den Toten, von dem sie nichts wußten, stiegen die gröhlenden Lieder der Betrunkenen, die in die Nacht hinaus heimkehrten.

Yvonne, als sie ein halbes Jahr später durch Zufall davon erfuhr, brauchte sich nicht mehr zu verstellen. Sie saß den Abend fast wortlos vor dem Kamin. In der Art, wie man zwischenhinein eine Zigarette anbietet, um über ein versandetes Gespräch hinwegzuhelfen, hatte ein Gast es gemeldet, als Yvonne gerade die Tassen füllte. Hauswirt hatte es wohl ebenfalls gehört, äußerte aber nichts, auch als sie nachher wieder allein waren. Er saß den Abend ebenso wortlos neben dem Kamin, ihr gegenüber. Hauswirt wußte damals um alles, was den Toten betraf … Auch diese letzte Klippe, die heikelste, hatte ihre Ehe überstanden; es war ihr nichts mehr anzuhaben.

Die schmerzliche Offenbarung lag übrigens schon Jahre zurück. Der Umstand, daß Hanswalter ohne Geschwister blieb, hatte Hauswirt nicht mehr in Ruhe gelassen. Wäre die Natur so weise wie die beiden Eltern gewesen, hätte das Geschwisterchen lange schon erscheinen sollen, bevor der Bub über alle Kindlichkeit hinaus und davon wuchs. Eines Tages hatte er sogar mit Buchmann darüber gesprochen, dem Hausfreund und Arzt, der solche Dinge so deutlich wie einfach nahm. Buchmann rauchte, hörte zu, musterte seine Fingernägel und zählte dann ebenso gelassen die möglichen Ursachen auf, erstens, zweitens, drittens. Es war, wenn man es von ihm verlangte, keine Hexerei, der Sache nachzugehen. Seinerseits im klaren, wußte Buchmann nur eines nicht, ob auch Yvonne, die Mutter des Buben, im Bild war, die Vaterschaft ihres Kindes betreffend. Daß es Yvonne keineswegs bestürzte, war damals für Hauswirt das Bitterste von allem; zu denken, daß sie all die Jahre gewußt hatte, wer der wirkliche Vater war. Von ihrem Gleichmut entwaffnet, stand Hauswirt wie ein hilfloser Junge, ein wenig komisch, vor Erschütterung dumm. Vom Maler das Kind, vom andern das Brot, das Nest! Yvonne saß, als könnte alles, was sich enthüllte, nur sehr äußerlich eine Überraschung für ihn sein, im Grunde mehr nicht als ein Beleg, eine schmerzliche Verdeutlichung dessen, was sie beide im Grunde doch wissen konnten, wissen mußten. Der Mann ist immer nur Stufe zum Kind. Zuerst der Träumer, und als ihr Mutterdrang erfüllt ist, läßt sie ihn fallen, nimmt sich den andern, Hauswirt, den Beschützer, den Ernährer, der diesem selben Mutterdrang dient, die andere Sorte von Mann; so setzt sie aus vielen den Einen zusammen, der ihr genügt, der sie als Weib erfüllt; jeder, sie weiß es, sie begreift es, jeder ist bis zur Verzweiflung verletzt, nicht der Einzige und Ganze gewesen zu sein... Lag es an ihr? Lange genug war es ihre Hoffnung gewesen, alles in einem zu finden, ihr verzehrender Irrtum... Es hing damals an einem Augenblick, ob Hauswirt wegging oder nicht; an einer Bitte vielleicht, einem Zittern, an irgendeinem Zeichen, daß Yvonne sich vor seinem Weggehen fürchtete. Er wartete umsonst; er schwieg, als hätte sich im Grunde überhaupt nichts verändert, und es hatte sich ja auch nichts verändert. Hauswirt blieb. Das war schön von ihm, tapfer, männlich, wie sie es erwartet hatte... Er setzte sich und nahm eine Zeitung, als der Sohn eintrat.

(Nie ließ er Hanswalter gegenüber etwas merken, und der Sohn wußte von seinem wirklichen Vater so wenig, als jener zeit seines Lebens um ihn gewußt hatte.)

Yvonne empfand eine neue, eine unwiderstehliche Achtung vor dem Mann, der neben ihr blieb, vor allem, daß er es ohne jedes innere Auskneifen vermochte, ohne die übliche Art der Enttäuschten, die sich am weiterlaufenden Leben durch spöttische Bitterkeit rächen, sich im Genusse boshafter Ansichten entschädigen. Es waren oft lange Abende, die sie seither nebeneinander vor dem Kamin saßen; Hauswirt hatte kein einziges Wort mehr davon gesprochen. Fand er nicht auch, man war sich näher gekommen, immer wieder ein ganz wenig näher? Er saß und las, er trank sein Glas voll Wein, und Yvonne rauchte, manchmal legte sie eine Patience – wie an dem Abend, als sie von Reinhart erfuhr, von seinem Tode – ihre Ehe war durch nichts mehr zu erschüttern.

– – –

Es war im gleichen Herbst, als sie Anton begraben hatten. Mitten im Oktober gab es eine ganze Kette warmer Tage; ihre blitzenden Räder lagen im Ufergebüsch, und Hanswalter hatte das Mädchen mitten in den See gerudert. Er war an dem Tag voll Übermut, voll Melancholie auch. Draußen auf dem See lagen sie an der warmen Sonne, er zeichnete mit der erhobenen Hand in den blauen Dunst, plötzlich versonnen, es wunderte ihn, was nun aus ihm werden sollte. Das Mädchen kam sich fast überflüssig vor, ganz Gegenwart, während er nur die Zukunft im Sinn hatte, Zukunft als erregende Leere, ein weißes Blatt, eine Hand voll Lehm. Das Gefühl, daß man nie wieder in diesem Leben ein Schüler sein würde! Aus purer Freude darüber hätte er das Mädchen umarmen mögen, tat es aber nicht. In seiner Freude einsam, hinderte ihn ein Schatten von Ernst, eine Allgegenwart von Rätsel, was nun geschehen würde. Es war so schön gewesen, jahrelang zu denken: Wenn ich einmal aus der Schule bin! Nun war er es und lag an der Sonne, Bläue über ihm, und er wußte selber nicht recht, woran er die ganze Zeit immer wieder dachte; der freie Tag, der Augenblick, die Welt, das Leben, es war so erregend, fast feierlich. Er küßte das Mädchen, zum ersten Mal; und auch dies war eigentlich anders, als er es sich die ganze Zeit ausgedacht hatte. Ach, überhaupt dieses Laster, sich alles vorzustellen, das Leben immer zu träumen! Er küßte das Mädchen, um zu erwachen. Eine Weile war nichts, er blickte hinaus auf den blinkenden See; nichts weiter, die leise scherbelnden Wellen ums Boot, die Wolken ganz unten am Rande des Himmels, und in dem Boot mit hangenden Rudern, in seinem kleinen Becken voll Windstille glühte die Sonne, fast erschreckend: der Alltag war plötzlich ganz fern, hier gab es nur die Sonne, ihr einsames Licht aus dem Weltall. Und hoch in der Stille des Nachmittags brummten drei Flugzeuge.

«Mir ist», sagte er, «als hätte ich alles schon einmal erlebt... ich weiß nicht, vielleicht hat man sich schon in einem früheren Leben getroffen.»

Das Mädchen zweifelte:

«Glaubst du daran, daß es ein früheres Leben gibt?»

«Wer kann schon sagen, woran man heute noch glauben soll! Unser Pfarrer streitet es ab, er behauptet steif und fest, ich hätte von Indien gelesen, und es wäre besser, sagt er, ich würde einmal die Bibel lesen. Aber das kann überhaupt niemand wissen, verstehst du. Am Ende gibt es überhaupt keine Zeit, wie die Uhren sie zeigen; beweisen kann das auch niemand. Uhren sind eine Erfindung der Menschen. Vielleicht hat man alles, was kommt, schon einmal erlebt...»

Ab und zu mußte Hanswalter aufstehen, dafür sorgen, daß der Wind mit dem steten Treiben der Wellen sie nicht gegen das Ufer nahm; das Mädchen hörte mit geschlossenen Augen, wie er hinter ihr ruderte. Dann wieder hörte er auf, und die kleinen spitzen Wellen tönten plötzlich wieder anders um die Planken. Ein kalter Tropfen von seinem Ruder, der auf ihren Hals gefallen war, erschreckte das Mädchen, so daß es unwillkürlich die Augen öffnete: Hanswalter stand groß in den Himmel hinein, seine Hände in den Hosentaschen, blickte aufmerksam in die Ferne. Er fragte:

«Warst du schon einmal am Meer?»

Er stand vorne im Boot, betrachtete das silbergraue Gewimmel der Fische unter dem Wasser; am liebsten hätte er jetzt an einem Ufer gestanden und kleine flache Steine über die Wellen geschiefert … Das ist auch so etwas: man ist noch nie am Meer gewesen, dennoch weiß man, es ist das Schönste, was es gibt; man erinnert sich an seine unsägliche Weite, seine Riesenmuschelbläue, man erinnert sich und hat es noch gar nie gesehen! …

Es gibt keinen Anfang, kein Ende. Alles wiederholt sich, nichts kehrt uns wieder, Sommer vergehen, Jahre sind nichts – eine Stunde bleibt stehen: Eine Stunde im Boot, ein Abend bei Kerzen, ein klöppelnder Regen über dem Blechdach; Esel wiehern um eine russische Zisterne, und Hinkelmann liegt in der Schlucht, wo niemand ihn findet; Frühling mit ersten Abenden beim offenen Fenster, mit rollenden Zügen über dem See, Yvonne, die sich mit einem Zweiglein die Erde von den dünnen Schuhen brockt, das bleibt! Es gibt keine Zeit, wie die Uhren sie zeigen; es gibt nur, mitten durch alles hindurch, den glühenden Blitz der Vergängnis, der das Leben erhält, und am Rande des Blitzes – eine Weile noch leuchten die Gärten der Erinnerung, ein Irrsinn von Zickzack, Schluchten und Wälder, Straßen, Giebel, Meere und Masten, Gespräche, eine jähe Umarmung … Dann nimmt die Nacht wieder alles zurück.

Als sie Anton, den Diener, aufnehmen und in den Sarg betten wollten, geschah es, daß die Mägde aufschrien, die Knechte ihn fallen ließen: die Haare, die nicht seine echten gewesen, waren ihm vom Kopf gefallen; so, erschreckend wie er lag, bleibt er in ihrem Gedächtnis, – der Schreck ist unsterblicher als der Mensch …

ALS KÖNNTE ES BEIDES ZUGLEICH GEBEN

von Lukas Bärfuss

Wovon handelt der Roman *Die Schwierigen* von Max Frisch? Darf man diese Frage überhaupt stellen? (Natürlich darf man – wer könnte es verbieten?) Ist es eine sinnvolle Frage – oder anders: Kann es eine Antwort geben, die dieses Buch erklärt? Und was wäre denn zu klären, und wie? Müsste daraus nicht etwas resultieren, das jenen Broschüren ähnelt, die man jetzt manchmal den Sonntagsblättern beigelegt findet? Nicht nur ein Buch, nicht nur ein Autor, nicht nur sein Werk, nein, auch seine Zeit und der Platz in der Literaturgeschichte werden auf einem guten Dutzend Seiten abgehandelt, und es ist nicht verwunderlich, dass diese Heftchen mit *Anna Karenina* oder dem *Grünen Heinrich* so viel gemein haben wie ein Goldfischglas mit dem Ozean. Darum darf und soll es also nicht gehen. Wir wollen keinen Kontinent auf Schrebergartengröße domestizieren. Und trotzdem: ein Gespräch über einen Roman sollte möglich sein, und da man doch bestimmt ein wesentliches Gespräch führen will: Was also wäre der Inhalt eines wesentliches Dialogs über dieses Buch? Worum müsste er sich drehen?

Wie so oft, müssen wir, um weiterzukommen, zuerst einen Schritt zurücktreten und eine andere Frage formulieren. Vielleicht diese: Gibt es im Roman *Die Schwierigen* etwas, das man begreifen kann, ohne dieses Buch gelesen zu haben und das hier mitzuteilen wäre (zum Beispiel jenen, die keine Zeit finden, das Buch zu lesen, was keine Schande ist übrigens, niemand hat die Zeit, jedes Buch zu lesen). Das scheint eine dumme Frage zu sein, weil die Antwort offensichtlich ist. Selbstverständlich kann man einiges über diesen Roman sagen. Über seine Form zum Beispiel, die einen auktorialen Erzähler kennt, der das Geschehen chronologisch ordnet und dabei oft kommentierend eingreift, ohne jemals freilich sich selbst oder seine Rolle zu thematisieren. Auch zum Inhalt lässt sich manches sagen: Ein junger Mann, Jürg Reinhart mit Namen, der sich eine Zeitlang als Maler versucht, verliebt sich nacheinander in zwei verschiedene Frauen, Yvonne und Hortense. Beide entscheiden sich nach einiger Zeit gegen ihn und für eine bürgerliche Ehe. Jürg Reinhart aber, nachdem er eingesehen hat, dass aus ihm niemals ein rechter Maler werden wird, fügt sich in eine bürgerliche Existenz, verzweifelt daran und bringt sich um. Und wenn man weitergehen möchte, dann könnte man erwähnen, wie der Autor Max Frisch in diesem Roman Teile seiner Biographie verarbeitet hat. Wie sein Protagonist schwankte Frisch mit Anfang dreißig, als er *Die Schwierigen* schrieb, zwischen einem bürgerlichen Leben und einer Existenz als Künstler. Wie Jürg Reinhart verbrannte er eines Tages sein Werk, um nie wieder zur Kunst zurückzukehren – ein Entschluss, den er allerdings, im Gegensatz zu seinem Helden, rückgängig machte, zum Glück für uns Leser.

Diese Angaben sind unzweifelhaft richtig – und trotzdem vermitteln sie ein falsches Bild. Jeder, der das Buch gelesen hat, wird zustimmen. Wie aber kann etwas Richtiges trotzdem falsch sein? Liegt es an der Unvollständigkeit? Müsste man ergänzen? Dem Abriss einige wesentliche Einzelheiten hinzufügen? Vielleicht, dass der Roman *Die Schwierigen* auch eine Auseinandersetzung mit der eigenen Herkunft ist? Eine Analyse der Funktion des Suizids als letzte Befreiung von den bürgerlichen Normen? Eine Geschichte des Geschlechterkampfes? Auch das würde zutreffen, und trotzdem kommt man mit diesen Beschreibungen dem Buch nicht bei, und es würde auch nicht helfen, die Liste dieser Einzelheiten zu verlängern, auch nicht, wenn diese Liste schließlich und absurderweise so lang würde wie der Roman selbst.

Also muss man vielleicht noch einmal anders fragen. (Und wir dürfen annehmen, dass wenigstens Max Frisch nichts dagegen hätte, er selbst war ein leidenschaftlicher Frager.) Vielleicht suchen wir nicht nach einer Zusammenfassung. Was uns interessiert, ist so etwas wie ein Kern, oder, um ein anderes Wort zu gebrauchen, die Essenz dieses Romans. Was ist das Wesen dieses Buchs, das Wesentliche? Und wenn wir diese Frage auf die eine oder andere Weise beantworten, dann gehen wir stillschweigend davon aus, dass es so etwas wie eine Essenz tatsächlich gibt. Aber ist das der Fall? Bevor wir also das «Was» beantworten können, sollten wir klären, ob es dieses Wesen geben kann, das Seiende dieses Romans, denn das Wort Essenz trägt das lateinische Wort «esse» in sich, und das bedeutet nichts anderes als «sein».

Diese Frage können wir mit Bestimmtheit beantworten. Ja, dieser Roman ist wie jeder Roman ein Seiendes. Es besteht aus der Gesamtheit seiner Sätze, diese aus der Gesamtheit der Worte, und diese wieder aus jener der Buchstaben. Es gibt keinen Roman *Die Schwierigen* ohne sämtliche seiner Sätze. Ein Kunstwerk, selbst wenn es ein Fragment ist, ist immer vollständig, und nur vollständig ist es ein Kunstwerk. Also gibt es streng genommen nichts, das man außerhalb seiner Vollständigkeit die Essenz nennen könnte, etwas, worauf sich dieser Roman reduzieren ließe. Wenn wir einen einzigen Satz streichen, oder auch nur ein einziges Wort, können wir, wenn wir es genau nehmen, nicht mehr vom Roman *Die Schwierigen* sprechen. Ein Kunstwerk ist ja nicht etwas, das einen Zweck verfolgt, kein Mittel, um einen Inhalt zu transportieren, so wie ein Schuh dazu da ist, eine Funktion zu erfüllen und von dem man entfernen kann, was dieser nicht dient, den Absatz oder die Schnürsenkel. Solange ihm die notwendigen Mittel bleiben, um seinen Zweck zu erfüllen, bleibt der Schuh ein Schuh. Ein Roman aber hat keine benennbare Funktion, er ist in einer gewissen Weise selbst eine Funktion, und deshalb lässt sich von keinem seiner Teile sagen, ob es zur Erfüllung dieser Funktion von größerem oder kleinerem Nutzen ist als irgendein anderer.

Das ist vielleicht schlüssig argumentiert, und trotzdem ist es unbefriedigend. Wenn wir das Buch nämlich lesen, ahnen wir sehr wohl etwas von einem Kern, einem Zentrum, um das verschiedene Teile kreisen. Man könnte wohl auf gewisse Teile verzichten und den Roman trotzdem verstehen. Wenn wir jedoch diese Teile benennen müssten, kämen wir in Schwierigkeiten, und jeder Leser würde wohl andere definieren, mehr noch: Wer ein Buch zum wiederholten Mal liest, stößt immer wieder auf Dinge, die ihm vorher nicht aufgefallen sind. Wichtiges wird zur Verzierung, Nebensächliches zum pulsierenden Herz. Von einem Kern, einer Essenz können wir also nicht sprechen, es gibt viele solcher Kerne, viele Essenzen, das Seiende des Buches ist so mannigfaltig wie seine Leserschaft. Und das wiederum müsste doch eigentlich bedeuten, dass das Wesen dieses Romans außerhalb seiner selbst liegt, gewissermaßen im Ungesagten, im Evozierten, in den Leerstellen. Und tatsächlich vertreten manche die Ansicht, das wirklich Entscheidende in einem Roman geschehe zwischen den Zeilen, sei das Verschwiegene. Aber das wäre dann auch das Eingeständnis, über diesen Roman nichts Wesentliches sagen zu können. Denn wie soll man ein Gespräch über das Schweigen führen?

Können wir also nichts über diesen Roman sagen und ihn bloß lesen und hinnehmen? Lesen also, ohne zu analysieren, erfahren, ohne zu beurteilen, eine Art Zen in der Kunst der Lektüre? Ein vorstellbarer und ziemlich reizvoller Gedanke. Aber wer ist dazu in der Lage? Und wer hätte ein Interesse an einer solchen Kunst? Ist denn nicht gerade das Reden über Bücher einer der Gründe, warum wir überhaupt lesen – und dabei meine ich ausdrücklich auch das Reden mit sich selbst, das Selbstgespräch? Der argentinische Dichter Jorge Luis Borges war sogar der Ansicht, das Verfassen von Romanen sei unnötig, besser sei es, gleich über Bücher zu schreiben, als würde es sie schon geben, und ein wesentlicher Teil seines phantastischen Werkes besteht aus dem Gespräch über Bücher, die es nie gegeben hat. Was soll also diese ganze Fragerei? Denn wenn wir auch das Wesen eines Romans nicht zur Sprache bringen können, reden wir doch ohne Unterlass darüber. Unsere Bibliotheken sind mit Büchern über Bücher gefüllt, auch dieses Nachwort übt sich darin. Was soll also diese Sophisterei, wer spaltet hier wessen Haare, und warum?

Ganz einfach: Es sind die Fragen, die dieser Roman stellt, die Fragen, die Max Frisch ein Leben lang nicht losgelassen haben. In jedem seiner Bücher tauchen sie auf, in immer anderen Formen, und manchmal, wenn man meint, er biete eine Antwort an, findet er doch nur wieder die eine, große

Frage: Wer bin ich? Was lässt sich mit Sicherheit über mich sagen? Und wer sagt es, oder besser, wer hat ein Interesse daran, gesichertes Wissen über einen Menschen zu besitzen? Der Mensch selbst? Oder die Gesellschaft? Wer bestimmt, was die Identität ist, das Unteilbare, die Essenz? Wer bestimmt, worum es in diesem Roman geht, der Autor oder der Leser? Wer bestimmt, worum es in einem Leben geht, die Gesellschaft – oder der Mensch?

Das sind gewichtige Fragen, zu gewichtig, als dass ein Mensch, ein Schriftsteller allein sie gefunden haben könnte. Es sind die Fragen der Dichtung seit Sophokles, seit König Ödipus, mit dem, nebenbei gesagt, der Maler Jürg Reinhart das Schicksal teilt, ein Findelkind zu sein. Es sind die Fragen nach dem Maß der menschlichen Freiheit, unzählige Male gestellt in Romanen, Gedichten, Epen. Was aber Max Frisch uns gezeigt hat, was sein persönlicher Beitrag zu dieser Frage ist: Man braucht in keine Schuld verstrickt zu sein, man braucht nicht einmal eine besondere Biographie, um durch diese Frage sich selbst und andere ins Unglück zu bringen. Es ist auch nicht die Antwort, wie immer sie lautet, wie befreiend oder verbrecherisch sie ausfallen mag, die das wirkliche Problem darstellt. Nein, die Frage selbst ist die Zumutung. Sie ist nicht der Auslöser des Unglücks, sie selbst ist das Unglück.

Wer die Frage nach der eigenen Identität stellt, stellt das Konzept der Identität selbst in Frage. Das Wort Identität meint etwas Unteilbares, aber jede Frage öffnet einen Spalt. Denn wer ist es, der sie stellt? Wer oder was kann diese Frage stellen, wenn nicht ein Teil meines Bewusstseins, der offenbar nicht zu diesem Unteilbaren gehört, das sich Identität nennt? Die Frage selbst teilt das Subjekt in etwas, das ist, und etwas, das sein könnte. Ein ungeteiltes Ich hat keinen Grund, über sich selbst nachzudenken. Und niemand kann die Frage «Wer bin ich?» stellen, ohne in die nächste Frage zu geraten: Warum bin ich nicht anders? Wer oder was zwingt mich, ich zu sein, wer hindert mich, ein anderer zu werden? Bin ich das? Und falls ich es bin, warum nehme ich mir nicht die Freiheit zur Verwandlung meiner selbst, warum muss ich bleiben, wer ich nicht sein will?

Es ist nicht schwer zu erkennen, wie gewichtig die Folgen dieser Fragen sind. Sie markieren den Beginn des politischen Denkens überhaupt. Eine Gesellschaft, jedenfalls unsere, die bürgerliche, funktioniert nur, wenn jeder Mensch genau *eine* unabweisbare, ungeteilte Identität besitzt. Und das gilt ganz besonders für die Schweiz, des Dichters Heimat und Heimat der Figuren in seinem Roman *Die Schwierigen*. Hier besitzen wir nicht wie in anderen Ländern Personalausweise, sondern Identitätskarten. Nur wer eine solche sein eigen nennt, hat das Recht, ein geordnetes Leben zu führen, eine Wohnung zu besitzen, Geld zu verdienen, seine bürgerlichen Rechte auszuüben. Nur wer eine Identität besitzt, kann haftbar gemacht werden für seine Taten oder Untaten, und jeden, der sich anmaßt, verschiedene Identitäten anzunehmen, nennen wir einen Betrüger oder Hochstapler und stecken ihn, sobald wir ihn erwischen, ins Gefängnis, so wie es mit Anatol Stiller geschieht, der plötzlich ein anderer sein will als der, der er einmal war. Identität, so man in dieser Gesellschaft leben will, ist nicht verhandelbar.

So weit wie Stiller sind die Figuren im Roman *Die Schwierigen* noch nicht. Sie verleugnen ihre Identität nicht. Sie stellen sie bloß in Frage. Aber deswegen leben sie nicht ungefährdeter, im Gegenteil. Frischs Roman zeigt schonungslos, wie jeder, der auf dieser Frage beharrt, nicht nur seine Identität verliert, sondern sein Leben.

Der Erste, der an dieser Frage zugrunde geht, ist Hinkelmann, dieser Möchtegern-Winkelmann, der in Griechenland längst vergangene Kulturen aus der Erde gräbt. Nachdem Yvonne, seine Frau, ihm mitgeteilt hat, dass es zu Ende sei, dämmert ihm plötzlich: «Augenblicklang, zum erstenmal in seinem Leben, durchblitzte es ihn, dass es auch für ihn, Hinkelmann, ein Misslingen geben könnte...» (23) Und später, nach der endgültigen Trennung: «Zum erstenmal in seinem Leben, das ein Leben aus Arbeit und Erfolg war, dämmerte ihm ein Abgrund, Grauen eines anderen und traumdunklen Daseins mit verschwimmenden Fratzen, mit tosender Brandung, mit Gewittern aus dem Unberechenbaren...» (33) Hinkelmann wird mit diesem anderen, das nicht näher beschrieben wird, nicht fertig, er sieht keine Möglichkeit, sich selbst anders zu denken, ein anderer zu werden, sich zu verwandeln. Hinkelmann, seiner Identität beraubt, bleibt schließlich nur der Selbstmord.

Aber Yvonne, nachdem sie das gemeinsame Kind abgetrieben und sich mit dem Maler Jürg Reinhart eingelassen hat, geht es zunächst nicht besser, trotz der vermeintlichen Freiheit: «Yvonne kam es an, als wäre sie in dieser Welt noch niemals jung gewesen; geisterhaft stand ein verpfuschtes, ein gleichgültig verpasstes und auf die Straße geworfenes Dasein hinter ihr...» (73)

Und damit sind wir wieder bei unserer ersten Frage. Doch diesmal geht es nicht mehr um das Wesentliche eines Romans, sondern eines Lebens. Kann man das sagen? Misst sich ein gelungenes Leben am Erfolg, an den Taten, den messbaren Resultaten, am Wert des Erbes, das wir hinterlassen? Oder verhält es sich nicht so wie mit der Literatur, dass nämlich das Wesentliche zwischen den Zeilen steht, jenseits dessen, was man in einer Biographie darstellen kann? Sind die Momente des Glücks nicht jene, in denen wir die Taten und uns selbst vergessen und gegenwärtig werden, sind nicht die Momente, in denen wir ganz im Moment sind, die wahrhaft glücklichen?

Wer dies vertritt, stellt sich in Feindschaft zur bürgerlichen Gesellschaft und der ihr zugehörigen Marktwirtschaft. Die Gegenwart ist dieser Gesellschaft nichts, alles ist ihr die Zukunft. Das Kapital bringt Zins durch Zeit, der Erfolg misst sich am Wachstum. In der bürgerlichen Gesellschaft ist alles in zeitlicher Entwicklung, alles in einem Fortschritt begriffen. Gleichzeitig darf sich nichts und niemand verwandeln. Das Glück ist definiert. Die Verhältnisse sind definiert, jene zwischen Mann und Frau genauso wie jene zwischen Hauswirt, dem Unternehmer, und seinen achthundert Angestellten.

Weil für ihn alles in der Zukunft liegt und weil diese alles andere als gewiss ist, fühlt sich der Bürger beständig in seinem Sein bedroht. Deshalb kämpft er um die Sicherheit seiner Verhältnisse. Ja, Sicherheit ist der bürgerliche Wert an sich. Der Bürger braucht Insignien, er braucht die Ehe, er braucht Besitz, einen Beruf, er braucht Wissen, er braucht Kultur, man weiß, wie es bei Frisch heißt, «was man seiner kulturellen Bildung schuldig ist». Er braucht diese unwandelbaren Werte, die Stabilität der Verhältnisse, und natürlich macht er sich damit angreifbar, denn er weiß, dass nichts bleibt, wie es war.

Im Gegensatz zum Bürger ist der Adelige, was er ist, durch seine Geburt, fern aller Umstände. Für ihn sind Geldprobleme vielleicht lästig, aber sie greifen höchstens seinen Lebensstil an, nicht seine Identität. Wenn der Bürger verarmt und seinen Lebensstil verliert, hört er auf, ein Bürger zu sein. Der Bürger lebt ständig in der Gefahr, mit seiner Umwelt zu verschmelzen, und deshalb ist er darauf erpicht, dass diese Umgebung seinem Status entspricht. Im ersten bürgerlichen Trauerspiel deutscher Sprache, Lessings *Miss Sara Sampson* von 1755, wird dieses Problem paradigmatisch und in der allerersten Replik aufgezeigt. Saras Vater, der alte Sampson, spricht: «Meine Tochter? Hier in diesem Gasthaus?» Sara, die Bürgerstochter, in einer lausigen Kaschemme gestrandet, wird selbst Teil dieser Kaschemme, sie ist verloren und das Drama endet mit ihrem Tod.

Diese Angst vor der Berührung mit einer gefahrvollen Wirklichkeit prägt auch den (bürgerlichen) Roman *Die Schwierigen*. Max Frisch schrieb diesen, seinen zweiten Roman, mitten im Zweiten Weltkrieg, aber man muss schon sehr genau lesen, um festzustellen, dass auch die Handlung im Krieg spielt. Es gibt nur zwei Hinweise auf die Krisen der Zeit. Als Jürg und Yvonne im Tessin das kurze Glück einer wilden Ehe leben, heißt es lapidar: «Sonst ereignete sich eigentlich wenig, scheinbar überhaupt nichts – in der Welt ja wohl! doch davon war man hier droben wie abgeschnitten – …» (103) Und etwas später, an einem anderen Ort, im Sommerhaus der Familie von Hortense: «Es war an einem sommerlichen Sonntag, als man nach dem üblichen Kirchgang und dem anschließenden Mittagessen, über ferne Kriege sprechend, gemütlich beim schwarzen Kaffee saß …» (125) Welcher Krieg es ist, darüber erzählt der Roman nichts, und man kann nur anhand des Hinweises, wie Yvonne einmal ein Konzert des Cellisten Pablo Casals besucht, ausrechnen, dass es wohl der Spanische Bürgerkrieg oder der Zweite Weltkrieg sein muss, denn Casals trat vor 1931 nicht in Zürich auf.

Sicherheit ist alles, und natürlich führt das zu Erstickungsanfällen. Die Menschen leben nicht, sie tun nur so.

Sie sind Schauspieler ihrer selbst, und der Künstler, der doch ständig nach Wahrhaftigkeit sucht, muss mit diesen Akteuren in Konflikt geraten. Es gibt in *Die Schwierigen* eine schöne Stelle, wo Jürg Reinhart als Künstler scheitert. Als er nämlich Ammann porträtieren soll, der später als Mann seiner Hortense das Haus der Ehe und für Yvonne und Hauswirt als Architekt ein wirkliches Haus bauen wird. Er, Reinhart, könne Ammann nicht malen, wenn dieser nur so tue, als lese er ein Buch, anstatt es wirklich zu lesen. Alles an ihm sei Pose, um Haltung bemüht. Ammann entgegnet konsterniert und seltsam unschuldig, dass er doch immer so sei.

Warum beschäftigt die Menschen diese Frage? Weil sie Bürger sind. Es ist eine zutiefst bürgerliche Frage. Die Frage, die man jedem Kind stellt: Was willst du einmal werden? Es interessiert nicht, was man ist, sondern was man sein wird, eines Tages, am Ende der Anstrengung, welches Ziel man verfolgt. Deshalb ist Yvonne fasziniert und auch irritiert, als Reinhart sie ganz zu Beginn des Romans fragt, was sie denn sei? Der Bürger *ist* nie, er soll immerzu werden, sich entwickeln. Allerdings nicht etwa ins Offene, die Entwicklung des Bürgers ist teleologisch, das heißt, sie trägt in sich den Kern ihrer Bestimmung, den Kern der Vollendung, und deshalb ist alles, was den Bürger abbringt vom Weg zu seiner Vervollkommnung, nicht bloß ein Laster, sondern eigentlich ein Verrat am Plan, der in ihm angelegt ist. Aber wie will man mit dieser Vorgabe ein Leben führen? Wenn man sich ständig entwickeln soll und gleichzeitig jede Möglichkeit zur freien Entfaltung genommen ist? Die Gegenwart zählt ja nicht. Die Zukunft ist alles, aber welche Gegenwart wird man in dieser Zukunft haben? Es gibt für den Bürger gewissermaßen keine Verwandlung, es gibt nur Entwicklung, und das ist ein fundamentaler Unterschied. Bevor die Figuren dieses Romans diesen Unterschied nicht begriffen haben, können sie nicht glücklich werden, und wer ihn nicht akzeptiert, der wird ausgestoßen und kommt um.

Das Gegenstück zur Sicherheit ist die Freiheit, und es ist die Tragik dieser Figuren, in bestimmten Momenten eine riesige Sehnsucht nach ihr zu verspüren, aber nicht die kleinste Vorstellung zu haben, wie diese Freiheit aussehen könnte. Oder möglicherweise sind sie auch nur zu schwach, um die Folgen der Freiheit ertragen zu können. Ein besonders perfides Beispiel dafür ist Yvonnes Ekel vor Hauswirt, ihrem Arbeitgeber. «Sie träumt es, was Hauswirt von ihr will, wenn er hinter ihrem Rücken stehen bleibt, und sie erwacht mit dem Ausdruck des Ekels. Manchmal möchte sie ihren Körper unter den Gasherd legen.» (59) Und wie befreit sich Yvonne von diesem Mann, der ihr so zuwider ist, dass ihr Selbstmordgedanken kommen? Sie heiratet ihn. Sie hat begriffen, dass nur ein freier Mensch in der Unsicherheit der Verhältnisse leben muss. Und so tauscht sie die Zumutung der Freiheit mit der Integrität der Sicherheit. Von ihrer Ehe mit Hauswirt heißt es nämlich später: «Man wohnt zusammen, man verträgt sich, und der Mann, der das Geld verdient, setzt sich in den andern Lehnsessel, raucht, schiebt ein Scheit ins Kamin, man plaudert oder hört die Nachrichten, manchmal geht es sogar darüber hinaus, man regt sich an (…) Man tappt sich nicht mehr in den Raum, den jeder Mensch als sein Geheimnis, sein Eigentliches anzunehmen lernt, als das, was niemals mitzuteilen ist.» (210) Die Vermeidung der Berührung, die Erfahrungsvermeidung als Ziel der bürgerlichen Lebensführung. Wer in Ruhe gelassen werden will, hat sich in das Gefängnis zu begeben. Nur gemeinsam sind Mann und Frau allein.

Aber es gibt in diesem Buch jemanden, der ganz ungeschützt existiert. Der jede Metamorphose annimmt als eine Feier der Lebendigkeit. Der in jeden Augenblick versinkt, als sei es der erste und der letzte, trunken von Schönheit, diesem Monster, das nicht nach der Moral fragt, nicht danach, ob etwas gut ist oder böse, ob es hilft oder schadet. Aber es ist kein Mensch, es ist die Natur, die sich feiert, in einer manchmal geradezu expressionistischen Übersteigerung. Man wird den Eindruck nicht los, Max Frisch erzähle eine Geschichte, nur um die Größe der Natur beschreiben zu können. Jeder Spaziergang im Wald wird zu einer Meditation über die rauschenden Tannen, jede Begegnung unter freiem Himmel preist das Wolkenspiel über den Köpfen. Sogar eine simple Stadtbeschreibung gerät ihm zur Feier der Natur: «April in den Städten, in den öffentlichen Alleen mit braunen Lachen unter dem laublosen Gezweig ihrer alten Platanen ...» (223) Und wenn er das Haus beschreibt, das Ammann, der Architekt, erbaut: «Weniges nur, was Ammann sich denken konnte, dünkte ihn schöner als ein werdendes Haus, eine Stunde auf rohem Gebälk, Sonne und Wind und ziehende Wolken zwischen den Böden, noch wohnt alle Weite darin!» (218) Noch ist es kein Gefängnis, aber bald schon werden sich die Türen schließen, und Yvonne wird hinter den Mauern verschwinden, nicht einmal der Name wird ihr bleiben. Leider erleben die Menschen die Natur als etwas, das außerhalb ihrer selbst existiert, der Roman beschreibt sie nicht als Teil dieses ewigen Umgestaltens. Wenn sie teilhaben könnten an dieser beständigen Metamorphose, dann hätten sie vielleicht einen Begriff des Moments, dann müssten sie ihr Glück nicht aufschieben in eine unbeherrschbare Zukunft. Aber diese Möglichkeit ist keine Verheißung, sondern eine Bedrohung.

Am Abend, bevor Jürg Reinhart von Hortenses Vater empfangen wird, der ihm bei dieser Gelegenheit offenbart, wer seine, Reinharts, wirklichen Eltern sind, irrt er durch die Wälder, beschmutzt sich und seine Kleider, macht sich untauglich für die Reinlichkeit des Salons. Frischs Beschreibung steigert sich hier in eine Geisterbeschwörung, man hat manchmal das Gefühl, man lese eine Prosa-Übersetzung der Gedichte Georg Trakls oder der Droste-Hülshoff. «Vor einem murmelndem Bach, umgeben von tuschigen Büschen und silbernem Geriesel der Erlen, überlegte er sich, ob er seine Schuhe nicht waschen könnte.» (197) Es ist kein Wunder, sieht Reinhart dann tatsächlich Gespenster: «Tannen standen wie Klumpen von Schwärze, dazwischen ein wirres Gefilter von Mondlicht; unter dem schütteren Laubschirm einer jungen Buche hat sich deutlich etwas Helles bewegt.» (197) Es ist ein Liebespaar, dessen Spiel Reinhart gestört hat. «Wie unter Zwang sah er hin, atemlos auf das Paar, das sich bewegte, irgendein Paar in verschlungenem Taumel der Zeugung ...» (197f.) Und es ist auch kein Wunder, dass dies der endgültige Beginn seines Niedergangs ist. Reinhart wird nicht leben können mit der Erkenntnis, andere Eltern zu haben als die, die er für seine hielt. Er sucht seinen wirklichen Vater, der Metzger ist, gerät dabei in eine groteske Schlachterei, Blut fließt, er wird versuchen, diesen Vater zu erschießen, aber dummerweise hat er sein Pulver schon für Krähen verschossen. Ins Gefängnis muss er trotzdem. Geläutert schmiegt er sich in ein kleinbürgerliches Leben als Gärtner und entwirft dabei eine Theorie, wie er trotz seiner Existenz als Paria der Gesellschaft dienlich sein kann. Durch Selbstauslöschung nämlich. Und Hortense, die er nach Jahren wieder trifft, steht fassungslos vor einem Mann, der sich eine Rechtfertigung gezimmert hat, deren Kern das spurlose Verschwinden aus der Geschichte ist. Und der dem Sinn des Lebens auf eine besonders bizarre Weise dienen will: «‹Unsereiner dient ihm, indem er keine Halblinge in diese Welt setzt, das Halbe nicht vermehrt; indem er sich selber wegnimmt, sobald er mit sich selbst im Reinen ist. Das ist sein Beitrag, sein Adelsdienst, seine Sendung …» (259) Nun ist der Krieg also doch noch gekommen, jedenfalls das totalitäre Denken, das diesen Krieg über die Welt gebracht hat. Es ist auch ein Denken der vollkommenen Interpretation. Der Bewertung des Lebens nach Nützlichem und Wertlosem. Ein Denken, das ein Leben daran misst, was es zu leisten vermag und nichts anderes gelten lässt als die Verwertbarkeit der menschlichen Existenz. Es ist die Pointe dieses Buchs, dass Reinhart nichts von diesem Halbling weiß, den er bereits in die Welt gesetzt hat, ein Knabe, der an Sohnes statt von Hauswirt angenommen wird, mit Yvonne als Mutter.

Das Leben lässt sich nicht kontrollieren, und wer es am meisten versucht, der wird am tiefsten fallen. Eine Erkenntnis, die Homo faber im selben Jahr zu spüren bekommt, in dem Frisch *Die Schwierigen* neu herausgibt. Wir können über unser Leben nicht sagen, was das Wesentliche ist, im Gegenteil, über das Wesentliche gehen wir hinweg, weil wir uns erzählen müssen, weil in dem, was wir als unsere Identität begreifen, nur das Erzählbare einen Platz findet. Alles andere aber bleibt außen vor, und nur die Sehnsucht ist intakt, frei zu bleiben, sich verändern zu können, ohne Ziel, allein um der Veränderung, des Augenblicks willen, eine Sehnsucht, die am Anfang der Kunst steht, und auch am Anfang des Romans *Die Schwierigen* von Max Frisch.

Charles Ferdinand Ramuz

Die große Angst in den Bergen

Aus dem Französischen von Hanno Helbling

Mit einem Nachwort von Beatrice von Matt

Roman. 160 Seiten, gebunden

ISBN 978-3-312-00445-4

Zwanzig Jahre nach einem schrecklichen Unglück beschließen die Einwohner eines Walliser Dörfchens, ihr Vieh wieder auf die Alp Sasseneire am Gletscher hinaufzuschicken. Nur den Alten im Dorf steht die Katastrophe von einst noch lebhaft vor Augen. Sie warnen. Aber die Gemeindeversammlung beschließt, die Weide endlich wieder gewinnbringend zu nutzen. Nach der Schneeschmelze ziehen sieben Sennen hinauf. Bald aber bricht eine Seuche aus, die Sennen erliegen einer nach dem andern der Angst oder verfällt dem Wahnsinn. Mit unheimlicher Magie erfasst dieser 1926 erstmals publizierte große Bergroman seine Leser und zwingt sie zum unmittelbaren Erleben einer archaischen Tragödie.

«Ramuz gehört zu jenen Dichtern, die ahndungsvoll-unwissend ihr heftiges Seelentoben in kraftvolle Bilder umsetzen können. Alles Leiden wird Bild, und eine wilde Geschichte mit leidenschaftlichen Lebenden und vorwurfsvollen Toten wird zur Metapher innerer Vorgänge.» Urs Widmer

KOLLEKTION

NAGEL & KIMCHE

Herausgegeben von Peter von Matt

Otto F. Walter

Herr Tourel

Mit einem Nachwort von Peter von Matt

Roman: 304 Seiten, gebunden

ISBN 978-3-312-00424-9

Unter unklaren Umständen ist Kaspar Tourel in sein Heimatdorf Jammers im Jura zurückgekehrt, das er vor vielen Jahren verließ, um Fotograf zu werden. Schon einmal war er heimgekehrt, hatte das örtliche Zementwerk von allen Seiten dokumentiert und den Zorn der Dorfbewohner auf sich gezogen – sie alle leben von der riesigen Fabrik, deren ungefilterter weißer Staub die ganze Gegend bedeckt. Deshalb sitzt Tourel dieses Mal unerkannt in einer Bootshütte und erzählt den Mardern im Dunkeln seine Geschichte – in Form einer großen Verteidigungsrede, die seine vollständige Unschuld beweisen soll. Otto F. Walters zweiter Roman von 1962 ist einer der wichtigsten Nachkriegsromane der Schweiz und die grandiose Geschichte eines schlitzohrigen, unrettbaren Hochstaplers.

«Otto F. Walters *Herr Tourel* fasst einen an. Es gibt Beschreibungen von Vollkommenheit und Genauigkeit... Es gibt wenige Schriftsteller unter den Jüngeren, zu deren Können man soviel Zutrauen haben kann.» Peter Härtling

KOLLEKTION

NAGEL & KIMCHE

Herausgegeben von Peter von Matt

Hermann Burger

Schilten

Schulbericht zuhanden der Inspektorenkonferenz

Mit einem Nachwort von Thomas Strässle

Roman. 416 Seiten, gebunden

ISBN 978-3-312-00426-3

Unter dem pädagogischen Künstlernamen Armin Schildknecht arbeitet der dreißigjährige Peter Stirner im abgelegenen Dorf Schilten im Kanton Aargau als Lehrer. Allerdings unterrichtet er längst nicht mehr das, was der Lehrplan vorsieht. Die Abgeschiedenheit des Dorfs und die Nachbarschaft von Schule und Friedhof führen dazu, dass Armin Schildknecht den Schulalltag vollständig umstrukturiert. Den Unterricht richtet er ganz auf die Präsenz des Todes auf dem nahen Friedhof aus. In seinem Debutroman von 1976, einer der großartigen Schweizer Romane, in denen die Provinz zum Handlungsort von Weltliteratur wird, zeichnet Hermann Burger minutiös eine Obsession und dabei so witzig wie gnadenlos die Psyche eines ganzen Landes.

«Hermann Burger war der deutschen Literatur skurrilster Humorist – außerordentlich redselig, doch nie geschwätzig. Er war ein hochgebildeter und zugleich ein verspielter Mann, ein dichtender Wissenschaftler und ein gelehrter Poet.» Marcel Reich-Ranicki

KOLLEKTION

NAGEL & KIMCHE

Herausgegeben von Peter von Matt